醫統江山

第二輯

卷10 迷影幢幢

石章魚 著

強龍不壓地頭蛇
這是任何人都懂的道理

目錄

第一章

人神共憤的逆賊

胡小天道：「知不知道我為什麼放著好好的駙馬不做卻變成了人神共憤的逆賊？」

蘇宇馳雖然竭力控制自己，可目光中流露出對答案的期待。

「皇上死了！」

胡小天平淡的一句話卻將蘇宇馳震驚得無以復加！

胡小天在為九月的天香國之行積極做出籌謀的同時，並沒有忽略了身後的隱患，在楊隆越離開東梁郡的當天，駐守鄖陽的大將蘇宇馳差人送來了一封請柬，卻是邀請胡小天前往鄖陽東，望春江西岸的小城黑沙共議保證秋收之事。

這份邀請來得比較突然，在此時邀請胡小天去鄖陽附近，不能不讓人懷疑他的動機。

眾將聽聞此事之後，多半都持有反對態度，為首者就是余天星。余天星道：「主公萬萬不可前往，雖然黑沙位於我方西境和鄖陽的中點位置，可是卻位於望春江以西，實際上都是在蘇宇馳的控制範圍內，蘇宇馳乃是大康將領，而主公卻被大康稱為叛將，我看什麼劓匪只不過是一個藉口罷了，他真正的目的乃是要對主公不利。」

胡小天道：「他邀請的人也不僅僅是我，還有興州郭光弼，還有西川李氏，今春莊稼長勢喜人，如無意外可以迎來一個久違的豐年，此次的豐收對庸江下游，對望春江兩岸的百姓都極為重要，蘇宇馳此時提出大家共同議事，暫歇兵戈，共贏豐收倒也合情合理。」

余天星道：「可是望春江以西並不在我們的控制範圍內，蘇宇馳提出每一方只可率領一千人前往，要知道在鄖陽的駐軍有近五萬人，且距離黑沙小城只有一百里的距離，一旦蘇宇馳別有用心，只怕我們的軍隊接到消息之後再趕過去已晚了。」

胡小天呵呵笑了起來：「蘇宇馳的眼界不會那麼小，他若敢從中作梗，就要冒著全面開展的危險，真正要打起來，好不容易才能夠迎來的這個豐收之年又完了，倒楣的不只是我們，也不僅僅是將士們，還有百姓，老百姓經歷了連年的災荒，總算可以迎來一次豐收，蘇宇馳必須要權衡利弊，我看他比咱們更加看重這次的秋收，如果今秋再無收成，鄖陽的兵將只怕也支持不下去了。」

趙武晟道：「主公的話有道理，可軍師的顧慮也很有道理，蘇宇馳這個人我多少還是瞭解一些，此人領兵作戰的本事絕對能夠稱得上大康三甲，對待此人一定不可掉以輕心。」

胡小天力排眾議，還是決定要親自前往鄖陽一趟，對他來說這一趟非常重要，前往天香國之前必須要將後方的危機解除，蘇宇馳雖然對大康忠心耿耿，可是他效忠的是龍宣恩，如今龍宣恩都已經死了，七七對這件事秘而不宣，如果自己將真相透露給蘇宇馳知道，難保他的立場不會有所鬆動。

在前往鄖陽的事情上，諸葛觀棋和胡小天觀點相同，他決定陪同胡小天前往鄖陽一趟，除了他們兩人之外，胡小天叫上霍勝男和常凡奇隨行。此行一共帶上了一千兵馬，由趙武晟率領一萬水師護送，沿著庸江逆流而上，進入支流望春江。

胡小天一行於通源橋附近登岸，這通源橋在姜正陽逃亡之時被毀，至今仍然沒有修復，這裡也是望春江江面較為狹窄的地段。

趙武晟向胡小天道：「主公，您從這裡登岸，前往黑沙大概兩日的路程，我帶領這一萬名將士就在附近停靠，若是黑沙那邊發生異常的狀況，我等會立刻前往接應。」

胡小天和諸葛觀棋對望了一眼，兩人都笑了起來，趙武晟顯然還是認為他們此行風險重重。

諸葛觀棋道：「趙將軍，若是有什麼異常的狀況，你即便是第一時間接到消息，趕到的時候也已經晚了。不過凡事都有萬一，若是趙將軍察覺到黑沙城那邊的情況不妙，可佯攻鄖陽，這裡距離鄖陽只有一個日夜的路程，圍魏救趙可以減輕我們的壓力。」

趙武晟點了點頭道：「就依先生所言。」

胡小天道：「武晟兄，你只管放心吧，我們這次是去和談不是去打仗，蘇宇馳選擇黑沙城也是這個用意。」

趙武晟抱拳道：「那屬下就在此敬候主公的佳音。」

胡小天和霍勝男並轡行進在隊伍的中間，距離黑沙會談還有四日，所以胡小天並不急於趕路，傳令下去讓眾人緩慢行進，這樣一來可以最大限度地保存體力，順便還可以查看周圍的動靜。

對於此次讓常凡奇領軍，也有不少人提出異議，熊天霸對此就頗不服氣，他原本堅持要跟來的，在多半將領眼中常凡奇是大雍降將，雖然因為母親的要求投靠了胡小天，可是常凡奇自從加入陣營以來寸功未立，也沒見他有怎樣的才華，許多人都認為常凡奇要麼就是徒有虛名，要麼就是人浮於事，內心中並未真正歸順胡小天，而是礙於形式蒙混度日，得過且過。胡小天正是因為這些流言，所以堅定不移地選擇了常凡奇，他要給常凡奇再一次表現的機會，也要讓常凡奇明白，自己對他絕沒有任何的疑心。

霍勝男轉身向後方的車馬看了看，小聲道：「不知道這次為何諸葛先生一定要跟著過來。」

胡小天笑了笑：「我也不贊同他來，畢竟嫂夫人剛剛懷孕，最需要人照顧的時候。」其實胡小天明白，諸葛觀棋之所以要親自隨同他過來，也是因為放心不下，黑沙和談關係到多方利益，而且每人心中都有一本賬，蘇宇馳、郭光弼、李天衡這幾人無一不是雄霸一方的梟雄人物，他們內心中怎麼想誰也不清楚，未來形勢的變化很難把握。

霍勝男道：「看來這次的風險應該不小。」她也從諸葛觀棋親自前來猜到了其中的奧妙。

胡小天道：「再大的風險也得嘗試一下，若是黑沙和談結果理想，那麼咱們短時間內就可以將這一帶的形勢穩定下來。就算真發生了變故，憑著我們的實力，突圍而出，全身而退應該不會有什麼問題。」

此時空中烏雲密佈，遠方的天空中隱隱傳來沉悶的雷聲，看來一場暴風雨就要來臨，常凡奇調轉馬頭來到胡小天的身邊，請示道：「主公，看來就要下雨了，前方高處有一片廢棄的土城，不如咱們先去那邊紮營歇息，等這場風雨過後再走。」

胡小天點了點頭道：「也好！」

眾人來到那土城內，還沒有來得及紮好營寨，一場瓢潑大雨就落了下來，還好土城內有不少殘存的屋舍尚可避雨，常凡奇指揮眾人安頓休息，看到風雨之中指揮若定的常凡奇，胡小天的唇角露出會心的笑意。

一旁兩人護著諸葛觀棋進入右側的房間內休息，雖然有人幫忙打傘，可諸葛觀棋也淋得如同落湯雞一樣，看到他狼狽的樣子，胡小天不禁笑了起來，跟著諸葛觀棋來到房內避雨，士兵們在空曠處升起篝火，胡小天和諸葛觀棋在篝火旁坐下，諸葛觀棋一邊擦臉一邊笑道：「天有不測風雲，當真是人算不如天算呢。」

胡小天笑道：「這場雨來得突然，不過剛好消去暑氣，對咱們來說也是好事。」

諸葛觀棋點了點頭，將擦過的棉巾遞給身邊侍衛，坐在火邊烘烤衣物。

胡小天道：「觀棋兄趕緊換衣服啊！」

諸葛觀棋苦笑道：「都濕了，哪還有得換呢。」

胡小天讓人將自己特製的T恤和大褲衩拿來，他換了一套，讓諸葛觀棋也換上了一套，諸葛觀棋對胡小天獨創的這衣服頗為好奇，雖然感覺不倫不類，可畢竟穿起來感到舒服。換好之後，諸葛觀棋挑起自己的儒衫長袍在火邊烘烤。

胡小天道：「這衣服都是嫂子親手做的？」

諸葛觀棋笑著點了點頭，一臉的甜蜜幸福。

胡小天道：「其實你不該跟我來這一趟，嫂子現在是最需要人陪的時候，你不在她身邊總是不好。」

諸葛觀棋道：「不是有維薩陪她嗎？」

胡小天望著諸葛觀棋古井不波的面孔道：「觀棋兄，你雖然沒有反對我來，可是在你心底深處，也一定是不看好這次和談的。」

諸葛觀棋呵呵笑了起來：「主公怎麼會這麼想？」

胡小天道：「如果你不是感到了危險，你不會親自陪我走這一趟。」

諸葛觀棋抬起頭來，目光和胡小天相遇，兩人同時露出會心的笑意，男人之間一樣有知己的存在，諸葛觀棋道：「不瞞主公，我覺得如果此次和談成功，對未來的局勢有著莫大的好處，可是這次的和談卻又存在著太多的變數，我拿不出反對你來的理由，認為值得來這一趟，可我又不放心，所以必須要親自跟著過來看看。」

胡小天道：「觀棋兄所謂的變數是什麼？」

諸葛觀棋道：「我拿不準，這其中的變數實在太多，蘇宇馳、郭光弼、李天衡每個人都可能存在變數，相對來說，今秋的豐收與否和李天衡的關係不大，他的領地也只有東北角的一小部分和邵遠接壤，我看李天衡未必肯冒險前來。」

胡小天點了點頭道：「誰都怕風險，誰都難保證蘇宇馳這次的黑沙會談是不是一場鴻門宴，今秋豐收與否和李天衡的利益關係不大，他的確沒理由親自過來。」

諸葛觀棋道：「我調查過周邊播種的情況，我們這邊自不必說，鄖陽蘇宇馳在春種之時動員了所有將士，此人充分明白今秋收成的重要性，所以會全力保證這次的秋收，主公支援給他們的十萬石糧食應該用得差不多了，蘇宇馳乃是大康名將，他當然懂得兩兵交戰糧草先行的簡單道理，在缺乏糧草保障的狀況下，他應該不會主動掀起這場戰爭。反倒是興州郭光弼方面春播的情況並不樂觀，一來是因為他本是賊，在興州一帶燒殺搶掠，害得百姓背井離鄉，沒有了老百姓，土地自然荒廢，而李光弼又缺乏蘇宇馳那樣的遠見，沒有讓他手下的人放下刀槍走入農田及時播種，耽擱了最為寶貴的春播時機。」

胡小天沉聲道：「也就是說秋收對他毫無意義了。」

諸葛觀棋道：「郭光弼這個人可謂是賊心難改，這段時間他從未放棄過搶掠之事，庸江沿岸，處處都有他搶掠的痕跡，蘇宇馳在這個時候站出來組織這樣一場和談，就是要穩定狀況，保證今秋豐收。」

胡小天道：「對郭光弼來說就算是搶，也要等到豐收之後才有糧可搶，如果他現在急於燒殺搶掠，搞到最後等於大家都會倒楣，誰也沒有任何的好處。」

諸葛觀棋道：「表面上是四家和談，可實際上不可忽視背後的兩大力量。」

胡小天皺了皺眉頭，折斷一根枯枝扔到了火堆內，低聲道：「你是說大雍和大康？」

諸葛觀棋點了點頭：「其中變數最大的就是這兩家啊！」

常凡奇指揮所有人安頓停當，這才來到前方屋簷下避雨，雨水拍打在上方土牆之上，變成了小股泥流流過屋簷，再沿著殘瓦扯成千絲萬縷落在地面上。

常凡奇取下頭盔，看了看外面陰沉沉的天色，歎了口氣。身邊卻傳來一聲銀鈴般的爽朗笑聲：「常將軍因何歎氣呢？」

常凡奇轉過身去，看到了一身勁裝的霍勝男，他和霍勝男在大雍之時就見過面，雖然沒有太深的交往，不過他們現在也算是有著相同的經歷，都曾經在大雍為臣，現在全都投奔到了胡小天的陣營，只不過霍勝男那是主動，更是胡小天的紅顏知己，而常凡奇加入陣營的起因卻是因為戰敗失去了東洛倉。

常凡奇不好意思地笑了笑道：「這場雨看來要下很長時間，我是擔心這土城。」

霍勝男抬頭看了看道：「放心吧，這土城雖然廢棄多年，可是也歷盡了風雨的侵蝕衝刷，該塌的都塌過了，剩下的都是土城最堅固的部分，大浪淘沙始見金。」

常凡奇聽出霍勝男這句話的言外之意，難道她對自己也不信任？望著霍勝男他忽然道：「霍將軍當初為何要叛離大雍呢？」

霍勝男道：「因為我發現他們只是將我當成一枚棋子罷了，為了他們的利益隨時都可以將我拋棄，常將軍不是也和我同病相憐嗎？」

常凡奇歎了口氣道：「我和將軍不同。」

霍勝男道：「沒什麼不同啊，主公對你和對我是同樣的信任！這次他力排眾議讓你親自領兵前來，就是明證。」

常凡奇重重點了點頭道：「我必然不會辜負主公的期望。」

這場暴雨在夜幕降臨之時停歇，胡小天來到了土城殘存的烽火台上，霍勝男和兩位負責守望的士兵已經先行來到了這裡，看到胡小天過來，霍勝男揮了揮手，示意兩名士兵暫時離去。

胡小天笑瞇瞇來到她的身邊，微笑道：「怎麼？準備親自值守嗎？」

霍勝男道：「只是前來檢查一下值守的情況。」她的目光投向右前方，胡小天順著她的目光望去，卻見那邊的土牆之上立著一個高大的身影，正是常凡奇。

霍勝男道：「常凡奇非常盡職盡責。」說完她的目光投向正北的方向，若有所思，久久沉默了下去。

胡小天輕輕摟住她的香肩，柔聲道：「怎麼了？情緒忽然就低落起來了？」此時方才發現霍勝男的雙眸之中隱隱泛著淚光。

霍勝男咬了咬櫻唇道：「沒什麼，只是突然想起了義父，他老人家這麼大的年紀還要為大雍駐守北疆，此時正在和凶殘的黑胡人交戰，讓我總是放心不下。」

胡小天道：「尉遲將軍用兵如神，黑胡人對他是聞風喪膽，你放心吧，他肯定能夠守住北疆防線。」

霍勝男點了點頭。

胡小天低聲道：「早些休息吧，明天一早還要趕路。」

事與願違，半夜的時候又下起雨來，這次的雨來得比此前更大，一直下到第二天傍晚方才停歇，胡小天不能繼續耽擱下去，如果選擇在土城繼續紮營等到天亮前行，如果中途再遇到風雨，恐怕無法在預定的時間趕到黑沙城。於是下令連夜趕路，眾人披星戴月向黑沙城趕去，果然不出胡小天的預料，天還未放亮，一場暴雨又不期而至。

胡小天望著道路兩旁田地中的積水不禁愁上眉頭，如果一直這樣下去，恐怕有洪澇之憂。

還好他們距離黑沙城已經不遠，再有二十里就是黑沙城，也就是說他們不會耽誤明日的黑沙會談。

當日正午，雨終於停歇，烏雲退散豔陽高照，氣溫瞬間提升了許多，熾熱的陽光將地面上的積水迅速烘乾，天地間瀰漫著一股燥熱的潮氣，空中沒有一絲風，在這樣的天氣中行軍實在是一種煎熬。

遠方的天際出現了一片城郭，那裡就是黑沙城，胡小天傳令他們在距離黑沙城五里的地方紮營。

隊伍靠近目的地的時候，發現已經有人先於他們在那裡紮營，問過之後才知道，那片營地乃是西川李氏的。

胡小天只能另選空地，在距離李氏營盤以東二里左右的地方安下營寨。紮營的時候，蘇宇馳麾下副將袁青山前來相見，胡小天讓人將他請過來。

袁青山來到胡小天面前抱拳行禮道：「蘇將軍麾下袁青山見過胡大人！」

胡小天微微一笑，袁青山雖然只是蘇宇馳手下的一員副將，可是此人的名聲很大，驍勇善戰，也是大康年輕將領中的翹楚。他點了點頭道：「久聞袁將軍的大名，今日得見果然名不虛傳。」

袁青山笑道：「胡大人抬舉了，末將此次前來乃是奉了蘇將軍的命令通知大人，今晚蘇將軍在黑沙城設宴為胡大人接風洗塵，不知胡大人可否願意賞光。」

胡小天微笑道：「蘇將軍都請了誰啊？」明日才是會談之日，蘇宇馳提前邀請，不知暗藏著什麼動機？

袁青山道：「只有大人！」

胡小天內心一怔，蘇宇馳這麼給我面子，可轉念一想，這件事並不是沒有原因的，蘇宇馳沒理由厚此薄彼，雖然此次前來的有官有賊，可畢竟都奔著同一個目的而來。

胡小天點了點頭道：「好吧，袁將軍幫我回覆蘇大將軍，就說今晚我會準時赴約。」

袁青山道：「在下告辭，到時候會和蘇大將軍一起恭候胡大人的光臨。」

袁青山離去不久，一隻雪雕載著夏長明降落在胡小天的營地之中，按照胡小天的安排，夏長明已經提前過來調查黑沙城周圍的狀況，根據他在空中俯瞰的結果，包括蘇宇馳在內的四方全都依照規矩，每一方都只帶來了一千兵馬，方圓五十里內，也沒有看到伏兵的跡象。

諸葛觀棋聽夏長明說完，沉思了片刻方才道：「如此說來蘇宇馳的確有誠意，只是不知道西川和興州方面來的都是什麼人？」

夏長明道：「西川方面來的是李天衡的心腹楊道全，興州方面據說是郭光弼的兒子郭紹雄。」

胡小天這才明白蘇宇馳為何只請了自己，在蘇宇馳的眼中，張子謙和郭紹雄顯然無法跟自己的地位相提並論，看來無論是李天衡還是郭紹雄，他們都害怕蘇宇馳會借著這個機會對他們不利，所以不敢親自前來。李天衡的缺席可以歸結於他的不屑，這郭光弼就有些欠缺膽色了。

諸葛觀棋道：「長明兄，這附近的地形你可否詳細說給我聽聽？」

夏長明點了點頭，他們去一旁談論地理形勢之時，霍勝男來到胡小天的身邊，小聲道：「我陪你一起過去。」

胡小天呵呵笑了起來：「怎麼？你還不放心我的武功啊？」

霍勝男道：「不是不放心你的武功，我是擔心別人對你使用美人計，所以才要在你身邊跟著。」

胡小天微微一笑道：「好啊！」

當日黃昏胡小天只帶了霍勝男兩人進入了黑沙城，正所謂藝高人膽大，胡小天相信就算遇到了麻煩，憑他們兩人的武功也可以順利脫困，更何況已經事先查清了黑沙城內外的狀況，發生意外狀況的可能性微乎其微。

黑沙城只是一座長寬各有三里的小城，蘇宇馳請客吃飯的地方位於黑沙城東門附近的觀瀾樓，只是一座兩層的建築，也是黑沙城內唯一的一座樓房。

觀瀾樓內外早已清場，今晚只安排了一桌。

聽聞胡小天到來，蘇宇馳親自前往門外迎接，即便是處在敵對的陣營，蘇宇馳也不得不佩服胡小天的膽色，他是受邀三方之中唯一敢親自進入自己控制領地的人，今晚的這場宴會又敢只帶著一名隨從赴宴。

蘇宇馳抱拳微笑道：「東梁郡一別已近半載，所幸胡大人風采依然。」

胡小天笑道：「蘇將軍也是老當益壯！」

蘇宇馳身後的袁青山面色一沉，蘇宇馳今年四十一歲，還算不上老，胡小天的這句話明顯有不敬之嫌。

不過蘇宇馳並不介意，做了個邀請的手勢道：「請！」

胡小天舉步走入觀瀾樓，幾人來到觀瀾樓的二層，酒菜已經備好，蘇宇馳邀請胡小天入座，袁青山請霍勝男下去入席，那裡專門準備了兩桌飯，原本是給胡小天的隨從準備，卻想不到他此行只帶了一個人。

霍勝男淡然道：「我不餓！」

其實袁青山的真正用意是要將她支開，給胡小天和蘇宇馳兩人一個單獨說話的機會。

胡小天笑了笑：「勝男，你去等我吧。」

霍勝男這才點了點頭和袁青山一起下樓。

蘇宇馳和胡小天同乾了三杯酒，方才道：「我本來以為胡大人不會親自前來呢？」

胡小天笑道：「蘇將軍因何會這麼認為？認為我不敢來？還是蘇將軍這裡設好了圈套，讓我有去無回呢？」

蘇宇馳呵呵笑道：「胡大人說話真是風趣啊！」

胡小天將酒杯緩緩放下道：「這可不是什麼風趣，而且我談正事的時候很少開玩笑。」

蘇宇馳臉上的笑容漸漸消失：「胡大人莫不是在懷疑我的誠意？」

胡小天道：「相比誠意，我更需要一個可以說服我的理由。我是大康的逆臣，蘇大將軍卻是朝廷重臣，忠心耿耿的大將，大康國之棟樑，你請我喝酒，總得需要一個理由吧？」

蘇宇馳點了點頭道：「當然要有理由，我邀請各位前來乃是為了停戰休兵，保證秋收得以順利進行。」

胡小天道：「蘇大將軍很看重這次的秋收？」

蘇宇馳道：「大康連年天災，饑荒不斷，好不容易迎來今年的好年成，若是今秋得以豐收，那麼東華平原的百姓就能夠填飽肚子，無論我們立場是否相同，可是誰也不願見到百姓饑寒交迫是不是？」

胡小天問道：「豐收之後呢？是不是咱們該打的仗還要打？」

蘇宇馳默然無語，其實此番和談也只是一個權宜之計，胡小天是大康反賊，朝廷一旦下令讓他出兵討伐，他必然要全力以赴，讓蘇宇馳奇怪的是，直到現在朝廷都沒有下令征討，或許是朝廷充分考慮到現在的國情，並不適合對胡小天用兵，否則只會加劇國內的危機。如果不是為了今秋的這場豐收，蘇宇馳也不可能和胡小天這個反賊同桌而坐，把酒言歡。

胡小天道：「蘇大將軍果然是悲天憫人，為了今秋的豐收不惜委曲求全，將逆臣、反賊齊聚一堂，要的是大家暫且休兵罷戰，可怎麼看都只是權宜之計，就算今年咱們不打，明年又如何？明年不打，誰又能保證後年也不打呢？恕我直言，蘇大將軍今次的會談更像是自欺欺人呢。」

蘇宇馳道：「蘇某只想為黎民百姓換得一刻喘息之機，若是今秋能夠豐收，可以救活多少百姓，又可以給多少百姓以希望，讓他們鼓起勇氣重建家園。」

胡小天道：「蘇大將軍難道不知道國泰民安的道理？國家都不太平，老百姓又哪來的安康可言？」

蘇宇馳道：「如果不是爾等反叛朝廷割據自立，國家豈能陷入今日亂局之中？」

胡小天哈哈大笑起來，蘇宇馳因他的大笑，臉上浮現出些許慍色，自己所說的難道不是事實？這句話又有甚麼好笑？

胡小天道：「這世上的事情有因才有果，大將軍只看到了結果，卻未看到造成結果的原因，天災不斷，天怒人怨，歸根結底是皇上昏庸朝綱混亂，蘇大將軍應該記得當年建設皇陵的民工發生叛亂之事吧？」

蘇宇馳點了點頭，他當然記得，皇陵民亂，五萬民工攻殺護陵衛隊，然後一路向西北投奔興州郭光弼，當時他就負責征討這些亂民，後來還是朝廷悄悄下了一道密旨，讓他放慢行軍速度，虛張聲勢，將民工趕入興州地界就算了，饒是如此，這一路之上他也看到無數民工因為饑寒交迫而暴屍荒野的情景，那時的慘像他仍然記憶猶新，每當想起這件事，蘇宇馳的內心中就會感到歉疚不已，他認為那些逃亡的民工之死和自己也有著相當的關係。然而職責所在，他又不能不遵守朝廷的命令。

胡小天道：「那些民工之所以造反，是因為朝廷的苛政，他們的家產被沒收，這些錢被皇上用於揮霍，奪走了他們的財產不算，還要徵用他們去修建皇陵，皇上迷信長生不死，為了修建這座皇陵又有多少百姓餓死累死，更有無數被監工折磨而死，若非他們無法承受壓迫，又怎會走上造反謀逆的道路，正所謂官逼民反，民不得不反！」

蘇宇馳唇角的肌肉抽動了一下，他冷冷望著胡小天道：「朝廷待你父子不薄，你父子二人又為何先後謀反？」

胡小天道：「伴君如伴虎，為人臣子必須要安心充當皇上的棋子，無論他讓你做的事情是對還是錯，我們都需要絕對服從，一個所謂的忠字，讓我們可以放下自己的原則，拋棄道德和良心，不顧是非善惡，這是愚忠絕非大義！」

蘇宇馳怒道：「只不過是為你謀逆尋找藉口罷了！」

胡小天道：「謀逆？何為謀逆？龍燁霖當初篡位將老皇帝趕下帝位叫不叫謀逆？他登基之後，文武百官屈從於他的淫威，向他三叩九拜，尊他為皇，這幫文武百官是不是謀逆？」

蘇宇馳被胡小天問住，其實當時龍燁霖把老皇帝趕下台的時候，他也選擇了服從，這樣說來，他也是一個隨波逐流的逆臣。

胡小天又道：「龍宣恩復辟成功之後，又有多少臣子馬上改弦易轍，又有多少人急於撇清自己而落井下石，龍宣恩重新執政，他非但沒有痛定思痛，痛改前非，反而變本加厲，加倍盤剝百姓，不顧大康的困境，只顧著他一己之私，他是不是做錯？」

蘇宇馳端起面前的酒杯一飲而盡，過了好半天方才道：「皇上的確有做得不妥的地方。」

「你明知皇上做錯，卻仍然為他效命，是不是為虎作倀？」

蘇宇馳歎了口氣道：「我的確做過許多違心之事，可是身為大康臣子自當遵從皇上的命令，君讓臣死，臣不得不死！」

胡小天不屑笑道：「蘇大將軍還真是夠忠心，如果現在皇上下旨讓你馬上征討我，你會不會做？」

蘇宇馳凝望著胡小天的面孔，緩緩點了點頭。

胡小天道：「你剛剛還說什麼為這一帶的蒼生著想，還說什麼休兵罷戰？呵呵，原來全都是騙人的鬼話！」

蘇宇馳道：「我並未騙你，蘇某只是一介武將，統管的也只是一座鄖陽城，手下也只有這幾萬將士，蘇某只是想做些力所能及的事情，只想幫幫這些百姓。」他的這番話說得情真意摯，絕無半分虛假的成分在內。

胡小天卻知道蘇宇馳只不過是一廂情願罷了，他將酒杯端起，並沒有急於將這杯酒飲盡，低聲道：「就算我答應你的提議，我看郭光弼也未必肯答應，據我所知，興州的狀況不容樂觀，他們錯過了春播，今秋不可能有太好的收成，而他們的存糧也已經不多，你以為他會安安心心配合我們完成今年的秋收？於他又有什麼好處？」

蘇宇馳道：「他若是燒殺搶掠，等於是兩敗俱傷。」

胡小天道：「未必現在搶，你不怕他憋足了勁等到秋收的時候搶糧食？」

蘇宇馳攥緊拳頭道：「他若是敢，我就讓他嘗嘗違背協議的苦頭。」

胡小天微笑道：「你不怕我在背後插你一刀？」

蘇宇馳有些錯愕地張大了嘴巴，好半天沒有合攏，胡小天並不像是在跟自己開玩笑，以胡小天的頭腦定然不會放過這種良機。

胡小天道：「郭光弼不會講什麼原則的，只要能夠生存下去，他才不會介意這糧食是自己種出來的還是搶來的。其實人都是這樣，咱們的皇上何嘗不是在掠奪百姓呢？最大的不同就是他坐在皇位上，他手中握有至高的權力，可以理所當然地這麼做，他和郭光弼都是賊，沒什麼高下之分。」

蘇宇馳道：「你不可在我面前詆毀陛下。」

胡小天微笑道：「知不知道我為何放著好好的駙馬不做，卻變成了人神共憤的逆賊？」

蘇宇馳望著胡小天，雖然他竭力控制自己，可目光中仍然流露出對答案的期待。

「皇上死了！」胡小天平淡的一句話卻將蘇宇馳震驚得無以復加，蘇宇馳第一反應是胡小天在騙他，可是當他接觸到胡小天堅定而篤信的眼神，就已經明白胡小天應該不會拿這種事情欺騙自己。

蘇宇馳搖了搖頭，雖然沒有說話，卻是在拚命否定胡小天的這句話。

胡小天道：「龍廷鎮也沒有造反，而是永陽公主需要一個合理登上帝位的理由，大康自從開國以來從未有過女子登基的先例，想要掃平障礙，想要取信於人，就必須要有一個充分的理由，龍廷鎮本來是皇位最好的繼任者，將他除掉不但可以掃平通往皇位的障礙，還可以給天下人一個充分的理由，很不幸，我也被他們視為前進障礙之一，所以被安上了一個勾結龍廷鎮密謀造反的罪名。」

蘇宇馳喃喃道：「皇上若是薨了，為何皇宮中沒有傳出任何的消息？」

胡小天微笑道：「時機還不成熟，而且皇陵仍未建成，以蘇大將軍的人脈不會不清楚，現在的朝政已經是永陽公主在一手把持。」

蘇宇馳對此倒是知情的，他充滿狐疑地望著胡小天道：「既然你早就知道了這件事，為何不昭告天下？」

胡小天道：「事情已經成為事實，我現在若是將龍宣恩死去的消息散播出去，大康必將陷入一場內部混戰和爭鬥之中，倒楣的還是老百姓，大康百姓已經夠慘了，我為何要火上澆油？換成是你，你會不會這樣做？」

蘇宇馳沉默不語。

胡小天道：「其實誰當皇帝並不重要，七七做了皇帝十有八九要比龍宣恩要英明得多，如果在兩人之間做出選擇，我當然會支持她，只可惜她卻將我當成了一塊踏腳石。」他的臉上浮現出一絲無奈的笑意。

蘇宇馳道：「篡國謀逆實乃重罪！人人得而誅之！」

胡小天道：「大康這些年圍繞皇位之爭接連不斷，你方唱罷我登場，無非是人人都盯著皇位，都想做那個皇帝，可是最終倒楣的卻是老百姓。蘇大將軍知不知道自己肩負的職責是什麼？是保家衛國，卻不是保護京城的那個皇帝。」

蘇宇馳道：「胡大人究竟有什麼想法，不妨直說。」他也看出胡小天今次前來真正的用意卻是要說服自己，希望自己和他站在統一戰線。

胡小天道：「蘇大將軍是爽快人，此番和談乃是為了一方百姓安康，今年秋收對你而言非常重要，對我也是如此，所以蘇大將軍的提議我雙手贊同，我方可無條件停戰，保障今秋收成的順利。」

蘇宇馳點了點頭，端起了面前的酒杯，其實他最大的顧慮就是胡小天，正如胡小天所說，如果興州郭廣斌在秋收時期前來搶掠，難保胡小天不會在背後插刀。

胡小天並沒有急於喝酒，輕聲道：「只是我始終認為，蘇大將軍的提議並非長久之計，若想真正讓百姓擺脫水深火熱，還要另外想其他的辦法。」胡小天並沒有挑明讓蘇宇馳倒向自己的陣營，以蘇宇馳的頭腦應該不難明白他的意思。

蘇宇馳道：「無論立場如何，蘇某都代這一方百姓謝過胡公子。」他已經將大人的稱呼改成了公子，胡小天已經是大康逆臣，自然不再有官職，此前蘇宇馳稱他大人只是客氣，而現在稱為公子，表面上彷彿是降級了，可實際上卻是出於對他的尊重。

胡小天道：「蘇大人不必替百姓謝我，在我心中百姓的地位或許比你還要重，至少在維護朝廷還是百姓的選擇上，我肯定會選擇後者。」胡小天跟他喝了這一杯酒。

蘇宇馳道：「蘇某從未敢忘記保家衛國，可有國才有家，若是大康亡了，百姓都成了亡國奴，何來家園之說？這大康乃是龍氏之江山，蘇某必然誓死捍衛。」

他這番話雖然說得慷慨激昂，可是對胡小天而言沒有半分的感動，只是認為蘇宇馳在這方面表現得太過迂腐，不過時代所限，多半忠臣都是這個樣子，很難在短時間內扭轉他們的觀念。

胡小天也沒有打算在黑沙城內長久逗留，既然話都已經說明白了，所剩下的也就是明日四方會談共簽協議了，胡小天起身告辭。

來到觀瀾樓外，胡小天和霍勝男兩人翻身上馬，轉身回望，除了觀瀾樓仍然亮著燈以外，整個黑沙城大部分都已經沉浸在蒼茫的夜色之中，夜色非但沒有讓人感到靜謐平和，反而讓人生出一種落寞和荒涼，黑沙城和胡小天治下的東梁郡、武興郡顯然無法相比。

霍勝男道：「談成了？」

胡小天唇角露出一絲笑意：「無非是想保障今秋的收成，回去再說！」兩人縱馬揚鞭出了黑沙城。

沿著通往營地的林蔭大道一路疾奔，胡小天卻突然揚起右臂，示意霍勝男放慢馬速，小灰的兩隻長耳因為警覺而倏然立起。

霍勝男也在同一時刻感到前方的狀況有些不對，她從馬鞍上摘下長弓，將一支羽箭扣在弓弦之上，弓如滿月，瞄準了前方樹冠。

胡小天卻擺了擺手示意她不急著動手，揚聲道：「那條道上的朋友？既然來了為何不敢現身相見？」他從周圍細微的呼吸聲判斷出對方的人數要在十人之上，而且從呼吸的頻率和節奏可以判定出無一不是高手。

十三名黑衣人宛如一縷縷青煙一般沿著樹幹滑落到地面之上，阻擋住他們前行的道路。

胡小天笑瞇瞇望著眼前的那群人，以傳音入密向霍勝男道：「勝男，你為我掩護即可。」

霍勝男點了點頭，她箭法超群，適合遠攻，在近戰方面確是胡小天的強項。

十三名黑衣人落在地面上之後馬上排列成雁形長陣，向胡小天疾奔而來，鏘！鏘！鏘……十三柄雪亮的長劍依次出鞘，閃亮在暗夜之中。

胡小天右手在腰間輕輕一拍，腰間長刀發出一聲龍吟般的長嘯，自刀鞘中彈射而出，在胡小天的前方劃出一道雪亮的弧線，而胡小天的身軀也從馬背上騰飛而起，空中一個轉折，右手已經抓住破風的刀柄，借著翻轉之勢，一刀劈向正前方，正是雁形陣的頭領所在。

十三道劍光在短時間內凝聚，宛如帳篷般彙集在頂點，劍光將十三名黑衣人的身軀籠罩，十三道劍光凝聚在一起，雁形陣變成了圓圈陣列，首尾相連。

胡小天的這一刀正劈在十三道劍光彙集的中心，蓬！的一聲，刀氣和劍芒相撞，發出驚天動地的震響，引發的巨大氣浪向周圍輻射而去，一時間飛沙走石，草木如同被勁風掠過，綠草倒伏，樹枝搖曳。

胡小天感到手臂劇震，他借著對方的反彈之力向上凌空飛升三丈有餘，落在一根橫亙在空中的樹枝之上，身軀隨著樹枝的晃動上下起伏，他並沒有料到對方的反擊之力竟然如此強大。

俯首望去，再看那十三名劍客再度變換了陣型，八人半蹲圍在外圈，手中劍指向周圍，宛如陽光輻射，四人站立內圈，手中劍呈四十五度斜指虛空，正中一人踏在其中兩人的肩頭，手中長劍直指上方。

胡小天看到這些人古怪的動作，已經判斷出這十三人所擺出的乃是一個玄妙的劍陣，如果談到單打獨鬥，這些人無一會是自己的對手，可是眾人拾柴火焰高，十三人通過劍陣的組合竟然發揮出十倍甚至百倍的戰鬥力。

霍勝男覷準時機，彎弓搭箭，咻！一箭射向對方的陣營，胡小天將射日真經傳給了她，他們共同修煉，霍勝男的內力在修煉之後已經比起昔日提升數倍，而且她已經領悟了落櫻宮的箭法奧妙，目前已經踏入以箭御氣的地步，羽箭以驚人的速度飛向對方陣營，鏃尖射出的剎那，前方無形空間就塌陷了下去，箭鏃將空間破開一個狹窄的縫隙，蘊藏在箭身的能量卻在行進中不斷催發，靠近劍陣的時候，以鏃尖為中心殺傷力已經輻射到三尺半徑的範圍內。

八名外圈劍手將手中劍兩兩相對，宛如周邊盛開了四片寒光凜凜的花瓣，劍氣從花瓣的邊緣激發而出，於此同時內圈的四名劍手將劍尖搭在這四片花瓣的頂端，凜冽的劍芒擴展開來，在他們的前方形成一道無形屏障。

霍勝男射出的那一箭正撞擊在屏障上方，蓬！鏃尖遭遇劍氣屏障之後，再也無力前進分毫，饒是如此，撞擊時劍芒也為之波動，在劍陣發生震動的剎那，中心的那名劍手借著劇震之力，身軀宛如急電般向上方射去，人劍合一，劍光猶如彗星破空，直奔胡小天刺去。

胡小天暗歎劍陣精妙，也是騰空俯衝而下，手中長刀直刺對方，刀尖對劍芒，以他的內力擊落對方應該不會有任何的困難。

然而事情的變化結果卻超出胡小天的預料之外，刀劍還未相撞，對方就已經轉而向地面墜落，在他墜落的同時，四道光芒從地面升騰而起，直奔胡小天同時刺去。

第二章

天下沒有不透風的牆

蘇宇馳內心深處，胡小天的確是份量最重的那一個，
只是沒有想到這消息終究還是洩露了出去，
正所謂天下沒有不透風的牆，
激起了西川和興州方面的反感，反而弄巧成拙了。

霍勝男連發兩箭，全都被外圈劍手擊落。

胡小天變幻刀式，化刺為削，手中長刀劃出一個圓圈，短時間內和四名劍手手中的長劍一一相撞，乒乓之聲不絕於耳，這邊剛剛將四名劍手成功擊落，那外圈的八名劍手就同時發動了攻擊。

一連串的刀劍相交之後，胡小天想要跳出圈外，卻發現對方的包圍圈已經擴展開來，陣型也變幻成為五角形狀，自己恰恰落在五角的中心。

胡小天環視這十三名劍手，嘖嘖稱奇，對方攻守有度，配合默契，如果單拎出一個最多也就是一流劍手，可是他們十三人配合就可以與頂級高手抗衡。胡小天道：「看各位的手段應該不是無名鼠輩，不知跟胡某有何過節，為何一定要苦苦相逼呢？」

十三名劍手中的一人聲音低沉道：「交出誅天七劍，我等就饒你不死！」

胡小天聽到這人的聲音似乎有些熟悉，仔細一想，這聲音像極了馮閑林，也就是燮州太守楊道遠兒子楊元傑的授業師父，在西川之時此人曾經被胡小天擊敗，然後又被香琴痛毆。胡小天只知道他是劍宮傳人，論輩分還是劍宮主人邱閑光的師弟，看來馮閑林受挫之後並未心死，而是糾集了一幫劍宮高手尋找時機，想要從自己這裡討回被視為劍宮至寶的誅天七劍。

胡小天哈哈大笑：「我當是誰，原來是馮先生。誅天七劍？誰說這玩意兒在我身上？」

馮閑林陰惻惻道：「你騙不過我的眼睛。」既然胡小天已經識破了他的身分，也就沒必要繼續隱藏下去，他揚起手，解開臉上的面紗。

胡小天歎了口氣道：「你那張醜臉還是蓋上的好，我勸你們還是儘快離去，不然，我會幫你們將眼睛也一起蓋上。」

馮閑林冷笑道：「那就讓你嘗嘗天羅劍陣的味道！」

十三名劍手各守其位，身處中心的胡小天也能夠感覺到逼人的殺氣織成無形大網，籠罩在自己的身體周圍。

霍勝男在遠處關注著這邊的戰況，手中長弓彎如滿月，這一箭蓄勢待發，只有在對方劍陣運轉的時候，她才能找尋到劍陣的破綻所在，這一箭力求一箭破敵。

胡小天凝神屏息，腦海之中一片空明，丹田氣海之中內息源源不斷地向周身輸送，刀身因為內息的凝聚光芒大增，暗夜之中刀身上魚鱗般的花紋清晰可見。得悉對方的真正身分之後胡小天決定不再留情，隨著來到這個時代的時間越長，他就越明白一個道理，斬草須除根，留給對方機會就是留給自己風險。如果當初在西川將馮閑林剷除，也不會有今日之阻殺，他掌握誅天七劍的秘密也不會被劍宮得知。

馮閑林大喝一聲：「風！」

十三名劍手逆時針奔跑起來，手中長劍高低起伏，其中四柄長劍守住外圈，戒備霍勝男隨時可能發動的攻擊，另外九柄長劍全都指向胡小天，他們奔跑的速度越來越疾，四名劍手脫離陣列，在外圈順時針奔行，劍光練成一體，宛若兩條銀龍在胡小天身體周圍盤旋起伏。

內圈的九名劍手，劍尖傾斜指向中心，灌注於劍身之上的內息在胡小天的周圍形成一個無形漩渦。

胡小天冷冷望著周圍，手中破風刀緩緩舉起，雙手握住刀柄，強大的內息灌注於刀身之上，長刀的尖端因為內力的聚集而綻放出尺許長度的刀芒。一力降十會，在絕對的實力面前，任何的陣法招式都形同虛設。

望著向中心不斷收縮的包圍圈，胡小天的唇角露出一絲冷笑，他向前跨出一步，猛然發出一聲震徹夜空的怒吼，手中破風刀猛然揮落，正是誅天七劍中的一式，如果胡小天手中的是藏鋒，更適合發揮出誅天七劍的力量，逆風雖然比藏鋒要輕上一些，可是這樣的招式，用長刀使出並不違和，一道無形刀氣脫離刀身激發而出，劈斬在對方劍陣形成的漏斗般的光暈之上。

胡小天並沒有聽到震徹天地的衝撞聲，刀氣砍在光暈之上甚至沒有引起絲毫的波動，宛如石沉大海，霸道的刀氣竟然被對方旋轉的劍幕化解於無形。

圍繞在胡小天身周旋轉的光幕似乎有些形變，然後形變越來越大，在胡小天的視野中變得扭曲，能量經過層層傳遞，彙集到馮閑林的劍鋒之上，他手中的劍身發出一聲龍吟般清越的嘯叫，一道凜冽無形的劍氣，脫離劍陣向胡小天直刺而來，這道劍氣不但凝結了九人聯合的內力，更融匯了胡小天剛剛劈出的那一刀的力量。

胡小天已經預感到劍氣的強大威力，面色凝重，以他的內力也不敢冒險一搏，收回手中刀勢，足尖一頓，身軀倏然騰空而起。

四道光華從外圈飛升而起，四道劍芒提前封住胡小天上方的退路。

與此同時遠處的霍勝男也已經啟動，彎弓搭箭，瞬間射出了七支羽箭，外圈四名劍手封住胡小天去路的同時，等於將他們自身的弱點暴露在外，這就給了霍勝男制勝一擊的機會。

然而對方劍陣配合之默契遠超霍勝男的想像，在外圈四人封堵胡小天去路的同時，內圈除了馮閑林以外的八名劍手已經啟動，他們出劍將霍勝男射出的羽箭一一擊落。

胡小天去路被封，無奈之下只能用破風硬抗來自對方合力的這道凜冽劍氣，這其中他的力量還占去了大部分，劍氣重擊在刀身形成的光盾之上，發出蓬！的一聲巨響，刀盾的光影在頃刻間被撕扯得支零破碎，胡小天的身軀於光盾後顯現出來，劍氣未消，仍然以驚人的速度劈向胡小天的胸膛，胡小天用盡全身的解數，腳下步法變幻，接連變換了三次身形方才將這道劍氣躲過。

胡小天驚魂未定，舉目望去，十三名劍手在馮閑林的指揮下重新形成了包圍圈。

胡小天暗叫邪門，他還是頭一次見識到劍陣的威力，過去他總覺得劍宮自從藺百濤離世之後就人才凋零，他曾經和劍宮少主邱慕白交手，也曾經領教過馮閑林的高招，可以說這兩人的武功都不是自己的對手，時過境遷，自己在這段時間內又有多次奇遇，武功提升不少，想不到今天居然在馮閑林率領劍宮高手集結的劍陣面前受阻。

劍宮能夠從大雍諸多門派之中脫穎而出果然不是偶然，胡小天收起小覷之心，目光隔空向霍勝男望去，霍勝男在遠處看著他，美眸之中充滿了關切之色。她也看出胡小天雖然短時間內沒有危險，但是一時半會也無法衝破對方的劍陣。

霍勝男再次引弓，她在尋找致勝之機，只要射殺十三名劍手中的一個，那麼對方的劍陣必然出現破綻，胡小天突破劍陣就會易如反掌。

十三名劍手再次在胡小天的周圍奔行，這次內圈變成了五人，外圈變成了八人，奔跑的方式和剛才也有了不同，剛才是內外反向，這次卻是內外同向奔行，兩道劍氣形成的光幕在胡小天周圍順時針轉動。

胡小天悄然感知著對方能量的流動，耐心尋找著其中的漏洞，這次對方所形成的雙重包圍圈比起剛才的壓迫感更為強烈。

胡小天仍然雙手握刀，以同樣的招式發動攻擊。

馮閑林的唇角露出輕蔑的笑意，胡小天看來還是沒有從中得到教訓，這樣的攻擊對他們而言根本起不到任何的作用，他們的劍陣可以借力打力，將胡小天的攻擊完完全全反擊回去。

破風刀刀芒耀眼，光芒迸射的一刻，胡小天雙臂揮動長刀，刀氣撕裂空氣，向對方劍陣形成的光盾攻去，胡小天的這一擊的威力卻明顯比剛才減弱了不少，一鼓作氣再而衰三而竭，無論你的內力如何強大，都會在戰鬥中不停損耗。

胡小天的這次攻擊卻是有意為之，脫離刀身飛出的刀氣撞擊在對方的光盾之上，再次被對方不停旋轉的刀盾化解，劍身傳遞的能量一級一級送到馮閑林的劍身之上，然而還沒等所有能量傳遞完成的時候，胡小天以驚人的速度揮出了第二刀，仍然是相同的招式，劈砍的仍然是同一個方位，這次的力量比起剛才要增加一倍。

內圈的五人顯然沒有料到他會在這麼短的時間內發動第二次攻擊，此人的內力強大到不可思議的地步。就在同時，外圈奔走的八人閃電般融入了內圈五人的陣營，十三柄長劍天衣無縫聯合在一處，劍身舞動形成的光盾在瞬間綻放出數倍的鋒芒。

刀氣再度和十三名劍手形成的光盾撞擊在一起，刀氣劈斬到的地方，光盾明顯產生了扭曲。

與此同時，霍勝男手中的長弓開始發射，追風逐電般射出九箭。

十三名劍手同時舞動長劍，劍光形成的光盾扭曲盤旋，和鏃尖相撞的聲音叮噹不絕，光盾扭曲反轉，猶如一條長龍翻騰狂舞。

胡小天陡然爆發出一聲怒喝，從丹田氣海中再度催發出內力，短時間內完成了不可思議的三連斬，同樣的動作，同樣的方位，劈斬的力量卻是一次強於一次，霸道的刀氣斬落在扭曲的光盾之上，光盾再也無法卸去胡小天強大的三連斬，首尾相連的光盾出現了一個缺口，隨之傳來一聲慘呼，無形刀氣割裂了光盾，直接斬落在其中一名劍手的肩頭，將他的身體斜斜劈成兩半，斷裂的殘腔內噴出一團殷紅色的血霧，濃重的血腥氣息瞬間彌散在夜色之中。

十二名劍手幾乎同時反應了過來，他們要在最短的時間內彌補這個缺口，然而已經為時太晚。

霍勝男又豈會放過這個千載難逢的機會，咻咻兩箭，羽箭在空中竟然劃出兩道曼妙的弧線，交叉變幻，準確無誤的從胡小天撕裂的缺口突入，分別射中兩名劍客的咽喉。

失去三人的天羅劍陣在頃刻之間崩潰，胡小天揚起長刀如同猛虎出閘，撲向對方的陣營，無需刀氣外放，短兵相接足以將對方擊潰。

那些劍手看到形勢不妙，一個個落荒而逃，逃跑的時候又被胡小天劈倒了一個，相比而言霍勝男遠距離的殺傷力更大，這會兒功夫她又射殺了兩人。十三名劍手竟然有六人喪命當場，兩人可謂是取得了大獲全勝，可有一點讓胡小天頗為遺憾，馮閑林居然逃了。

不過胡小天也沒有繼續追擊的念頭，剛才這個劍陣把他也驚出了一身的冷汗，如果不是在關鍵時刻悟出的三連斬，搞不好還真要被他們給困住。現在胡小天主要的心思就是返回營地，他來黑沙城這件事看來並不是秘密，馮閑林既然能夠知道，說不定還有其他的仇人也能知道，別看自己年齡不大，可招惹的仇人不少，如果這幫仇人一窩蜂湧上來找自己報仇，只怕也會應接不暇。

胡小天和霍勝男兩人回到己方營地，常凡奇帶著百餘名武士在營地外張望，焦急等待他們的歸來，看到他們平安回來，常凡奇方才放心，他告訴胡小天諸葛觀棋一直都在營帳內等著，說有急事要向他稟報。

胡小天讓霍勝男先回去休息，他和常凡奇一起來到了諸葛觀棋的營帳。

諸葛觀棋正坐在燈下盯著地圖，看到胡小天進來，想要起身相迎，胡小天笑道：「觀棋兄坐著就是。」他和常凡奇兩人也來到諸葛觀棋身邊坐下，諸葛觀棋道：「主公，您看看這幅地圖。」

胡小天湊過去看了看，這一張乃是當地的地圖，他並沒有從這地圖上看出什麼特別。

諸葛觀棋道：「黑沙城地勢低窪，城北十五里有一條懸雍河，乃是庸江支流。」

胡小天舉目望去，卻見這條懸雍河在黑沙城北呈幾字形拱起，將黑沙城幾乎全都包圍在其中，不過距離尚遠，最近的地方也有十五里。他心中有些不解，卻不知諸葛觀棋所說的這些事，和即將到來的這場和談又有什麼關係？

諸葛觀棋道：「懸雍河的河床要高於黑沙城，這兩日的降雨已經讓懸雍河水位暴漲。」

常凡奇道：「先生是擔心懸雍河會有決堤之危嗎？雨已經停了，今晚晴好，明天就是四方會談之日，談完之後咱們即刻就離開，應該不會有什麼危險吧。」

諸葛觀棋道：「如果只是天氣的緣故應該不會有什麼麻煩，可是倘若有人借著這件事來破壞恐怕就麻煩了。根據懸雍河與黑沙城的地勢落差來看，一旦懸雍河決堤，一個時辰內，洪水必然將黑沙城淹沒，到時候恐怕城內的所有人都難以倖免。」

胡小天點了點頭，諸葛觀棋所說的就是他們周邊潛在的危機，他沉吟片刻道：「凡奇兄，你抽調兩百人去懸雍河附近巡查。」

常凡奇道：「懸雍河很長，兩百人恐怕不夠。」其實想要巡查整條懸雍河，就算將他們此次前來的一千人全都調過去也不夠。

胡小天道：「有夏長明在空中警戒，兩百人應該足夠了。」

常凡奇道：「還是末將親自率領他們前往，若是當真發生了意外，也好有個照應。」

胡小天還未決定，諸葛觀棋已經道：「也好，常將軍如果親自去那就最好不過，你引兩百人過去，分兩處駐守，一部分人在牛頭山，另外一部分人在平金丘，這兩處地方也是懸雍河南岸最高的地勢，在這兩處地方可便於你們觀察，及時發現懸雍河有無異常。」

常凡奇道：「先生放心，我拚著性命也會確保懸雍河大堤。」

諸葛觀棋卻搖了搖頭道：「最重要的是保住弟兄們的性命，如果平安無事當然最好，如果事情無法控制，你務必要記住，率領兄弟們向高處集合，可躲過滅頂之災。」他心中有種預感，此番若是出事，問題就必然出在懸雍河。夏長明已經巡視黑沙城周邊方圓一百里的地方，並未發現大撥兵馬調動的狀況，可是諸葛觀棋卻總是無法安心，他思來想去，黑沙城周邊最大的危機還是在懸雍河。

常凡奇點了點頭。

諸葛觀棋又道：「主公最好派人將此事透露給蘇宇馳方面知道，畢竟是在他的地盤上，咱們調動人馬或許會引起他的疑心，若是蘇宇馳同意分撥部分兵馬前往懸雍河護堤當然最好不過，如果他不上心，咱們也算盡心盡力了。」

胡小天向常凡奇道：「凡奇兄，這件事就辛苦你了。」

常凡奇抱拳領命離去。

胡小天雖然知道諸葛觀棋智慧出眾，可是他並不認為懸雍河會發生什麼大事，他微笑道：「其實就算發生了事情，夏長明也可在第一時間察覺，從懸雍河飛到這裡不需要太久的時間，咱們還有時間逃離。」

諸葛觀棋道：「發生決堤的可能微乎其微，可是咱們必須要做好萬全的準備，畢竟是在別人的地盤上，而且此次西川和興州方面並未派來什麼重要的人物，不排除有人背後作梗的可能。」

胡小天表示贊同道：「未雨綢繆總是好事。」

諸葛觀棋道：「如果當真有事發生，咱們必須要往南退，往南二十里有一座拖龍山，山雖然不高，但是應該可以躲過洪水，依我的推算，從懸雍河決堤到洪水蔓延到拖龍山，留給咱們的時間約有半個時辰。」

胡小天道：「半個時辰，咱們完全可以抵達拖龍山。」他此次隨行的一千人全都是騎兵，以他們的行進速度，在半個時辰內行進二十里絕對不會存在任何的問題。更何況所謂河水決堤，只是存在於假設之中，興許這一切根本不會發生。

胡小天的提醒並沒有引起蘇宇馳的重視，四方各自帶來了一千名士兵，蘇宇馳也不願從中分撥出一部分，在他看來胡小天顯然有些緊張過度，小題大做了。既然胡小天一方這麼緊張，就由著他們折騰，蘇宇馳反正懶得湊這個無聊的熱鬧。

翌日清晨，胡小天醒來走出營帳，抬頭看了看天空，看到天氣晴好，頓時放下心來。諸葛觀棋也從營帳中出來，他抬頭看了看天色，表情並不輕鬆。

胡小天指了指東方的朝陽道：「今兒好像不會下雨。」

諸葛觀棋緩緩搖了搖頭道：「正午時分會有一場大雨。」

胡小天知道他擅長觀測天象，又抬頭看了看，天空蔚藍澄澈，連一絲雲都看不到，這樣的天氣怎會下雨？不過夏日天氣瞬息萬變，也許待會兒變天也未必可知。

霍勝男從遠處走了過來，笑道：「再有一個時辰就要前往黑沙城會談了，咱們還是趕緊吃飯吧。」

胡小天道：「但願一切順利！」他翻身上馬，霍勝男和諸葛觀棋分別位於他的左右，率領八百名士兵向黑沙城以北的空曠地帶行去。

胡小天隊伍啟動的同時，看到西川的千餘人馬也開始向預定的地點緩慢移動，烈日當空，氣溫短時間內又上升了不少，天空中沒有一絲雲，也沒有一絲風，燥熱得很。

胡小天用手遮在額前看了看天，然後轉向諸葛觀棋笑了笑，諸葛觀棋知道他因何發笑，胡小天分明是在說，這樣的天氣不可能下雨。

霍勝男道：「看來是不會下雨了。」

諸葛觀棋笑道：「我也希望自己判斷失誤，不下雨最好。」

前方西川的隊伍突然停了下來，其實是分成了兩部分，前方五百人繼續前進，而剩下的五百人卻故意排成陣列擋住了胡小天一方行進的道路。馬上有士兵將此事向胡小天稟報，胡小天不屑笑了笑道：「楊道遠這是故意噁心我來著。」

霍勝男舉目望去，卻見前方西川五百名士兵阻擋住了他們前行的道路，故意走走停停放慢速度，照這樣下去，他們的行軍進程要大大減緩，說不定會耽擱到達會談地點的時機。

胡小天指著對方陣營中飄揚的李字大旗，向霍勝男道：「霍勝男，他們的行軍速度是不是旗手在控制？」

霍勝男微笑道：「那我就幫他們一把！」她從革囊中取出一張鐵胎彈弓，撚起一顆葡萄大小的彈丸，覷準對方旗手所在的位置，目光落在那旗手所騎的坐騎之上，看準時機射了出去。

彈丸咻地射了出去，雙方雖然隔著半里的距離，按理說這樣的距離彈弓的射程無法企及，可是霍勝男的這張彈弓是特製，而且她在修習射日真經之後，已經可以將內力蘊藏到彈丸之中，射程成倍增加，彈丸準確無誤擊中了那旗手所乘坐騎的尾部。

馬兒慘叫一聲，撒開四蹄向前狂奔，西川的那名旗手還沒有搞清到底發生了什麼事情，就被馬兒帶著向前高速奔行而去，他一手拉住馬韁，一手高舉著大旗，畢竟舉旗護旗是他的職責所在，任何時候也不能將大旗輕易丟下。

西川的那幫士兵不明白到底發生了什麼，看到旗手突然高速奔行，一個個也跟著縱馬揚鞭向前方拚命奔行。

胡小天和霍勝男看到眼前情景不禁呵呵大笑起來，諸葛觀棋也不禁莞爾，看來有些時候解決問題最為有效的辦法就是簡單粗暴。

四方約定會談的地點叫青草園，名字雖然起得雅致，可到了地方卻讓人感覺有些名不副實，這片空曠的地方全都是黃土，放眼望去寸草不生，只有幾棵大樹孤零零戳在那裡，也早已枯死了。黑沙城在去年和前年都遭遇了旱災，不過進入今年以來這裡倒是風調雨順，土地也煥發了生機，但奇怪的是就是這片青草園仍然寸草不生，還是過去死氣沉沉的模樣。

蘇宇馳選擇這裡作為四方會談的地點也是另有深意的，四千人聚集在一起也是一場不小規模的集會，而且四方過來的多半都是騎兵，除了這邊很少會有那麼大的空曠地帶，即便是有也是農田，蘇宇馳當然不想因為一場會談而踐踏了百姓的田地。這裡沒有植被，周圍的狀況一望即知，也避免了有人在周圍埋伏。

蘇宇馳的手下早已在青草園劃分好了四塊區域，分別以東西南北命名，胡小天位於東區。

根據此前的約定，每一方都帶來了一千人的隊伍隨行，胡小天因為調撥了兩百人去懸雍河巡視，在四方陣營之中顯得人數最少。不過胡小天所帶來的將士全都是精挑細選，兵強馬壯，而且一個個精神抖擻，論到隊伍氣勢卻絲毫不落下風。

在青草園的正中位置，已經臨時搭起了營帳，四方包括前來談判的代表之外，只允許帶四名隨從，也就是說，每一方只有五人可以進入中心營帳。

胡小天讓霍勝男在外面負責調度，他和諸葛觀棋，另外又帶了三名武士進入中心營帳。

大帳內蘇宇馳已經先行到達，興州方面郭光弼並沒有親自前來，代表他過來的是他的兒子郭紹雄。而西川方面李天衡同樣沒有親臨，派出的乃是夔州太守楊道遠。由此可見這兩家對蘇宇馳出面主持的這次會談都沒有給予足夠的重視，當然也有他們並不信任蘇宇馳的緣故。胡小天和這兩人也沒有打過太多的交道，見面之後微微頷首示意，就算是打了個招呼。

楊道遠一臉奸笑，表面上客客氣氣，絲毫不提剛才讓人干擾胡小天一方前進的事情，胡小天也沒有把事兒挑明。郭紹雄卻是典型的年輕氣盛目空一切，正眼都不瞧其他人的，不過他身邊的四位隨從一看就是高手，其中一人白淨面皮慈眉善目一團和氣，乃是郭光弼手下的首席智者，有文妖星之稱的謝堅。雖然這次表面上是郭紹雄率隊而來，可真正拿主意的那個卻是他。

蘇宇馳邀請眾人坐下，微笑道：「承蒙諸位英雄賞光，今日齊聚黑沙城，讓蘇某顏面生光。」

楊道遠道：「蘇大將軍客氣了，你蘇大將軍乃是大康名將，我家主公對蘇大將軍一直欣賞得很，蘇大將軍的這個面子當然要給。」

蘇宇馳心中暗自冷笑，你家主公？只不過是叛國謀逆的奸臣李天衡，不過在場的這三方不是叛臣就是反賊，如果不是為了這一方百姓的生計考慮，自己是不屑於和這幫人坐在一起的，忽然想起昨晚和胡小天在觀瀾樓的那番談話，內心中不禁有些傷感，朝廷對自己不聞不問，眼看軍糧就要告急，百姓們的死活就更不被朝廷放在心上了，如果胡小天所說的一切屬實，那麼現在當家作主的已經變成了永陽公主，皇上已然駕崩了。前途渺茫，自己也只能做一些力所能及的事情。

蘇宇馳道：「想必諸君已經知道蘇某請大家過來的主要目的了，目前已經進入夏季，庸江以及各大支流水系汛期也隨之到來……」他的話音未落，外面卻突然響起了平地一聲驚雷。

雷聲又如落在附近的地面上一樣，震得整個大地都顫抖了起來，眾人都是一怔，剛才走入營帳的時候明明還是晴空萬里烈日當頭，怎麼突然就打起雷來了？

外面靜候消息的近四千名將士也被這突如其來的雷聲嚇了一跳，霍勝男抬頭望去，卻見一片濃重的陰雲正從東方天際滾滾而來，雲層行進的速度奇快，眼看就要將他們所在的位置覆蓋，霍勝男心中暗讚，諸葛先生真乃神人也，原本她也以為今日不可能下雨，望著遮天蔽日的烏雲，這場雨應該來勢不小。

烏雲層層堆積，燥熱的風也開始加強，但是仍然沒有開始下雨，遠方天空有紫色的閃電不停躍動著，沉悶的雷聲一個接著一個，震撼心靈卻又讓人感到一種難以形容的壓抑。

蘇宇馳道：「此前的幾年天災不斷，好不容易方才盼來一個好年，如果今秋豐收，百姓就可以迎來轉機，就可以重新燃起對生活的希望……」

郭紹雄毫不客氣地打斷他的話道：「蘇將軍找我們過來究竟想做什麼？」

蘇宇馳微微一笑，這年輕人好燥的脾氣。

胡小天道：「郭公子稍安勿躁，還請耐心聽蘇將軍把話說完。」

郭紹雄冷哼一聲，目光中充滿不屑，陰陽怪氣道：「說好了四方會談，可待客也有遠近親疏之分，既然你們都已經談好了，還找我們做樣子給誰看？」

蘇宇馳心中一怔，他聽出郭紹雄話裡有話，而且這番話明顯意有所指，分明指向自己，難道自己昨晚邀請胡小天在觀瀾樓單獨相商的事情已經被洩露了出去？應該如此，否則郭紹雄緣何會這樣說？

蘇宇馳道：「郭公子此話怎講？蘇某將各位請到這裡來，自然是一視同仁，絕無偏頗。」

郭紹雄哈哈大笑，指著胡小天道：「讓他說，昨晚他去了哪裡？」

胡小天不禁皺了皺眉頭，這廝當真狂妄之極，竟然當眾敢手指自己，在這樣的場合分明是在侮辱自己。

胡小天還未說話，諸葛觀棋淡然道：「我家主公想去哪裡就去哪裡，似乎不用向你交代！」

郭紹雄揚起手掌啪的一聲拍落在長案之上，然後手指諸葛觀棋道：「這裡有你說話的份嗎？」

胡小天冷冷道：「郭紹雄，就算你老子在這裡也需對我禮讓三分，你算什麼東西？這裡輪得到你來指手畫腳？」

郭紹雄拍案怒起，一旁謝堅慌忙將他勸住，呵呵笑道：「大家莫傷了和氣，莫傷了和氣。」

蘇宇馳也趕緊出聲道：「大家都是蘇某邀請過來，還望給蘇某一個面子。」

胡小天呵呵笑道：「蘇大將軍，我可沒有不敬您的意思，您是東道主，若是在這兒發生了不愉快，最先傷到的卻是您的顏面。」

一直沒說話的楊道遠在一旁歎了口氣道：「其實老夫來此之前也抱著誠意而來，只是沒有想到原來蘇大將軍的心中還有一桿秤啊！」他也在嘲諷蘇宇馳提前邀請胡小天見面，冷落他們的事情。

蘇宇馳暗暗懊惱，自己在這件事上做得的確不夠周到，提前和胡小天見面，也是為了達成共識，在他的內心深處，其實胡小天的確是份量最重的那一個，只是沒有想到這消息終究還是洩露了出去，正所謂天下沒有不透風的牆，這下激起了西川和興州方面的反感，反而是弄巧成拙了。

胡小天雖然遭遇郭紹雄挑釁，可是他心中並沒有真正動怒，一個衝動的小子罷了，現在是蘇宇馳的地盤，郭紹雄攻擊的是自己，可顏面無光的那個人是蘇宇馳，且看他如何處置。

蘇宇馳道：「我和胡大人見面乃是為了一件私事。」

郭紹雄呵呵冷笑道：「那就是見不得光了？」

胡小天向諸葛觀棋遞了個顏色，諸葛觀棋會意，輕聲歎了口氣道：「以小人之心度君子之腹。」他們兩人一唱一和就是要激怒郭紹雄，這次的和談對胡小天來說並不重要，發現郭紹雄和楊道遠誠意不足，他馬上就決定適當刺激他們一下，讓他們暴露出真正的目的。

郭紹雄想要發作，謝堅已經主動接過話去：「君子坦蕩蕩，小人長戚戚，這位先生一看就是有識之人。」

諸葛觀棋拱了拱手道：「這位想必就是號稱文妖星的謝先生吧，久聞大名如雷貫耳。」

謝堅以為諸葛觀棋也知道自己的大名，不由得面露喜悅之色，微笑道：「敢問這位先生高姓大名？」

「無名小卒不足道哉！只是昨晚的事情我也在場，既然各位誤會，我就為主公和蘇大將軍解釋一下，昨晚蘇大將軍在觀瀾樓單獨宴請主公，是為了感謝主公當年贈糧之恩，蘇大將軍來鄖陽之初，糧餉短缺，我家主公雪中送炭，調撥了十萬石軍糧給蘇大人，蘇大人投桃報李，為了感謝我家主公當年的援助，特地設宴單獨宴請主公，不知我的話說得可夠明白？這位郭公子，這位楊大人，若是你們當真介意，不如也效仿我家主公的行為？」

郭紹雄和楊道遠兩人頓時無語，諸葛觀棋說的確有其事，不過當年胡小天是礙於朝廷的壓力才白給了蘇宇馳十萬石糧食，可不是急公好義樂善好施。明知只是一個藉口，可人家這個藉口冠冕堂皇，十萬石糧食的恩情區區一頓飯回報又算得上什麼？

蘇宇馳暗叫慚愧，自己怎麼就沒想起來，胡小天身邊果然是人才濟濟，不過此人顯然還在提醒自己欠胡小天一個大人情呢，蘇宇馳借坡下驢，臉上的笑意變得有些冷了：「諸君對這個解釋可還滿意？」

郭紹雄當然無話好說，楊道遠哈哈笑道：「我就說嘛，蘇大將軍和胡大人的交情原本就不同尋常啊！」

蘇宇馳聽到這句話，心中卻是一凜，在召集此次會談之前他就已經上奏朝廷，畢竟是和這幫叛臣反賊一起合作，就怕朝廷誤會了他的動機，楊道遠這樣想並不是少數，若是當真朝廷誤會他和胡小天勾結，此事豈不是麻煩？不過朝廷對這次的會談已經首肯，按理說不會有什麼麻煩。

蘇宇馳道：「各位，蘇某是想我們四方之間暫停兵戈之爭，休兵罷戰，讓周邊區域歸於太平，讓百姓能安心迎接即將到來的收割，不知各位意下如何？」

楊道遠道：「休兵罷戰當然是好事，不過蘇大將軍若是有誠意，何不打開西陽關的關口，讓西川百姓可以自由出入？」

郭紹雄道：「誰也不想打仗，可是我們興州正在鬧糧荒，既然大家坐在一起和談，諸位也拿出一些糧食表達一下誠意，給我們興州湊個十萬石糧食如何？」

眾人聽到這廝居然公開要糧，一個個沉默不語，誰也不想搭理這廝。

郭紹雄又指著胡小天道：「既然你都能夠支援鄖陽十萬石糧食，那麼你們三方各出三萬幫我們興州渡過難關，應該不費吹灰之力吧。」

胡小天歎了口氣道：「你那根手指好像有些多餘嘍！」雙目之中迸射出陰冷殺機。

郭紹雄遭遇到胡小天冰冷無情的目光，心中不由得一顫，猶豫了一下，在眾人面前卻仍然不甘示弱，指著胡小天道：「別人怕你，我可不怕你，你有什麼了不起，只不過是一個被朝廷拋棄的棋子罷了！」

胡小天道：「一顆棋子只要放對了位置，就可以結果了你的性命。」

郭紹雄正欲發作，謝堅悄悄拽了拽他的手臂，笑道：「以和為貴！」

楊道遠道：「說到這以和為貴，有件事我倒要說說，昨晚我的手下被人伏擊，有六人被人刺殺在途中，不知蘇大將軍對此打算如何處理？」

蘇宇馳並不知道胡小天回去的途中遭遇刺殺的事情，愕然道：「此事我並不知曉。」

楊道遠的身後，一名男子緩緩走了出來，他表情木然，一雙死魚般的眼睛盯住胡小天道：「你因何殺了我的六位師侄？」

胡小天開始的時候並沒有留意到此人，直到他從楊道遠的身後站出來，方才發現此人才是真正的深藏不露，以自己目前的感知力竟然沒有發現這位高手的存在，能夠當面騙過自己眼睛的，除非是已經達到返璞歸真的高手。

胡小天微笑望著這名男子，然後言簡意賅地回答道：「他們該死！」

那名男子並沒有急於發作，緩緩點了點頭道：「很好！」他居然又重新退了回去。

蘇宇馳此時已經意識到今天的四方會談不可能達成共識，楊道遠和郭紹雄兩人一上來就開始向胡小天發難，也許只是一個藉口罷了，他們根本就沒有休兵罷戰的想法，西川方面還在其次，畢竟他們跟這一區域的關係不大，興州卻是一個大麻煩，若是興州不同意休兵，那麼在秋收之時，他們首先搶劫的就是自己。

郭紹雄道：「若是諸位不答應我的條件，就當我沒有來過！」他站起身來，抱了抱拳道：「告辭了！」

胡小天心中微微一怔，這廝為何急著要走？從他的表現來看，他一開始就沒有任何的誠意，難道他另有盤算？想要及時脫身？

諸葛觀棋也和他想到了一處，輕聲道：「十萬石糧食說多不多，說少不少，若是三家均攤倒也不是什麼難事，不過這天下間沒有免費的午餐，郭公子不妨坐下來談談條件。」他的用意卻是要拖住郭紹雄。

郭紹雄冷笑道：「我們的條件並不過分，十萬石糧食而已，連這點條件都不答應，還有什麼好談？」

胡小天哈哈大笑道：「這位郭公子還真是急性子，蘇大將軍將咱們請來的目的不就是為了求同存異，只要是能夠保障今秋的豐收，能夠保障這一方百姓平安，任何事都有得談，郭公子還請留步，咱們好商量。」

郭紹雄沒料到胡小天的態度突然來了個大反轉，一時間有些摸不清他的路數，目光向謝堅看了一眼。

謝堅微笑道：「胡大人的意思是，您答應了？」

不等胡小天答話，楊道遠已經大聲道：「他可代表不了我們的意思。」

胡小天道：「難怪西川這些年沒有什麼發展，過去我還奇怪，今日見到楊大人我就明白了。」

楊道遠知道他挖苦自己，唇角露出一絲冷笑道：「打腫臉充胖子的事情我們才不會做，厚著臉皮找人乞討更是不屑為之！」他這句話等於把兩家都給得罪了。

郭紹雄怒道：「你說誰？」手指頭又指上了。

胡小天算是看出來了，這廝是習慣，壞習慣，這毛病必須得改，他如果不改，看來自己要幫他改。

蘇宇馳雖然不情願白給興州糧食，可是眼前的亂象更非他所願意看到，不過是權宜之計，先將興州方面穩住再說，有了這樣的想法，他點了點頭道：「也罷，既然胡大人如此爽快，那麼這十萬石糧食我跟胡大人平攤了，不過兌付要在秋收之後。」對他而言等於做出了最大讓步，如果不是為了保障今秋的豐收，他豈肯向這幫草寇低頭。

謝堅呵呵笑道：「蘇大將軍是在敷衍我們啊，既如此，不談也罷，公子，咱們還是走吧！」他再次催促郭紹雄離開。

諸葛觀棋從他們的舉動之中已經看出其中必有蹊蹺，他和胡小天交遞了一個眼神，胡小天道：「興州方面究竟是李公子說了算，還是你謝先生說了算？」

郭紹雄道：「謝先生的意思就是我的意思，你們根本毫無誠意，說什麼秋收之後，根本就是在敷衍我們！走！」

胡小天卻道：「慢著，既然你們懷疑我等的誠意，也罷，這十萬石糧我先給了，現在咱們就當著所有人的面簽下協議。」

郭紹雄真正有些糊塗了，看胡小天剛才的表現絕不是一個一味隱忍的弱者，可為何願意步步退讓？難道他有所覺察？

謝堅呵呵笑道：「公子，咱們抱著誠意而來，別人卻當咱們是要伸手乞討的叫花子，人窮志不窮，這糧食咱們不要也罷，這合約還是讓他們自己去簽吧！」

這下連蘇宇馳都看出來了，事情不對啊，胡小天都退讓到如此地步，興州方面還想要走，他們為何要急著走？難道擔心自己會對付他們？

胡小天已經認定郭紹雄有詐，冷冷道：「慢著！今天合約沒有談完之前，誰都不許離開營帳半步！」

謝堅一臉奸笑地望著胡小天道：「胡大人何必強人所難，再說這廂的主人好象不是你吧？」

胡小天道：「給臉不要臉是不是？」

郭紹雄再也按捺不住心中的火氣，大步來到胡小天的面前，伸出食指，指向他的鼻子，不等他說出話來，胡小天已經閃電般抓住他的食指順時針向下一擰，只聽到咔啪一聲，郭紹雄的食指骨骼已經被他擰斷，痛得郭紹雄撲通一聲就跪倒在了地上。

胡小天揚起右手就勢照著郭紹雄的面龐，啪的就是一個大嘴巴子甩了過去，打得這廝腦袋甩鞭一樣向一旁甩去，血沫和著牙齒齊飛。

誰也沒有料到胡小天會突然出手，郭紹雄的身邊除了謝堅之外還有三名高手隨行，看到眼前一幕，馬上衝上來救人，胡小天斜睨幾人道：「都給我老邊兒待著去，說話！」他手上微微用力，郭紹雄斷裂的手指骨骼摩擦，痛得他險些沒昏過去，慌忙慘叫道：「退……退……下……」

胡小天冷笑道：「急什麼？事情都沒談好，就急著走？趕著去投胎嗎？」

郭紹雄痛不欲生，只剩下慘叫的份兒了。

謝堅道：「胡大人，有話好說，有話好說，你先放開我家公子。」

蘇宇馳也一旁勸說道：「胡大人，千萬別傷了和氣！」其實到這種地步哪還有什麼和氣可言。

一個驚天動地的霹靂就滾落在營帳外面，瓢潑大雨從天而降。胡小天左手一抖將郭紹雄推到一邊，這邊謝堅剛剛將郭紹雄攙扶回去，興州的三名高手馬上衝了上來。蘇宇馳對此早有準備，慌忙率人將雙方分隔開來，苦勸道：「還望大家冷靜一些，給蘇某一個面子。」

謝堅向郭紹雄使了個眼色，郭紹雄仍然痛得瑟瑟發抖，他咬牙切齒道：「胡小天，這筆帳我不會算了，走！」他帶著手下人就要離去。

蘇宇馳卻道：「慢著，郭公子還是先將手傷治療一下再離開。」他也看出郭紹雄必有蹊蹺，不然何以到了現在這種地步仍然堅持要走？

楊道遠呵呵笑道：「蘇大將軍的盛情真是讓人大開眼界，老夫還有要事在身，先走了！」

蘇宇馳道：「和談之事……」

楊道遠道：「只當我白走了這一趟。」他身邊的那名中年男子卻始終望著胡小天，輕聲道：「我在外面等你！」

胡小天心中暗自奇怪，劍宮和楊道遠究竟是什麼關係？他本以為所有的事情都是馮閑林挑起，卻想不到在馮閑林的背後還有劍宮高手撐腰，雖然對方還沒有出手，胡小天從此人的氣息步伐上已經判斷出他的武功要在馮閑林之上。楊道遠此次是奉了李天衡的命令而來，眼前的局面究竟是他在故意推動，還是李天衡從一開始就授意他要這樣做？

諸葛觀棋低聲向胡小天道：「主公，咱們也該走了。」他內心中不安的感覺變得越發強烈。

夏長明騎在雪雕之上縱橫於天際之中，暴雨如注，兩隻雪雕一前一後穿行於雨中，下方的景物開始變得模糊，夏長明發出號令，讓雪雕飛低一些，這樣他可以看得更加清楚，下方的懸雍河濁浪滔天，水位上漲很快，不過距離大堤還遠，應該不會有潰堤之憂。

夏長明又向牛頭山和平金丘望去，常凡奇等人的身影已經完全隱沒在風雨之中，夏長明的唇角不由得露出一絲苦笑，如果是在天氣晴好的狀況下他還可以從高空中及時發現懸雍河一帶的情況變化，可是這樣惡劣的天氣狀況下，可見度很低，他的目力根本看不到遠方。常凡奇和他的那二百名手下估計情況更慘，恐怕他們連懸雍河都看不到了。

夏長明指揮兩隻雪雕繼續低飛，按照此前的計畫他們還要在此地堅守一個時辰，只要半個時辰內沒有異常狀況發生，他們就可以離開。

兩隻雪雕距離懸雍河只有不到十丈的距離，一前一後宛如兩道白色閃電般從河面掠過，此時他的視野中忽然閃過一條黑影，卻是一條漁船在濁浪滔天的懸雍河中顛簸行進。

夏長明不禁有些奇怪，這樣的天氣，因何會有漁船出沒？稍一琢磨，卻又想到剛才還是晴空萬里，想必是外出打漁的漁民遭遇惡劣天氣之後忙著返程，不過在整條波濤洶湧的懸雍河段只有孤零零的這一條漁船還是讓人感到有些奇怪。

夏長明指揮雪雕向下降落，試圖看清這漁船上的情況。

那艘漁船在風浪中顛簸著朝岸邊靠去，應該是想要靠岸，夏長明騎乘著雪雕從漁船上方三丈處掠過，倏然一道寒光徑直向上方射來。

夏長明大驚失色，雪雕的反應極其迅速，在空中陡然一個急轉，那道寒光擦著牠的右翼飛了出去，如果反應再慢上一刻，恐怕就要被羽箭射中。

一名身穿黑色外甲的男子從船艙內走出，傲立於穿透之上，他的臉上帶著漆黑如墨的面具，一雙陰冷的眸子透過面具的孔洞冷冷望著空中的雪雕，身軀陡然從甲板之上彈射而起，筆直射向空中，在他跳躍的剎那，從船艙中撲啦啦飛出成千上萬隻蝙蝠，那蝙蝠如同黑雲般承載著他的身體，上升到十丈以外的空中。

夏長明大吃一驚，雪雕顯然也感到危險迫近，拚命向正東方向飛去。

那男子外甲的後背處，一雙寒光閃爍的羽翼從他的外甲內舒展開來，他利用風速開始滑翔，以驚人的速度向夏長明追擊而去。蝙蝠群宛如籠罩在他身體周圍的黑煙，陪同他一起飛翔，一旦那男子開始下降，蝙蝠群就會重新將他的身軀托起，糾正他的方向。

夏長明指揮雪雕不停變換方向，雪雕的身法雖然靈活，可是卻無法將那名翼甲武士徹底甩開。

就在此時漁船已經靠近了大堤，另外一名翼甲武士從船艙內騰飛而出，在蝙蝠的護衛下飛向空中。

夏長明暗叫不妙，他彎弓搭箭，向牛頭山的方向射出一支響箭，響箭飛出一段距離就在虛空中炸響，可就在同時，那漁船已經重重撞擊在大堤之上，伴隨著一聲驚天動地的巨響，船身被炸得四分五裂，大堤在威力巨大的爆炸下撕開一道缺口，洶湧澎湃的河水宛如出閘的猛虎，又如墜入人間的銀河，白浪濤濤湧出堤壩，勢不可擋向南方的低窪地帶奔騰而去。

常凡奇等人雖然看不清懸雍河那邊的情景，可是卻聽得到這聲驚天動地的爆炸聲，一時間地動山搖，緊接著就傳來萬馬奔騰的聲音，爆炸聲雖然平息，可是腳下地面的震動卻越發強烈起來。山下負責守望的士兵一邊向上跑一邊驚呼道：「決堤了，決堤了！」

常凡奇心中一沉，一切果然不幸被諸葛觀棋言中，佩服諸葛觀棋料事如神的同時，他不由得想起仍然身在黑沙城的胡小天等人，半個時辰內奔騰咆哮的洪水就會淹沒黑沙城，如果胡小天他們無法及時撤離，恐怕難逃此劫。

空中傳來一聲雕鳴，卻是夏長明騎在雪雕之上拚命向牛頭山的方向逃來，常凡奇舉目望去，依稀看到在夏長明的身後還有兩道黑影窮追不捨。常凡奇怒吼道：「兄弟們弓箭準備！」

除了一百名駐守在平金丘觀望情況的士兵以外，其餘一百人全都跟隨常凡奇在牛頭山上，這些士兵全都是從東梁郡精挑細選，無論馬上步下，進攻遠射全都在行，常凡奇一聲令下，所有人同時摘下弓箭，瞄準空中在蝙蝠群護衛下的翼甲武士射去。

常凡奇雖然沒有足夠的把握能夠將兩人射落，可是他有信心延緩兩人追擊夏長明的速度，也只有這樣，夏長明才能及時脫身飛去黑沙城，趕在洪水抵達之前將消息通報給胡小天。

夏長明選擇從牛頭山上方經過的目的也正是這個，百餘支羽箭咻咻不停射向空中，不少蝙蝠被射中從空中墜落，兩名翼甲武士雖然沒有被亂箭射中，可是他們追擊的速度也不得不放緩。和雪雕的自如飛行不同，他們需要蝙蝠群將他們托上高處，然後才能利用翼甲的雙翅進行滑翔，被常凡奇和那幫武士一通射擊之後，蝙蝠被當場射殺不少，頓時陣營大亂，兩名翼甲武士也不得不放棄繼續追殺夏長明，唯有選擇就地降落。

百餘名武士配合默契，弓箭連發，試圖將兩名翼甲武士射殺于半空之中，可是羽箭射在兩人翼甲之上，只聽到叮噹不絕的聲音，根本無法穿透對方堅韌的盔甲。

其中一人已經從空中高速俯衝而下，揚起手中雙槍借著俯衝之勢，撥開射向自己的羽箭，狠狠刺入兩名士兵的胸膛。雙臂一震，將兩人的屍體挑得橫飛而起。

常凡奇怒吼道：「兄弟們列陣！」其餘士兵迅速棄去長弓，拿起盾牌聚攏在一起，常凡奇從身後摘下兩截鑌鐵長矛，對接在一起，怒視那名屠殺自己兩名手下的武士，他猛然向前方重重跨出一步，左腳重重頓在地上，膝蓋微屈，然後迅速繃直，借著地面的反彈之力，魁梧的身軀飛掠起一丈，然後挺動手中長矛，追風逐電般向那名翼甲武士刺去。

翼甲武士毫不猶豫地迎了上去，右手槍向外一分，試圖將常凡奇的長矛格擋開來，左手槍直奔常凡奇胸口而去。

長矛和短槍交接，常凡奇這一招勢大力沉，對方用盡全身力量都無法將他這一擊格擋開來，常凡奇手腕一翻，矛頭圍繞對方的右手槍，一纏一挑，將對方的短槍彈開，然後長矛猶如靈蛇出洞，刺向對方右肋之下，他這一連串的動作一氣呵成，招式之間延綿不絕天衣無縫。翼甲武士雖然攻守兼備，可是因為武器本身長度的限制根本無法靠近常凡奇，他的攻擊自然沒有任何威力可言。

第三章

決堤

暴雨從天而降，胡小天感覺不妙，事情讓諸葛觀棋說中，
觀天象、斷陰晴只是諸葛觀棋的本領之一，
若是對懸雍河的推斷正確，那麼可能會發生更可怕的事情。

第二名翼甲武士也已經俯衝而至，雙手擎起斬馬刀，意圖從背後向常凡奇發動進攻。常凡奇手下的士兵卻已列陣完成，以三層盾陣封住對方進攻的去路。三層盾牌猶如銅牆鐵壁，翼甲武士手中斬馬刀狠狠砍在盾陣之上，發出震耳欲聾的巨響，雖然他的武力遠勝任何一名士兵，可是卻無法突破對方合圍的盾陣，百餘名士兵分擔卸去了對方刀身傳來的力量，然後盾牌和盾牌之間出現一個個狹窄的孔洞，數十桿長矛從孔洞中飛刺而出。將這名翼甲武士逼退。

常凡奇揮動長矛，招式大開大合，逼得那名使用雙槍的翼甲武士不停後退，覷準機會，他長矛直刺，正中對方的胸膛，奪！的一聲，這一矛雖然將對方震得後退數步，可是矛頭卻仍然無法突破對方的外甲。

翼甲武士身軀一個踉蹌，然後以右腳為軸旋轉，左翼閃電般舒展開來，右手觸動機關，金屬羽翼突然解體，成百上千片金屬羽毛如同利箭般射向常凡奇。

常凡奇手中長矛一圈，然後身軀倒翻，藏身在盾陣之中，手下士兵組成的盾陣用層層疊疊的盾牌擋住瘋狂射來的金屬羽毛。

身後那名使用斬馬刀的翼甲武士也趁此時機從後方狙殺而至。

士兵們利用盾陣將常凡奇團團圍住，盾牌宛如魚鱗一般層層疊疊。刀槍從盾牌的縫隙中伸出，然後整個陣型開始旋轉移動，向兩名翼甲武士逼迫而去。

兩名翼甲武士看到勢頭不妙，彼此交遞了一個眼神，兩人轉身向山下逃去。剛才被衝散的蝙蝠群重新集結，聚攏成群。

常凡奇看到他們想要利用蝙蝠群逃走，大喝一聲道：「兄弟們，助我一臂之力！」

盾陣疊合形成一個四十五度的斜面，常凡奇轉身向斜面之上奔跑而去，在他奔跑到盾陣最頂端的剎那，所有組成盾陣的士兵同時發力，常凡奇如同炮彈一樣被彈飛而起，身軀瞬間凌空飛躍十餘丈的距離。

此時兩名翼甲武士已經重新被蝙蝠群托起飛到半空之中，本來他們以為自己已經脫離了險境，剛剛鬆了一口氣，卻看到常凡奇猶如神兵天降，人矛合一，凝聚全身力量的一矛徑直刺向那名手握斬馬刀的武士。

武士倉促之中只能揚起斬馬刀迎戰，他的力量還要遜色於常凡奇，被常凡奇長矛震開，矛尖在武士面門前幻化出無數寒光凜冽的刃芒，然後噗的一聲，準確無誤地扎入那武士的眼眶，矛頭深深貫入他的顱腦之中，那武士發出一聲慘叫，尚未來得及張開的雙翼只開合了一個狹窄的角度，然後就一個倒栽蔥摔了下去。

因為山體坡度的緣故，現在常凡奇距離地面要有二十餘丈，從這樣的高度摔下去，不死也得摔殘，他手下的士兵助他彈射到空中之後，馬上將盾陣移動，利用三層盾陣形成緩衝。

常凡奇的身體落在第一層盾陣之上，眾人配合默契開始進行卸力緩衝，經過三層盾陣的緩衝，基本抵消了常凡奇落地時的衝力，常凡奇毫髮無損地落在地上。

早有士兵上前將那名墜地的翼甲武士圍攏起來，跳落那人的面具，發現此人在落地的時候脖子摔斷，一命嗚呼了。

此時洪水已經上漲到了半山腰，一群士兵望著常凡奇道：「將軍，怎麼辦？」

常凡奇抬起頭，那名僥倖逃生的翼甲武士已經在蝙蝠群的承托下越飛越高，他揚起長矛重重栽入地下，低聲道：「主公吉人天相，諸葛先生料事如神，他們必然不會有事！」只是他們這些人想要離開牛頭山要等洪水退去之後了，還好他們帶了一些乾糧出來，再不行還有坐騎，熬上幾天絕沒有問題。

蘇宇馳眼看著辛苦召集的這場四方會談瀕臨崩潰，心中也是頗為無奈，西川方面一開始就擺出事不關己高高掛起的架勢，而興州方面只是一心想藉著這個機會索取糧草，胡小天雖然是最有誠意的一個，可是面對雙方咄咄逼人的態度，終於還是忍不住出手，折斷了郭紹雄的手指，這下雙方斷無再達成和談的可能。

胡小天向蘇宇馳拱了拱手道：「蘇大將軍，我不管其他人怎麼想，你提議的事情我這邊是答應了。」

蘇宇馳點了點頭，事情鬧到如今的地步也只能如此了，早知道這樣，直接和胡小天達成協議就是，何須再多叫上兩家，興州方面畢竟是一幫草寇，賊性難改，沒有好處他們又豈肯善罷甘休。

胡小天道：「告辭！」自從這場暴雨從天而降，胡小天也感覺不妙，事情果然讓諸葛觀棋說中，觀天象斷陰晴只是諸葛觀棋的本領之一，若是他對懸雍河的推斷正確，那麼很可能會發生更可怕的事情，雖然他派出夏長明和常凡奇統領二百名士兵前往護堤，可是單單是那些人手恐怕不夠，更何況現在暴雨如注已經嚴重干擾到視線。

霍勝男從營帳外衝了進來，如果沒有急事發生她才不會這樣做，她奔到胡小天面前一臉焦急道：「壞了，懸雍河的大堤被人炸開了！洪水很快就要淹沒這裡。」除了胡小天和諸葛觀棋之外，根本沒有人會相信霍勝男，胡小天也沒工夫向他們解釋，他向霍勝男道：「黑沙城的百姓有沒有疏散？」

霍勝男道：「夏長明已經去了。」

胡小天轉向蘇宇馳道：「蘇大將軍，趕緊讓你的人去疏散黑沙城的百姓，再晚就來不及了。」黑沙城因為這場四方會談此前已經被清場了一次，真正留在黑沙城內的本地居民並不多，且多半都是蘇宇馳麾下的將士。

蘇宇馳道：「可你怎麼知道……」

胡小天並沒有向他解釋，已經大步向營帳外走去。

興州的人馬已經開始撤離，不過他們是向北而行，胡小天本以為此次懸雍河決堤事件和興州方面有關，不然郭紹雄等人為何會急著離開？可從他們軍隊的動向來看應該對決堤之事一無所知，不然也不會主動求死。

諸葛觀棋望著漸行漸遠的興州人馬，他低聲向胡小天道：「主公，怎麼辦？」如果他們不提醒興州方面的話，那些人迎著洪水而行，肯定是自尋死路。

胡小天皺了皺眉頭道：「讓兄弟們通知所有人一聲，他們愛信不信！」

霍勝男傳令下去，他們帶來的八百兒郎齊聲大呼：「懸雍河決堤了，向南走！向南走！」

八百人同時呼喝聲震雲霄，雖然有風雨的干擾仍然遠遠送了出去，在青草園上參與會談的所有人都已經聽到。已經拔營北行的興州兵馬自然也不例外，郭紹雄仍然痛苦不已，他咬牙切齒道：「賊子，不報此仇我誓不為人……哎呦喂……他們叫什麼？」

謝堅道：「說是懸雍河決堤了。」

郭紹雄一邊吸著冷氣一邊道：「他們的詭計罷了，懸雍河雖然河床較高，可是河面距離堤壩尚遠，短期內不會有……決堤之危，一定……一定是他們的詭計……」

謝堅的表情卻變得越發凝重起來，他低聲道：「公子，小心駛得萬年船，咱們還是謹慎為妙。」

郭紹雄冷冷道：「你明明知道他們想要聯手害咱們，現在又要和他們同路，究竟是何用意？」

謝堅苦笑道：「公子，屬下也是為了你的安危著想。」

郭紹雄道：「不必了，你想跟著走，你自己去就是，我要繼續北行儘快……哎呦……返回興州。」

胡小天率領眾人頂著風雨向正南方向一路狂奔，他們必須在洪水淹沒這裡之前趕往拖龍山。離開青草園不過五里地，就看到一支隊伍擋在他們的前方，胡小天定睛望去，卻是西川楊道遠的兵馬，他心中頗為詫異，楊道遠這個人在他心中一直都是笑臉迎人，趨炎附勢沒有什麼性格，也就是跟在李天衡身後混日子的主兒，想不到他居然敢主動跟自己作對。

諸葛觀棋看到對方千餘人馬拍成了一個四方陣列，他微微皺了皺眉頭，看來對方已有準備，此時對方的陣營發生了變化，從方陣的左右兩肋突出兩個尖角，隨著尖角向兩側的延伸，陣型變成了菱形。

諸葛觀棋低聲向胡小天道：「七殺陣！共有七種變化，進攻的速度由緩到疾，步兵列於周圍，弓箭手位於內層，騎兵位於核心。」

胡小天望著前方緩慢靠近的大陣，沉聲道：「楊道遠真是讓我刮目相看，他居然敢主動挑起戰事。」

諸葛觀棋忽然咦了一聲，表情顯得頗為驚奇，這會兒功夫對方的陣營又發生了變化，和他所知的七殺陣不同，前排士兵已經演變成三個三角陣列，士兵手中一丈兩尺長度的長槍高擎在手，仔細望去，他們手中的長槍構造又有所不同，槍尖處乃是一個三尺長度的劍刃，可刺可劈。

諸葛觀棋道：「武陣合一！這些人全都不是普通的士兵！」所謂武陣合一，就是將兵法和武功陣法融為一體，取長補短，形成的混合陣法，想要驅動這樣的大陣，組成陣法的成員必須要懂得武功，而且往往都是苦修多年取得一定的成就，

胡小天已經看到走在隊伍最前方的那個，此人正是昨晚襲擊自己未遂，落荒而逃的馮閑林。胡小天道：「若是我沒猜錯，他們多半都是劍宮弟子，今次是衝著我來的！」

諸葛觀棋向霍勝男點了點頭，低聲道：「新月陣！」

霍勝男高聲嬌叱道：「列陣！」

身後士兵迅速排列開來，短時間內已經形成了一個弧形陣列，從高空俯瞰，猶如新月。

諸葛觀棋和霍勝男兩人縱馬隱入大陣之中，霍勝男的聲音再度響起：「放箭！」

數百支羽箭向空中射去，隨同瓢潑的大雨一起向敵營之中傾瀉而去。

托！托！托！托！密集的金屬摩擦聲不停響起，西川士兵撐起一頂頂鋼筋鐵傘，遮住天空，也遮住了箭雨，護住了他們的身體，羽箭鏃尖密集傾灑在精鐵扇面之上，發出讓人心悸的敲擊聲。

箭雨過後，精鋼鐵傘重新合攏，在他們的手中又變成一桿桿的長槍。

望著不斷逼近的敵人，胡小天的臉色也為之一變，他從腰間抽出劍柄，想要破去對方的陣列，只能依靠光劍這柄殺器了。

諸葛觀棋看到這一輪箭雨並未奏效，馬上將手中小旗傾斜下垂，然後橫向揮舞，傳令官高聲道：「低射！」

前排弓箭手半蹲下去，長弓和地面平行，羽箭低射而出，這次殺傷力比剛才大了一些，對方有十餘人中箭，可是大多數的羽箭仍然被對方的鐵傘擋住。

諸葛觀棋道：「龜甲陣！」

篤篤篤篤，手持長盾的士兵圍攏在己方陣營的外圈，對方的陣型防守嚴密，在己方攻擊起效甚微的情況下，只能先加強己方的防守，尋找對方的破綻，再全力反擊，爭取一舉將之擊破。

雙方陣營彼此的距離已經縮短到了二十丈。

諸葛觀棋雖然有信心將對方的陣營擊破，可是留給他們的時間卻已經不多，懸雍河決堤，身後洪水洶湧而來，而前方卻被對方大陣擋住去路。

胡小天盯住對方陣營前方的馮閑林，在他看來只要將馮閑林剷除，就可以讓對方的陣營陷入群龍無首的地步。

諸葛觀棋此時已經看出奧妙，對方陣法的核心位於尾部，中軸乃是攻擊力最為強大的地方，兩翼重在防守，想要破陣必須繞行到陣尾將主將擊斃。

他將自己的發現告訴了胡小天，同時傳令將龜甲陣增強。

胡小天隱身龜甲陣中，他心中已經有了回數。

蘇宇馳此時率領他的手下也已經撤退到這裡，他本以為對峙的雙方是興州郭紹雄和胡小天，畢竟胡小天折斷了對方的手指，引來一場報復並不稀奇，可怎麼都沒有想到這次居然是西川方面擋住了胡小天的去路。

袁青山向蘇宇馳請示道：「將軍，前方被兩軍阻擋住去路，咱們還是選擇繞行吧！」

蘇宇馳搖了搖頭道：「來不及了！傳令下去，擋我者死！」

擋我者死等於公開宣告了他的立場，他要幫助胡小天對付楊道遠。蘇宇馳的一千人加入戰團之後，等於以二敵一，在人數上他們已經完全佔據了優勢。

在蘇宇馳加入戰團之前，雙方的陣營已經撞擊在了一起，西川擺出的三個三角陣型齊頭並進，猶如箭鏃一般衝撞在胡小天一方的龜甲陣上，一場矛盾之爭就此展開。

而在雙方發生激烈衝撞的同時，兩道身影從龜甲陣中飛出，霍勝男於虛空之中彎弓搭箭，頃刻間已經向敵陣射出十多箭。

胡小天升騰足有三丈有餘，然後施展馭翔術，在空中宛如大鳥般滑翔，手中握著的卻是一個尺許長度的劍柄，劍柄之上光禿禿空無一物。一起一落，足尖在下方鋼筋鐵傘之上輕輕一點，然後再度騰躍而起，目標鎖定對方陣尾，怒斥一聲，直掠而下。

六名武士撐起鋼筋鐵傘封住胡小天前行道路，在他們的背後一名身穿灰衣的中年劍士已經將周身的內力凝聚至巔峰狀態，他要在胡小天衝撞鐵傘的剎那對他進行致命一擊。

胡小天的身軀距離前方的銅牆鐵壁只剩下兩丈的距離，他突然擰動劍柄，嗡的一聲，一道亮藍色的光芒從劍柄之中激射而出，胡小天揚起四尺光劍，狠狠劈斬在對方用鐵傘組成的屏障之上，這一劍毫無阻滯地將對方鐵傘組成的屏障劈開，隨之斷裂的還有藏身在背後武士的身體。

劍光照亮周圍一張張驚恐的面龐。

灰衣中年劍士在第一時間反應了過來，手中重劍一抖，向仍未落地的胡小天小腹刺去。

藍光閃爍之間，灰衣劍士手中的重劍一分為二，斷裂處猶如火融。在如此緊迫的情況下，胡小天不給對方任何喘息的機會，靈蛇九劍宛如春蠶吐絲，延綿不絕向對方招呼而去。

那灰衣劍士在重劍被胡小天斬斷就開始撤退，一層層鋼筋鐵傘意圖擋住胡小天。可胡小天的這柄光劍實在是太厲害，以削鐵如泥都不足以形容它的神奇，而且還可以根據檔位的不同調節劍刃長度，胡小天從一開始拿定主意要速戰速決，馬上將光劍調至三檔，摧枯拉朽般殺出一條血路。

灰衣劍士被胡小天追得落荒而逃，諸葛觀棋判斷正確，他們陣營的核心就是尾部，胡小天將核心攪亂，西川陣營頓時陷入群龍無首的境地。

而後方霍勝男也率領將士進行反攻，蘇宇馳陣營的加入更是讓形勢在頃刻間逆轉。

西川方面馬上陷入全線潰敗的境地，諸葛觀棋下令不可手下留情，對西川的這幫將士痛下殺手。唯有死亡才能在短時間內威懾住對方，讓對方讓開通路。

西川將士在雙方合力圍殲之下四處逃竄，軍心一旦渙散，想要再組織起有效的進攻已無任何的可能。

胡小天收起光劍，這殺器雖然厲害，可惜卻存在著一個致命的缺陷，能量損耗太快，這玩意兒有年頭了，估計裡面有電子元件之類的東西，已經老化，很多時候越是先進的東西越不可靠，越是電子的東西越不經用，還是原始的冷兵器耐操。

胡小天揚起長刀破風，一刀將對面的一名武士連人帶盾劈飛，看到前方馮閑林的身影，仇人相見分外眼明，昨晚就讓這廝逃走了，這次不會再給他逃跑的機會。

伴隨著胡小天一刀揮出，霸道無匹的內息凝聚於刀身，然後演變為凜冽的刀氣脫離刀身急電般奔襲而出。

馮閑林雖然看不到無形刀氣，卻已經覺察到一股前所未有的濃重殺機撕裂天地向自己迅速逼迫而來。馮閑林此前已經兩度敗在胡小天的手下，他當然清楚自己和胡小天的實力相差甚遠，如果單獨面對胡小天必敗無疑，所以在胡小天朝他追趕而來的時候，他的第一反應就是逃命，雖然反應夠快，可是胡小天的動作更快，以誅天七劍劈出的刀氣一樣霸道無匹，馮閑林似乎聞到了死亡的氣息，只覺得自己無論逃向哪個方向都無法逃過胡小天的殺招，臉色慘白，心如死灰，暗叫完了，今次恐怕要死在胡小天的劍下。

就在生死一線的時候，一道身影從側方衝了過來，也是一劍隔空劈出，劍身迸發出的劍氣撞擊在胡小天的刀氣之上，雖然他的內力要比胡小天差上一籌，可是畢竟起到了削弱對方力量的作用，而且這一劍是從側方劈出，並不是正面和胡小天抗衡，巧妙將對方刀氣的方向導向一側。

正是這關鍵時刻的一劍將馮閑林從死亡的邊緣拉了回來，饒是如此，刀氣仍然掠過馮閑林的左臂，他的左臂齊肘斷裂。

胡小天暗叫可惜，如果不是中途殺出這人，他定然可以將馮閑林一刀斬為兩段，目光向那出手之人望去，卻見那人來去如風，出手之後即刻隱入西川陣營之中，胡小天這才認出那人竟然是夔州太守楊道遠，難以掩飾內心中的驚奇。原來楊道遠竟是一個深藏不露的高手，非但如此，他竟然已經達到劍氣外放的境界。

楊道遠也清楚自己無法和胡小天正面抗衡，所以出劍為馮閑林救急之後馬上隱入隊伍之中，隨同隊伍向正西方向撤離。

胡小天幾乎可以斷定楊道遠和劍宮有著極其密切的關係，無論是昨晚伏擊他時的天羅劍陣，還是今天將武陣結合的七殺陣，其中都有不少的劍宮高手參與，他們的目的應該衝著自己，想要從自己手中得到誅天七劍的秘密。

看到西川將士退去，胡小天也沒有繼續追殺，而是指揮部下迅速向拖龍山的方向撤退，眾人都知道情況緊急，縱馬揚鞭拚命朝著拖龍山的方向狂奔而去。

胡小天騎在小灰背上，馬如蛟龍，一馬當先衝在隊伍最前，前方已經可以看到拖龍山的輪廓，到了那裡，即便是洪水襲來也沒什麼好怕了，胡小天轉身望去，卻見夏長明駕馭雪雕已經從後方趕來，他低飛在胡小天頭頂，揚聲道：「主公還需加快速度，洪水已經來了！」

胡小天極目遠望，卻見北方地平線已經出現了一條雪白的細線，應該是洪水正在迅速逼近，他高呼道：「所有人儘快衝上拖龍山。」

時蘇宇馳和胡小天的隊伍已經不分彼此，雙方都朝著同一個目標拚命趕去，卻聽身後滾滾風雷之聲不斷，眾人都不敢回望，生怕短暫的耽擱都會讓他們錯失逃生的良機。

胡小天放緩馬速落在隊尾，他指揮手下將士加速衝上拖龍山，此時後方洶湧澎湃的潮水已經湧入他的視野，距離隊尾不過兩里的距離，胡小天看到大部分人都已登上拖龍山，這才策馬揚鞭，全速向山上狂奔而去。

小灰猶如天際間一條灰色的閃電，在蒼茫的大地上破風而行。夏長明從空中俯瞰，卻見那水線不停逼近隊尾，鋪天蓋地的潮水狂湧而至，眼前的情景用動人心魄都不足以形容。

已經率先抵達拖龍山上的霍勝男和諸葛觀棋都在關切注視著胡小天的身影，看到潮水吞噬了不及登上拖龍山的數百名士兵，宛如窮凶極惡的猛獸般追逐著胡小天的身影，他們的內心都提到了嗓子眼，最近的時候潮水距離胡小天只有兩丈的距離，潮水狂奔的勢頭終於在半山腰處受阻，拍打在山體之上，激起漫天飛濺的水花，胡小天騎著小灰水淋淋從漫天水花中衝了出來，徹底脫離了危險，眾將士齊聲歡呼。

霍勝男已經迫不及待地迎了上去，胡小天飛身下馬，張開雙臂，霍勝男顧不上眾人都在觀望著他們，投身入懷，緊緊抱住胡小天的身軀。

蘇宇馳也已經脫離了險境，他的一千多名手下，大概有兩百人沒有逃出，雖然損失不小，可是如果沒有胡小天的事先提醒，恐怕現在他們已經是全軍覆沒了。

剛好胡小天的目光從遠處向他望來，蘇宇馳向他微微一笑，這一笑中包含了太多的意義。

在他們抵達拖龍山一個時辰之後，天空再度放晴，洪水也開始緩緩退去，在拖龍山逗留的這段時間，胡小天和蘇宇馳有足夠的時間達成共識，雙方決定暫時休兵罷戰，確保秋收的順利進行，而除此以外他們又達成了一個盟約，主要是關於興州，郭紹雄今天的態度表明，興州方面對和談並無誠意，很可能會在秋收到來之時搶糧。蘇宇馳和胡小天所在的區域都在興州的掠奪範圍內，共同對付興州也是他們切身的利益。

夕陽漸漸向西方墜落，放眼望去，正西的方向洪水已經退了大半，受災最重的還是黑沙城，因為那裡是這一帶最為低窪的地方，如今黑沙城已經完全被洪水吞沒，成為一片澤國。

南方的陸地大半都已經顯露出來，洪水來得快退得也快，蘇宇馳感歎道：「卻不知西川和興州的人馬有沒有躲過這場劫難。」

胡小天不屑笑道：「我早已提醒過他們，他們非但不停而且恩將仇報，此等卑鄙小人，讓老天收了他們倒也無妨。」

蘇宇馳雖然對楊道遠和郭紹雄也有些反感，可畢竟他們都是受了自己的邀請而來，在自己的地盤上出了事情，自己總要負擔一些責任，說不定西川和興州方面就會以此為藉口向自己發兵。相比較而言，雖然兩家都是在針對胡小天，可胡小天的地盤位於望春江以東，這兩家想要攻打胡小天，必須要先從自己這裡經過，因為和胡小天達成協議的緣故，自己反倒成了他的屏障。蘇宇馳暗歎，胡小天果然精明，表面上看他沒有提出條件，可這次和談真正得到最大利益的還是他。

胡小天也沒有在此地長久逗留的打算，看到洪水退去，即刻向蘇宇馳辭行，夏長明這會兒功夫又乘著雪雕往返牛頭山一趟，確信常凡奇和那些士兵沒有遇到危險，只不過牛頭山的水勢恐怕還要一陣子才能完全消退，他們回去也需繞行，沿著懸雍河一路向東，走出洪水波及的範圍才能向南前往通源橋與大部隊會合。

胡小天辭別蘇宇馳之後一路向南，向通源橋而去，眾人此番死裡逃生多虧了諸葛觀棋未卜先知，預見了這場危機，如果不是提前做出準備，後果不堪設想。

胡小天也清楚這場危機是人禍絕非天災，本來他還以為是興州方面搗鬼，可是從郭紹雄逃跑的方向來看，應該跟他無關。西川的嫌疑也基本上可以排除乾淨，畢竟當時楊道遠等人是向西逃走，如果懸雍河的大堤是被他毀壞，他當時應該率隊向南逃走才對。

蘇宇馳身為地主顯然不會做這種事情，最大的可能就是毀堤放水的另有他人。根據夏長明剛才的回報，毀壞河堤的乃是兩名翼甲武士，從對方的手法來看，很可能隸屬於天機局，這些翼甲武士乃是洪北漠親自訓練，胡小天因此對洪北漠又增添了一份仇恨，有仇不報非君子，這筆帳早晚都要跟他清算。

也許上天認為這幾年將大康折騰得已經夠多了，終於對大康改換了臉色，這一年風調雨順。胡小天原本做好了抗洪防澇的準備，可是整個夏季並沒有遇到暴雨肆虐洪水暴漲的情況，庸江和望春江的堤壩都沒有遭遇太大的風險。

順利返回東梁郡之後不久，就聽說楊道遠和郭紹雄各自平安返回的消息，這兩人雖然命大，不過他們的部下卻死傷慘重，據聽說，楊道遠回到西川身邊剩了不過百人，郭紹雄更是可憐，只有十幾名手下跟著他活著回到了興州。

蘇宇馳主動召起的這場四方會談雖然沒有達到他預想的目的，可是結果也算理想，至少可以在短期內不必擔心胡小天在背後給他一刀，相比較而言，這三者之間，胡小天才是他最大的隱患。

其實胡小天也有自己的盤算，蘇宇馳對他而言也是如同芒刺在背，他並不想在這種時候和蘇宇馳矛盾激化，一方面他穩住蘇宇馳，一方面悄悄派人前往康都，利用自己的影響力，讓人散佈對蘇宇馳不利的傳言，眾口鑠金積毀銷骨，隨著流言的增多，朝廷早晚都會懷疑蘇宇馳和自己有所勾結，很多時候，清除對手未必要親自動手，讓他們後院失火才是真正高明的手段。

常凡奇歸來之後順便帶來了一套翼甲，這是在懸雍河攻擊他們兩名翼甲武士中的一個，胡小天的手下也招納了不少的工匠，其中有一人曾經在天機局的製器坊幹過，雖然他並沒有親手製作過甲冑，可是對天機局的標記是非常熟悉的，在仔細辨別了這套甲冑之後，他斷定這套翼甲乃是仿品，上方雖然有天機局的標誌，可是天機局標誌內有玄機，若有陽光照射其上，天機局三個字會折射出七色彩光，這套翼甲雖然工藝精巧，幾可亂真，但是在天機局三個字的雕琢上還不夠用心。

胡小天因此想到了一個人，遠在雍都的魔匠宗元曾經被天機局的翼甲武士襲擊，當時自己曾經親歷那場戰鬥，起因卻是宗元從得到的翼甲中摸清了製作的工藝，難道這套翼甲乃是出自他的工坊，兩名翼甲武士來自大雍？

胡小天和宗唐相交莫逆，想要得到這個答案並不難，他讓熊天霸和高遠兩人去雍都跑一趟，一是面見魔匠宗元，驗證這套翼甲是不是出自他的工坊，二是想邀請他們父子來東梁郡幫助自己，胡小天手下的工匠雖然很多，但是還缺少魔匠宗元父子那種大師級的人物，如果他們父子中的任何一個肯來幫助自己，那麼他將會如虎添翼，腦海中的很多想法都可以變成現實。

胡小天在七月初就已經踏上前往天香國的征程，此次是從海路前往，飛梟在每年的五月初就飛去北方地帶度夏，夏長明的雪雕雖然並不需要像飛梟那樣做季節性的遷移，但是進入六月之後也就懶洋洋沒了精神，自己飛行都慵懶無禮，更不用說再背負一人了，按照夏長明的說法，雪雕在炎熱的季節並不適合長距離飛行，乾脆放任牠們返回雪鷹谷。

胡小天也只能打消了從空中短期內飛往天香國的打算，他和趙武晟、夏長明三人率領百餘名水師將士，偽裝成尋常客商的樣子，開了一艘商船沿著庸江出海，揚帆南下，這也是目前來說最為穩妥的路線。

一連數日陽光晴好，旅途非常順利，進入八月，他們已經駛出了大康的海域，船隻航行多日，需要在南津島補給，這裡也是船隻向南進入遠洋的中轉站，當初胡不為率領大康船隊就是在這裡補給之後神秘失蹤。

南津島只是一個長五里寬三里的小島，不過因為這裡是東南海域最重要的補給站，終日商船來來往往熱鬧非凡，島上業態眾多，生意興隆，繁華熱鬧絲毫不次於陸上都市。

等到商船在港灣停好，船員們去補給，胡小天則和趙武晟、夏長明三人去島上閒逛。趙武晟這次是主動要求跟隨前來，過去他職責在身，不敢遠行，現在軍隊方面有了霍勝男統領調度，水軍方面有李永福坐鎮，大康方面忙於內部整頓，大雍方面和黑胡打得不可開交，鄖陽蘇宇馳又和他們達成了協定，可謂在短期內並無戰事之憂。趙武晟也忙裡偷閒，跟著胡小天一起去天香國見識見識。

趙武晟雖然在庸江水師多年，可是他多半時間都是在北方駐防，並沒有機會來到南部海域，對於南津島也只是聽說，今次才是第一次登臨，他向胡小天介紹道：「主公，這南津島號稱東南海上第一繁華，酒肆賭坊煙花柳巷應有盡有，可謂是麻雀雖小五臟俱全。」

幾人方才走上碼頭，就看到一群濃妝豔抹的煙花女子朝他們湧了上來，一個個嬌滴滴叫道：「大爺，您來了……」

胡小天笑道：「武晟兄看來是這裡的熟客啊。」

夏長明點了點頭道：「我看像！」

趙武晟笑道：「我也是聽說，第一次來……」話未說完已經被一名女子拉住：「大爺，您把我給忘了嗎？」

趙武晟真是哭笑不得，三人好不容易才從這幫煙花女子的糾纏中走了出來，趙武晟向他們解釋道：「因為船上生活枯燥，水手就算賺了錢也沒出去花，所以這些中途補給的島嶼就成了他們花錢的地方，吃喝嫖賭在這裡儼然成了一條龍的產業，南津島也成為東南海最大的銷金窟。」

夏長明道：「還說你沒來過，明明這裡就有一座銷金窟！」

兩人順著他所指的方向望去，果然看到右前方有一座金碧輝煌的建築，上方匾額上紅底金字，陽光下銷金窟三個字金燦燦晃眼。

趙武晟不禁笑道：「想不到這裡果然有一座銷金窟呢。」

胡小天看到銷金窟兩旁的對聯，卻見上面寫著：拳打南山猛虎，腳踢北海蛟龍，橫批是：無膽無財莫進來。端的是霸氣側漏，胡小天雙臂交叉抱在胸前：「無膽無財？是不是兩樣只要具備一樣就能進去？」

他的話被身後一人聽到，卻聽那人道：「這位公子，有財進去那就是花錢，有膽進去那就是欠錢，若是沒有花錢的本事又沒有欠錢的膽量，您最好還是別進去，不過只要走進這銷金窟，保證你所花的每一分錢都是值得的。」

胡小天轉身望去，卻見背後站著一位衣飾華美的貴公子，他身穿白色桑蠶絲質地的長袍，五官端正，劍眉朗目，膚色白皙，頭戴紫金冠，紫金冠上鑲嵌著一顆龍眼大小的珍珠，一看就是貴氣逼人，而且胡小天敢斷定他應該不是經常出海之人，在海上航行久了，平日裡習慣了風吹日曬之人哪有他這樣的膚色。再看他身邊的兩個小廝也是穿著華貴，胡小天雖然也是擁有一定身分之人，可他出門在外向來低調簡樸，因為海上炎熱，特地讓裁縫弄了圓領衫大褲衩，腳上蹬著一雙木底兒人字拖，夠休閒夠清爽，可橫豎看起來也不像是個有錢人。再加上這段日子的海上航行，膚色已經被陽光曬成了古銅色，看上去跟碼頭上忙前忙後的苦力也差不多。

趙武晟和夏長明兩人穿得倒是整整齊齊，不過三人走在一起，胡小天並沒有因為這身打扮而在氣場上弱上半分。其實這也正常，趙武晟和夏長明奉他為主公，追隨在他身邊，不經意之中還是要流露出許多恭敬。

胡小天望著那白衣公子笑了起來，露出一口整齊潔白的牙齒，膚色曬黑了，牙齒自然就顯得更白了：「我沒錢，但是我有膽！」

白衣公子也笑了起來：「那這裡應該很適合你。」他舉步向銷金窟內走去，還未到門前，就聽到一片嬌滴滴的聲音道：「徐公子來了，徐公子來了！」

胡小天向趙武晟和夏長明看了看，發現兩人的眼睛都比剛才明亮了許多，顯然是內心有所期待。胡小天也不多說，邁著大步走入銷金窟。

正如白衣公子所說，這銷金窟對所有人都一視同仁，你有錢也好，有膽也好，只要走進來就是銷金窟的客人。

進門就是一個巨大的賭坊，裡面賭台開了二十多桌，現場熱鬧非凡，三人在賭坊內轉了一圈，他們對此都沒有太多興趣，繼續向前走去，穿過大廳卻是另外一個境界，滿眼綠蘿藤蔓，處處鳥語花香，仿若突然進入了另外一個世界，周遭的煩囂與嘈雜頃刻間離你遠去。

不過還未等他們走入其中，就有兩位身穿低胸宮裝的美女婷婷嫋嫋走了過來，來到他們面前笑盈盈道：「三位公子可要飲茶？」

胡小天點了點頭，心中暗讚想不到這小島之上也有如此妖嬈性感的美女，連端茶送水的女僕都如此美麗，銷金窟的整體水準可想而知。

兩位美女帶著他們來到院內的一座涼亭內坐下，放下周圍紗簾，一人嬌滴滴道：「不知幾位公子是飲碧螺春還是竹葉青呢？」

趙武晟卻惦記著剛才的那番話，及時問道：「多少錢一壺？」

其中一位美女笑道：「來到這裡的客人很少有問價錢的，都是一百兩銀子，不過不是一壺，是一位。」

趙武晟眨了眨眼睛，他向胡小天看了一眼，意思已經表露無遺，黑店啊！三人坐在這裡喝口茶就要三百兩銀子，如果吃飯呢？豈不是要上千兩，如果再找點別的事情做，恐怕上萬兩銀子就這麼沒了。誰的錢也不是平白無故來的，銷金窟這麼幹等於是明搶啊！他們倒不是花不起錢，可這是冤枉錢啊！

夏長明也和趙武晟一般的想法，他向胡小天道：「東家，咱們只是找個地方吃飯，不如換個地方？」

兩位美女同時笑了起來，夏長明不用想也知道她們在取笑自己，滿臉通紅，畢竟誰都愛面子，尤其是在美女面前。

胡小天道：「既來之則安之，咱們雖然沒錢，可是咱們不缺膽子。」

一位美女格格笑道：「這位公子說笑了，您停在港口的那艘船怎麼也得值兩萬兩銀子。」

胡小天內心一怔，看來還真是小瞧了銷金窟，估計他們三人剛一登島就被人給惦記上了，難怪人家不怕他們消費，有一艘船在那兒等著呢，大不了人家用船來抵欠款。

胡小天笑道：「你不說我險些都忘了，不過我那艘船可不止這個價碼兒，沒有一百萬兩金子，誰也別想把我的船拉走。」

一位美女去倒茶，另外一位美女嬌滴滴道：「其實我們銷金窟乃是天下最公平最逍遙的地方，在這裡您所花銷的每一兩銀子都是值得的。」

胡小天乜著雙眼打量著這美女的胸脯，直到將她看得臉皮潮紅，都沒有收回自己的目光，笑瞇瞇道：「若是要你陪我一晚，要收多少銀子？」

那美女咬了咬櫻唇顯得嬌羞無奈的樣子，長袖掩住半邊面龐：「人家只是一個端茶送水的下人，公子誤會了。」

此時另外一名美女將茶送了上來，胡小天端起其中的一杯，品了口茶，話說這一百兩一位的茶水倒也湊合，胡小天微笑道：「這銷金窟的一切都應該有價碼，不必害羞，你說出來就是。」

那美女有些難為情地嗯了一聲，然後伸出一根手指。

趙武晟愕然道：「一千兩？」這妞兒真將他們當成沒見過世面的土包子了。

送茶過來的那美女格格笑道：「公子說笑了，自然是一萬兩！」

趙武晟剛剛喝到嘴裡的一口茶噗地噴了出來，一萬兩不如讓她們去搶！他們的大船才被估價兩萬兩，這倆丫頭加起來就趕得上那條船值錢了。夏長明也是目瞪口呆，有生以來他還從未光顧過這麼貴的地方，現在看來一位一百兩的茶水還真不算貴。

胡小天的表情卻沒有半點的錯愕，他反而覺得有趣了，笑眯眯道：「這麼說，此間的主人豈不是富可敵國了？」單單是在銷金窟端茶送水的丫頭也得有百來個，按照這個價碼推算那就是百萬兩之巨，這還只是人家陪一夜的價碼，若是將整個銷金窟所有的娛樂項目全都來上一遍，估計自己得把東梁郡給賠進去，這不叫宰人，簡直就是殺人了。

兩位美女同時點了點頭，認為胡小天富可敵國這四個字用得恰當。

胡小天道：「閑著也是閑著！不如咱們玩兩把。」

兩位美女笑道：「公子若是想玩，外面有賭坊。」她們顯然看輕了胡小天。

胡小天道：「外面太吵，不如就在這裡，有沒有美女坐莊呢？」

其中一位美女道：「公子，外面大小隨意，可是這裡面的規矩卻有不同，一注至少是五千兩。」她的意思很明顯，你算上那條船也不過只有兩萬兩，如果在裡面玩，恐怕沒開始就輸得精光了。

胡小天道：「就在這裡，玩骰子吧，找一位你們銷金窟最厲害的美女陪我玩。」

剛才送茶的那位美女嬌笑道：「在下小柔不才，願意陪公子玩兩手，不知公子準備了多少賭注？」

胡小天點了點頭：「我沒帶錢，就拿我的那艘船做賭注吧。」他身上其實有天下通兌的銀票，可並沒有想拿出來。

趙武晟和夏長明對胡小天從來都是極有信心，反正閑著也是閑著，船隻補給至少要在這島上逗留一個日夜，找點樂子也是好的。

第四章

遇見高人

小柔解開骰盅，目光盯著胡小天道：「公子承讓！」
她充滿信心，絕不可能失手，可是身邊傳來一聲驚呼。
小柔不敢相信，自己不可能失誤，可為何會敗了？
她想不透這其中道理，雙目怔怔望著胡小天，
此時方才知道遇到高人了。

小柔向同伴點了點頭，不多時已經送上骰子，她微笑道：「敢問公子貴姓？」

胡小天道：「萍水相逢何必在意姓名，你記住今天要輸給我錢就是，不過我只會比大小。你搖過之後，我搖，大者為贏！」

小柔嫵媚一笑，將三隻骰子丟入白璧無瑕的磁片兒內，用骰盅蓋住，輕聲道：「咱們就比大小，我先來。」她搖晃了兩下放在桌上，笑盈盈道：「公子下注多少？」

胡小天道：「五千！」五千雖然是最小的下注，卻已經將一條船的四分之一扔進去了。

小柔揭開骰盅，眾人定睛望去，卻見三顆篩子全都是六點朝上，也就是說她已經立於不敗之地了。

胡小天也拿過那骰盅晃了晃，他聽力過人，從骰子的滾動中已經覺察到這幾顆骰子並沒有事先動過手腳，眼前的這個丫頭倒是不容小覷。胡小天搖晃了幾下將骰盅放下，揭開一看卻是兩個六一個五，夏長明惋惜地歎了口氣。

小柔嬌笑道：「也算不錯了，只是運氣欠上一點，公子承讓！」

胡小天道：「我欠了五千兩。」

小柔點了點頭，又要拿起骰盅，胡小天道：「這樣好像沒什麼意思呢，不如多來幾顆骰子。」

小柔道：「公子想要多幾顆呢？」

胡小天道：「再多七顆，湊夠十顆吧！」他知道玩骰子的高手往往可以將三顆骰子控制得隨心所欲，可是骰子越多想要將其控制住就越難，胡小天一下將總數加到了十顆，小柔明顯有些錯愕，她輕聲道：「十顆這麼多，恐怕這骰盅都放不下呢。」

胡小天道：「那就拿大碗公過來。」

小柔微笑點頭道：「就依公子。」她使了個眼色讓同伴去拿，雖然控制十顆她並無足夠的把握，可是六顆應該沒有任何問題。

「這次公子準備下注多少？」

胡小天道：「一萬五千兩！」

小柔搖晃骰盅，這次她搖出來八個六兩個五，已經很不錯。

輪到胡小天的時候，趙武晟和夏長明都有些為他擔心了，過去沒聽說胡小天喜歡賭博，可今天這才第二把，恐怕他們的商船就要輸進去了。胡小天微微一笑，其實玩骰子的高手可以通過聽力來分辨骰子的哪一面朝上，還可以通過精妙的手法控制骰子的滾動方向，可任何賭場高手也不能保證十顆篩子都能控制自如。胡小天雖然不是一個高明的賭徒，但是隨著他對劍氣外放的領悟加深，通過內息操縱骰子的方向對他來說還不是小菜一碟，拿起骰盅在手中一晃，內息已經透過骰盅透入其中，一道道內息宛如一根根無形的手指撥弄著骰子，通過內息就可以感知骰子的大小，胡小天接連晃了十幾下，方才將骰盅緩緩放在了桌面上，緩緩解開了骰盅，卻見他搖出了九個六一個五的輝煌戰績。

其實胡小天這樣的作為等同於作弊，他不是賭術高，而是對內息的控制高人一籌，那小柔雖然厲害，可是高超技巧和對內息掌控自如的胡小天相比仍然要甘拜下風。

夏長明歡呼一聲，呵呵笑道：「掌櫃的贏了。」

小柔雖然只是一個丫頭卻處變不驚，輕聲道：「公子果然深藏不露，小靜，拿籌碼過來。」

胡小天輸了可以欠著，她們卻一把一清，馬上另外那丫頭就將一枚金色銅錢遞了過來，這就是銷金窟的籌碼，無論是誰，只要贏走了籌碼，在離開南津島的時候都可以去錢莊兌走現銀或是等同價值的珠寶，想要帶走天下通兌的銀票也行。銷金窟雖然夠黑，可是在這方面卻非常遵守承諾。

胡小天接過那籌碼看了看，上面果然印著一萬兩，他將籌碼在手上拋了拋微笑道：「這一萬兩是不是可以讓你陪上一晚了？」

小柔本以為他接著要賭，卻沒想到他居然說出這樣的話來，俏臉蒙上一層羞澀，小聲道：「小柔不賣身的！」

胡小天和趙武晟對望了一眼，同時笑了起來，不賣身？不是說銷金窟的一切都是有價碼的嗎，只要你出得起錢，在這裡就可以找到樂子。應該是價錢沒給夠，不過這個小柔倒是比她同伴要美麗幾分。

胡小天當然沒興趣花這種冤枉錢，將那枚籌碼放在桌上。

小柔道：「公子還要賭嗎？」

胡小天點了點頭道：「剛剛才有了興致，豈能半途而廢。」

小柔道：「可是公子明顯是在欺負人家呢，人家從未嘗試過這樣的玩法，不如咱們還是三顆。」她也不是傻子，知道這樣繼續玩下去自己肯定必敗無疑，如果只是三顆，她就立於不敗之地了。

胡小天笑道：「三顆就三顆，還是大者為勝，這次我先來！」

小柔心願達成，笑盈盈道：「公子這次下注多少呢？」

胡小天道：「剛才都一萬五千兩了，這次沒理由不大一點。」他將那枚籌碼放在桌上：「加上我的船，三萬兩！」

小柔笑靨如花，做了個手勢，胡小天拿起只有三顆骰子的骰盅搖了搖放在桌面上，揭開一看卻是三個三，夏長明和趙武晟同聲驚呼，這次真是大失水準啊。

小柔笑得越發開心了，看來此人剛才只不過是湊巧贏了自己，單單是眼前的成績，就算自己閉著眼睛也能贏他。

胡小天微笑點頭，絲毫沒有懊惱的樣子。

小柔拿起骰盅在手中晃了晃，美眸充滿得意地望著胡小天，然後輕輕將骰盅一頓放在了桌上，她這一頓卻是用上了技巧，剛好將每顆骰子震動到六點朝上，胡小天雙手放在桌面上看來似乎有些緊張，夏長明和趙武晟比他還要緊張，一個個探出頭去等著看最後的結果。

小柔緩緩解開骰盅，目光卻盯著胡小天道：「公子承讓！」她對自己充滿了信心，這樣的狀況下絕不可能失手，可是身邊卻傳來一聲驚呼，然後聽到趙武晟和夏長明欣喜若狂的大笑聲，小柔此時方才低頭望去，卻見三顆骰子全都是二，比胡小天搖出的點數還要小。小柔幾乎不能相信自己的眼睛，用力眨了眨美眸，確信自己沒有看錯，此時臉色都變了，她相信自己不可能失誤，可為何會敗了？她無論如何都想不透這其中的道理，雙目怔怔望著胡小天，此時方才知道遇到高人了。

胡小天剛才手並未離開桌面，在小柔放下骰盅的剎那，內息外放，將點數全都改變，這樣做雖然有些不夠厚道，可是賭場之上賭的就是心計和手段。

夏長明也被這意外的勝利弄得欣喜不已，他笑道：「快拿錢來！」

小柔咬了咬櫻唇，點了點頭，一旁同伴又拿了三個籌碼出來。小柔明顯有些緊張了，低聲道：「公子還要繼續嗎？」

夏長明低聲道：「掌櫃的，咱們還有事情呢。」他是的確有些不忍心了，如果胡小天再贏下去，眼前這位小姑娘只怕沒辦法交代了。

胡小天也深諳見好就收的道理，將四枚大錢收起，在手中噹啷作響，微笑道：「不玩了，先去辦事。」

這兩位美女知道胡小天是此道高手，也不敢繼續堅持找回場面，只能道了個萬福恭送他們離去。

就在胡小天三人起身準備離去的時候，卻聽到一個清越的聲音道：「有貴客到來，為何不通知我一聲？」

兩位美女惶恐垂下頭去：「東家！」

胡小天聞聲轉過身去，卻見一位中年文士緩步從竹林小徑中走出，一身深藍色長衫，相貌清臒，看起來身上並沒有半分商人的市儈氣，反而像一個飽讀詩書的學究，在他的身後跟著兩位美貌女郎，無論身材相貌都是上上之選。

胡小天猜到此人就是銷金窟的主人，那中年文士來到胡小天面前，拱手作揖道：「在下乃是此間主人，敝人姓徐，不知尊客高姓大名？」他正是銷金窟主人徐鳳舞。

胡小天看到別人對他如此客氣，也抱拳還禮道：「在下姓胡，此番前往天香國辦貨，途經寶地，多有叨擾。」

徐鳳舞微笑道：「一看公子就非凡人，請坐！」

胡小天心想八成是看老子贏了錢所以就不讓我走了，他笑道：「徐老闆，我們還有要緊事，不便長留。」

徐鳳舞呵呵笑道：「胡公子不要誤會，我留公子只是為了跟你結交，絕沒有其他的意思。」他目光在桌面上掃了一眼，一旁小柔嚇得臉色慘白，垂下頭去，大氣都不敢吭一聲。

徐鳳舞橫了她一眼道：「有眼無珠的東西，居然怠慢貴客，枉我在你身上花費了那麼多的心血。」他的手掌輕輕落在桌面之上，盤中的三顆骰子同時震動了一下翻成了六點朝上。

胡小天內心一震，此人顯然已經猜到了端倪，他露出這一手分明是在震懾自己。

胡小天微笑道：「徐老闆，我們就不耽誤你教訓手下了。」

徐鳳舞卻歎了口氣道：「胡公子誤會了，我絕無不敬的意思，這些丫頭做錯是該教訓。」他向小柔道：「愣著做什麼？還不快將東西收走。」

小柔慌慌張張伸出手去，想要將桌上骰盅拿走，卻冷不防徐鳳舞抽出一柄彎刀，寒光閃過，竟然一刀將小柔的右手齊腕砍了下來。鮮血宛如噴泉般從小柔的斷腕中噴了出來，小柔臉色蒼白嬌軀一軟向地上倒去。她身邊的姐妹距離她雖然很近，但是無人敢去攙扶她。

夏長明一個箭步竄了過去，抱住小柔的身軀，怒道：「你做什麼？」

胡小天冷冷望著徐鳳舞，此人的出手之狠辣遠超他的想像。

趙武晟也是勃然大怒，雖然他久經沙場見慣死傷，可是這徐鳳舞動輒傷人的殘忍舉動仍然讓他震驚不已。

徐鳳舞臉上露出陰惻惻的笑容：「這是在下的家事，幾位還是不要過問了。」

胡小天點了點頭。

小柔面色蒼白地躺在夏長明懷中，額上滿是冷汗，顫聲道：「奴婢知錯……」

夏長明心中一股無名火陡然躥升出來，他怒吼道：「多少錢？多少錢？我要為她贖身！」

徐鳳舞呵呵笑了起來：「想不到今日遇到了大善人。」他伸出五根手指：「五萬兩銀子！」

胡小天剛才總共才贏了四萬兩，也就是說想把小柔帶走還要倒貼給他一萬，此人的心腸不但歹毒而且貪婪。

夏長明從懷中掏出一張五國通兌的銀票，他這次還負責管錢，其實夏長明平時不是這個性子，今天顯然被眼前的一幕刺激到了。胡小天將手中的四枚籌碼放在桌上，五萬兩銀子分文不少。

胡小天也不多說，從地上撿起小柔那隻斷了的手掌，畢竟時間尚短，越是儘快為她做斷肢再植手術，癒後就越好。

他們三人轉身離去，卻聽徐鳳舞冷冷道：「人你們帶走，那隻手給我留下！」趙武晟的手一記落在劍柄之上，是可忍孰不可忍。

胡小天也要發作之時，卻聽遠處傳來一聲歎息聲：「算了吧！」只聞其聲未見其人，不過徐鳳舞聽到這句話之後居然沒有繼續堅持。

胡小天等人帶著小柔離去之後，那說話之人方才從小樓上下來，正是胡小天在銷金窟門前所遇的那名白衣公子，白衣公子緩步來到徐鳳舞面前，有些厭惡地看了看地上的血跡，掏出一只錦帕掩住了鼻子，似乎受不了這樣的血腥氣息，低聲道：「六叔，殺人不過頭點地，得饒人處且饒人。」

徐鳳舞對這位侄兒似乎頗為忌憚，臉上擠出討好的笑容道：「慕白！他們耍詐！」

徐慕白淡然道：「賭場之上何必計較手段，你這樣做，別人會覺得你輸不起，區區四萬兩銀子和名聲比起來根本算不上什麼。」

徐鳳舞點了點頭，微笑望著徐慕白離去，等他遠走之後方才低聲自語道：「虛名遠比不上銀子來得實在，現在的年輕人連這麼簡單的道理都不懂得了。」

胡小天三人帶著小柔匆匆返回碼頭，胡小天此次前往天香國也帶了器械箱，他讓夏長明打下手，為小柔將斷手重新縫合，這種手術對胡小天而言並不複雜，可卻是一個耗時費力的細心活兒，清創之後，要進行再植手術，這其中包括骨支架重建、血循環重建，在缺少手術顯微鏡的情況下，縫合血管絕對是對眼力和技巧的考驗。

此外還要進行神經修復，肌肉和肌腱的修復，一切完成之後最後一步才是縫合皮膚。

不過幸運的是徐鳳舞這一刀太快太狠，切口整齊光滑，並沒有造成任何的缺損，這樣的狀況對斷肢再植是一件好事。饒是如此，胡小天也花費了近三個時辰方才完成手術。

走出船艙來到外面，解開口罩，胡小天長舒了一口氣，抬頭望去，卻見外面已經是月上中天，剛才帶著小柔回來的時候，還是下午呢，想不到此刻已經天黑了。

身後傳來腳步聲，卻是夏長明跟著走了出來，胡小天朝他笑了笑。

夏長明一臉慚色道：「主公，今天為您惹麻煩了。」

胡小天哈哈大笑：「什麼麻煩，這麻煩原本就是因我而起，就算你不出聲，我也一定會將她救出來的。」

夏長明感動地點了點頭，追隨胡小天越久，越發現他身上讓人心折的魅力，胡小天不但擁有高超的武功及神奇的醫術，最關鍵的是他懂得尊重別人，在任何時候都不忘考慮到別人的感受。

胡小天道：「只是此時有些餓了。」

空氣中忽然飄來一陣誘人的肉香，他和夏長明兩人同時舉目望去，卻見趙武晟提著燈籠從船頭處走了過來，樂呵呵道：「兩位大爺，酒菜已經準備好了，就等你們入席了。」

胡小天早已餓得夠嗆，接連往嘴裡塞了幾大塊牛肉，這才端起酒杯跟他們兩人同乾了一杯酒，趙武晟準備了滿滿一桌的海鮮，雖然銷金窟裡面的價錢驚人，可外面市場海鮮卻非常便宜，且品種豐富，他們船上就有廚師隨行，趙武晟趁著他們兩人為小柔療傷的時候，帶著廚子去採購，準備了一桌子豐盛的菜餚等他們享用。

夏長明很快就填飽了肚子，他又去小柔身邊陪護了。

趙武晟望著夏長明的背影意味深長道：「長明好像對那個小柔很有好感呢。」

胡小天笑了起來：「這也正常。」

趙武晟道：「我已經下令讓他們加快船隻補給，最快咱們明天中午就能離島。」

胡小天知道趙武晟這樣做是為了避免不必要的麻煩，抬頭仰望夜空，卻見新月彎彎高懸夜空之上，銀色的光輝籠罩著整個南津島，遠方的海面寧靜安詳，溫柔的海濤在月光下泛起魚鱗般的銀色光華，胡小天輕聲歎了口氣道：「如果不是我的緣故，她的手也不會斷。」他並未對夏長明說謊，就算夏長明不出面為小柔贖身，他也一定會這麼做，如果不是他一時性起，提出要跟小柔玩骰子，也不會引起後面的事情，說起來他畢竟還是好勝心太強，雖然贏了人家，終究是利用手段，勝之不武。其實本來胡小天贏過之後，拿了四萬兩銀子就走也沒什麼，只是後來突然殺出了一個徐鳳舞，此人笑裡藏刀性情卻是極其冷酷，竟然當著他們的面，一刀將小柔的右手給切了下來。

這一刀雖然砍在小柔的身上，可是卻激起了胡小天等人的怒火。

趙武晟看到胡小天許久沒有回答自己的問題，知道胡小天一定咽不下這口氣，低聲道：「掌櫃的，您說怎麼辦？」如果胡小天決定要報復銷金窟，他會毫不猶豫地率領弟兄們將銷金窟燒掉。

胡小天想了好一會兒方才道：「小不忍則亂大謀，銷金窟咱們暫時不動他們，等咱們回來的時候，再跟他們算帳。」

趙武晟點了點頭，胡小天說得很有道理，畢竟他們今次前往天香國最主要的任務是要競選駙馬，南津島只不過是他們途中的一個中轉站罷了，現在招惹麻煩的確沒什麼必要。

趙武晟道：「我看銷金窟的那幫人不是普通角色，為了提防夜長夢多，等明天咱們補給完成之後，還是儘快離開南津島為上。」

胡小天道：「銷金窟的那個老闆武功不弱，咱們在門前遇到的那位白衣公子更是一個深藏不露的高手。」

兩人正說這話的時候，卻見夏長明又出來了。

胡小天笑道：「怎麼沒在裡面陪著小柔姑娘？」

夏長明道：「她已經睡了。」

胡小天點了點頭。

夏長明又道：「剛才她說了一句莫名其妙的話，說什麼徐家的人咱們得罪不起，讓咱們趕緊走。」

趙武晟道：「哪個徐家這麼厲害？」

胡小天卻因為他的話而心中一動，要說天下間最有錢有勢的徐家就要數金陵徐家，也就是他外婆家，雖然他早就知道這門親戚，可是這些年來他和金陵徐家並未有過任何的接觸，雖然外公虛凌空曾經多次幫助過自己，可是這個外婆徐老太卻是性情冷酷之人，非但看著他們家落難無動於衷，甚至還一手導演了父母之間的悲劇。

胡小天對母親的死一直充滿迷惑，所以才會在她臨死前讓維薩利用攝魂術控制她的意識，徐鳳儀方才道出那個對他來說驚天動地的身世秘密，胡小天雖然相信母親不會說謊話，可是誰又能保證她所得到的這個秘密到底是不是真實可靠？徐老太太再狠，恐怕也不會幹出這種喪盡天良的事情來，除非胡不為和徐鳳儀都和她沒有任何的血緣關係，不然她這樣做豈不是讓人難以理解。

可是從外公虛凌空的種種表現來看，似有難言之隱，到底他們老倆口之間發生了什麼？過去的那些事除非親歷之人，別人很難知道。

因為小柔的事情，胡小天擔心銷金窟不會善罷甘休，讓趙武晟加強船上警戒。

這一夜倒是無風無浪，平平安安度過，翌日清晨，胡小天醒來走出船艙，看到趙武晟正朝這邊走了過來，微笑道：「好早！」

趙武晟道：「大清早就被銷金窟的那幫人吵醒了。」

胡小天微微一怔，以為銷金窟的人過來生事，低聲道：「來鬧事嗎？」

趙武晟道：「不是，只是他們老闆過來要見主公。」

胡小天跟著趙武晟來到船舷邊，看到碼頭上停著一輛豪華的馬車，銷金窟的掌櫃徐鳳舞就站在車前，他的身邊還有兩名美麗女郎，應該是正在等候自己接見。

胡小天道：「無事不登門，這廝不知又有什麼事情。」

趙武晟道：「要不要請他上來？」

胡小天搖了搖頭道：「在船上待了這麼久也悶得慌，下去走走！」

於是趙武晟隨同他一起沿著舷梯走了下去。

徐鳳舞看到胡小天從船上下來，頓時滿臉堆笑，和昨天陰狠冷酷的模樣簡直判若兩人。胡小天對他卻沒有任何的好臉色，不過昨天趙武晟的那句話提醒了他，他開始懷疑居銷金窟和金陵徐家有關。

徐鳳舞呵呵笑道：「大清早打擾胡財東休息，真是過意不去。」

胡小天道：「明知過意不去，為何還要打擾？」

徐鳳舞碰了個釘子，臉上的笑容變得有些尷尬，笑聲卻變得越發尖利刺耳：「呵呵，是這樣，昨兒我絕無對胡財東不敬的意思，只是這手下人不懂事，把我氣昏了頭腦，所以才出手教訓，胡財東走後，我仔細想了想，這事兒原本就是我做得不對，銀票我帶來了，五萬兩是你應得的，一萬兩作為我的一點補償。」

胡小天毫不客氣地將銀票接了過去，送上門來的不要白不要，老子管你有什麼目的。

徐鳳舞看到胡小天收了銀票，滿臉堆笑道：「勞煩胡財東將小柔交給我帶回去，那丫頭畢竟是我們銷金窟的人。」

胡小天瞇起眼睛輕蔑地望著徐鳳舞：「什麼意思？」

徐鳳舞道：「銀票你不是收了……」

胡小天哈哈笑道：「你剛不是說銀票是我應得的，多出的一萬兩是對我的補償，這六萬兩我收下了，至於小柔，昨天我花了五萬兩銀子為她贖身，咱們丁是丁卯是卯，你該不會把這兩件事混為一談吧。」

「你……」徐鳳舞錯就錯在對自己太有信心，認為在南津島的一畝三分地上他才是霸主，沒有人敢對他怎麼樣，想不到被對方擺了一道，臉色頓時冷了下來，笑容瞬間收斂，陰惻惻道：「年輕人，做人留一線，日後好想見！」

胡小天微笑道：「我這人做事向來不留餘地，你還不是一樣？」他向徐鳳舞走了一步道：「別以為你是金陵徐家的人我就不敢動你！」胡小天其實根本不清楚對方的背景，這句話的目的就是在試探。

徐鳳舞臉色驟變：「你到底是誰？」這句話等於承認了胡小天的猜測。

胡小天誤打誤撞居然猜中，他呵呵冷笑道：「你沒資格問，別說是你，就算徐老太太親來，我也不會將人交給她，識相的趕緊從我的視野中滾出去，若是不識抬舉，我馬上拆了你的銷金窟，讓你在南津島再無立足之地。」胡小天原本還抱著忍一時之氣的念頭，可是得悉銷金窟乃是金陵徐家的產業，頓時氣不打一處來，想起徐老太太當初對他們家的冷漠，以及她對徐鳳儀所做的一切，恨得牙根都癢癢了。

徐鳳舞愣住了，強龍不壓地頭蛇，他從未見過有人敢這樣肆無忌憚地威脅自己，而且還是在南津島，自己的地盤上，甚至還說連徐老太太親來他都不會給面子。

趙武晟也有些愣了，不是昨晚都說好了小不忍則亂大謀，怎麼今兒說變就變了呢？不過他對胡小天是無條件支持，就算胡小天變了也是有理由的，胡小天選擇忍耐也罷，選擇出手也罷，作為部下他都會堅決站在胡小天的身邊。

徐鳳舞唇角的肌肉抽搐了一下，然後桀桀怪笑起來，他向胡小天點了點頭道：「你有種！」他向胡小天身後停泊的大船看了一眼：「不把人留下，你們休想離開南津島！」話音未落，臉色驟變。

胡小天已經向他出手，一拳向徐鳳舞攻去。

胡小天猝然出手毫無徵兆，徐鳳舞也沒有料到他說打就打，只覺一股無形潛力淵如山嶽，拳風有如滔天巨浪向自己席捲而來，強大的內力讓徐鳳舞為之色變，他不敢硬接，足尖在地面一點，身體輕飄飄倒飛了出去，胡小天看得真切，此人的步法和自己的躲狗十八步有異曲同工之妙，胡小天這一拳卻是神魔滅世拳，精妙的步法和霸道的拳術全都得自於外公虛凌空。

胡小天並不打算掩飾，在徐鳳舞變幻步法的同時，胡小天也是揉身隨上，如影相隨。

徐鳳舞本來想利用精妙步法躲開胡小天的進攻之後，然後再行反擊，可是對方竟然懂得和自己相同的步法，而且看起來步法要比自己更加精妙，宛如泰山壓頂的巨大壓力始終籠罩著他，無論他怎樣躲藏都無法逃出胡小天攻擊的範圍，雖然這一拳還未落在徐鳳舞的身上，可是空前的壓力已經讓他驚恐萬分，周身的神經都已經繃緊，此時方才明白為何對方會說出如此大話，更讓他害怕的是，對方的武功似乎和自己師出同源。

趙武晟也看出了些許端倪，胡小天和徐鳳舞的步法應該是一個師父教出來的，不過胡小天的應該是更加精妙複雜，兩人之中肯定是有一個沒有得到真傳。

趙武晟不忘戒備隨同徐鳳舞前來的兩名女子。

就在此時遠處忽然傳來一個聲音道：「住手，大家都住手！」

胡小天看到遠處一人策馬揚鞭正朝他們的方向而來，那人白衣似雪，正是此前遇到的那位姓徐的貴公子。胡小天唇角露出一絲微笑，一拳直奔徐鳳舞的面門，徐鳳舞被他追得已經無路可退，只能硬著頭皮，也是一拳迎了上去。

胡小天並非莽撞之人，雖然他對金陵徐家並無好感，可是也知道對方十有八九就是徐氏宗親，這一拳還是留了幾分力道。

徐鳳舞人品雖然不怎麼樣，可武功卻是不差，和胡小天硬拚了這一拳之後，被震得氣血沸騰，接連後退了數步，竟然重新站穩了腳步，饒是如此，臉上也嚇得毫無血色。

胡小天使出神魔滅世拳和躲狗十八步，其中一個用意就是要引出徐鳳舞背後的人物，徐鳳舞的武功雖然不弱，可是此人的眼界和胸懷有著很大的問題，胡小天憑藉自身的直覺判斷，徐鳳舞應該算不上金陵徐家的重要角色，今晨他找上門來要人或許並非是他的本意，其背後很可能有人指使。一切果然不出胡小天的所料，他剛一出手，那白衣公子就現身，這個徐慕白應該是早就在遠處觀察事情的動向，看到形勢不對，這才現身。

徐鳳舞被胡小天這一拳震得胸口劇痛，只差沒噴出一口老血，望著胡小天又是震驚又是害怕，驚得是對方的步法竟然和自己師出同源，害怕的是，對方如此年輕武功就如此厲害，如果徐慕白再晚一刻現身，說不定自己真要折在他的手裡。

徐慕白騎在一匹白馬之上，當真是人如玉樹，馬若蛟龍，又如一道銀色閃電般瞬間已經來到兩人面前，翻身下馬，抱拳作揖道：「胡財東還望手下留情，得罪之處在下代為賠罪！」說完之後向胡小天深深一揖。

徐鳳舞怔怔站在那裡，他不知說什麼才好，其實他就是想說現在也說不出來。

胡小天心中暗忖，眼前的這些都是徐家人，這位風度翩翩的白衣公子雖然年輕，可看樣子在徐家的地位應該高過徐鳳舞，自己剛才顯露的兩手武功他們應該已經看出，若是有心或許可以猜到自己的來路。這裡並非大康境內，胡小天當然也不怕暴露自己的身分。微笑望著那白衣公子道：「這位兄台，我們之間並無仇隙，此事原本就是我和他的私事，與你無關。」

徐慕白道：「他乃是我的堂叔，性情素來暴烈，得罪之處還望胡財東海涵！」

胡小天笑瞇瞇望著徐慕白，不得不承認徐慕白長得夠英俊，風度翩翩，玉樹臨風，再加上這一塵不染的白衣，很能刷好感，只可惜他是徐家人。胡小天淡然道：

「你我只是萍水相逢，我未必要給徐公子這個面子。」

徐慕白道：「胡財東就算不給我面子，也應該給金陵徐家一個面子。」他抬起頭來，一雙清朗的眼睛盯住胡小天，意味深長道：「天羅迷蹤步乃是徐家獨門步法，就算是徐家的嫡系也最多掌握了十七步罷了，胡財東卻將所有步法融會貫通，我想我已經猜到您的身分了。」

胡小天緩緩搖了搖頭道：「我使的可不是什麼天羅迷蹤步，這叫躲狗十八步！」他也是今天方才知道步法的全名，要說虛凌空這位外公對自己還真是不錯，連徐家人都沒學全的步法，他全都交給了自己，別小看這一步，正是這一步才可以將十八步完全連接在一起，融會貫通，天衣無縫。徐鳳舞若是完全將步法掌握，胡小天一時半會兒也未必能夠將他擊中。

徐鳳舞在一旁聽著，臉紅一陣白一陣，他又不是傻子，就算從步法上看不出來，這會兒徐慕白和胡小天的對話他也聽明白了，這個胡財東必然跟金陵徐家有著密切的關係，只要稍稍用心想一想就能夠猜到他是誰了，金陵徐家胡姓親戚只有一個，胡家年輕一代中最為出類拔萃的人物更只有一個。此人必然是胡小天無疑，徐鳳舞雖然是徐姓，和徐鳳儀同輩，但是他並非徐老太太親生，只是徐氏宗室，在家族中的地位遠遠比不上徐慕白這位徐家的嫡孫。

徐慕白之所以在胡小天面前坦陳自己的身分，也是因為猜到胡小天真實身分的緣故，他微笑道：「如果我沒有看錯，胡財東剛才的拳法乃是神魔滅世拳，這套拳法乃家祖所創，慕白也只是聽說，今日才有緣相見，果真是霸氣側漏，猛不可當！」

胡小天故意道：「徐公子的家祖是？」虛凌空姓虛，而這一家全都姓徐。

徐慕白微笑道：「胡財東，咱們還是換個地方說話吧。」

胡小天點了點頭，一旁徐鳳舞站在那裡走也不是，留也不是，不知如何是好。徐慕白道：「六叔，你去準備一下，今天中午我要為胡財東接風洗塵，銷金窟不可接待任何的客人。」身為晚輩可這樣吩咐長輩，足見在家族中的地位兩人還是相差甚遠。

徐鳳舞有些怔怔地看了看胡小天，畢竟胡小天還沒有答應去銷金窟吃飯，何以徐慕白就讓他去準備？

徐慕白指了指前方石亭道：「咱們那裡說話。」

趙武晟這會兒也已經看明白了，敢情是大水淹了龍王廟，一家人不識一家人，原來這幾個姓徐的全都是金陵徐家的人，也就是說他們和胡小天是親戚，表兄弟！表叔侄，總之不外。

胡小天和徐慕白兩人來到石亭內，站在這裡剛好可以看到不遠處波光粼粼的海面，涼爽的海風撲面而來送來濤聲陣陣。徐慕白道：「表弟！到了現在你還不打算和我相認嗎？」

胡小天平靜望著徐慕白，對方的這聲表弟，等於表明他已經認出了自己的身分，胡小天微笑道：「你知道我是誰，可我還不知道你是誰呢？」

徐慕白道：「我叫徐慕白，你娘親乃是我的五姑母，我爹在徐家排行老么，乃是你的親娘舅是也！」

胡小天緩緩點了點頭道：「你果然是金陵徐家的人！」

徐慕白伸出手去握住他的手臂道：「表弟，其實昨天我見到你第一眼的時候就感到一種說不出的親切，你知不知道，這些年來我一直都在關注著你的消息，如果不是家規嚴明，我早已去找你了！」

胡小天心中暗自冷笑，找我作甚？胡家落難的時候 沒見你們金陵徐家伸一根手指頭，甚至連句關心的話都沒見你們說過，你們當時只顧著撇開關係，生怕牽連到了徐家，我有今日也沒有仰仗你們徐家一絲一毫的幫助，現在說這種話豈不是虛偽至極，不過胡小天也沒有當面表露，微笑道：「如此說來，我們果然是表兄弟。」

徐慕白表現得頗為親切，他用力搖了搖胡小天的手臂道：「我長你一歲，其實我們見過面的，我在十一歲的時候曾經去京城姑丈家住過半年的，你還記得我嗎？」

胡小天搖了搖頭道：「怎會記得？那時候我還是個又聾又啞的傻子！」他倒是沒說謊話。

徐慕白呵呵笑了起來：「你一定記得，表弟，誰不知道你當時是大智若愚。」

胡小天真是有些哭笑不得了，那時候他是真傻，可不是什麼大智若愚，絕對是如假包換的榆木疙瘩。

徐慕白道：「表弟，銷金窟其實是咱們自家的產業。」

胡小天聽他說得如此熱切，心中不由得生出反感，誰跟你咱家自家？這會兒把我當成自家人了？既然是自家人，當初為何要對我們不聞不問，又為何將我娘害得如此淒慘？可轉念一想，徐慕白只是和自己同輩的人，上一代上兩代的事情他未必清楚，自己也沒必要將所有的帳都算在他的身上，此番他的出現對自己而言倒是一個接近徐家的大好機會，他倒要看看徐老太太究竟是何許人物，其人究竟能冷血到何種地步？

胡小天道：「我已經查到了，不然剛才我也不會手下留情。」不說猜到而說查到證明了胡小天的心機，他就是要讓徐慕白感到自己手眼通天，這些小事瞞不過自己。

胡小天的話果然讓徐慕白心中產生了誤會，他認為胡小天昨日前往銷金窟乃是有備而去，挑起那場爭端也是故意而為，徐慕白歎了口氣道：「表弟，我知道你心中委屈，有些事一時半會兒也說不清楚，不過你我血脈相連，在我心中始終都牽掛著你這位兄弟。」

胡小天暗歎這徐慕白虛偽，他們兩人雖然是表兄弟，可此前卻沒有半點兒感情基礎，要說牽掛這二字更是無從談起。不過人家既然說出來了，自己也不能當面揭穿打臉，胡小天微笑道：「真是想不到咱們兄弟倆會在這裡相遇，表哥一直都在南津島嗎？」

徐慕白道：「不是一直在，也是昨日剛到，不如咱們去銷金窟一邊喝茶一邊閒聊。」

胡小天故意做出有些猶豫的表情，徐慕白笑道：「你該不會還生六叔的氣吧？這南津島官商賊寇什麼人都有，銷金窟想在這裡站住腳，不狠一點，不黑一點是不可能的，他之所以那樣做也是環境使然，你不用怪他了。」

胡小天故意道：「那斷手的女子怎麼說？」

徐慕白道：「當然任憑表弟處置。」

胡小天道：「既然如此，我就將她帶走了。」

徐慕白笑道：「別說是她一個，就算表弟要將整個銷金窟的女子全都帶走，我擔保也不會有人敢說任何的閒話。」

胡小天呵呵笑道：「放心吧，我不會搶徐家的東西。」

徐慕白微微一笑，總覺得胡小天這句話另有含義。

胡小天答應了徐慕白的邀請，回到船上，看到眾人都在忙著往船上搬運東西，按照目前的進展，中午能夠完成全部的補給。

趙武晟向胡小天彙報了進展情況，胡小天點了點頭道：「不急，剛認了一門親戚，中午咱們去銷金窟喝酒。」

趙武晟對此已經有所瞭解，笑了笑道：「全都要去嗎？」

胡小天搖了搖頭道：「留二十名兄弟在船上照料，夏長明也不用去了，其餘人全都跟我過去喝酒。」

趙武晟打趣道：「要付酒錢嗎？這麼多人恐怕把船當了都不夠。」

胡小天哈哈大笑，拍了拍趙武晟的肩膀道：「敢找我要錢，難道不怕我六親不認？」

胡小天來到船艙內為小柔換藥，順便檢查了一下她的傷情，小柔此時已經完全清醒，靜靜坐在床上一言不發，雙眸隱隱泛出淚光。

胡小天也知道她經此一事內心必然遭受重創，短時間內只怕無法恢復過來，他為小柔重新包紮好之後，微笑道：「不妨事，你這隻手應該可以恢復如初，我給你用的金創藥乃是神農社特製，以後的疤痕也不會明顯。」

夏長明在一旁聽著心中也倍感欣慰，小柔咬了咬櫻唇，轉過臉去，肩膀微微顫抖起來，背身傳出輕輕的啜泣聲。

胡小天道：「你也不用害怕，我和他們已經談好了，以後銷金窟不會再找你的麻煩。」

小柔抽噎道：「多謝胡財東了。」

胡小天道：「你不必謝我，其實你弄成這個樣子全都是因為我的責任，如果不是我那麼爭強好勝，也不會發生這樣的事情。」

小柔道：「和胡財東無關，全都是小柔自己的命數。」說完她又重新沉默了下去，胡小天也不適合多說話，轉身出了船艙，夏長明也跟在他身後出來。

胡小天低聲將自己認了一門親戚的事情跟夏長明說了，夏長明聽得目瞪口呆，想不到兜了個圈子，這銷金窟居然是胡小天姥姥家的產業。儘管知道徐鳳舞是胡小天的親戚，夏長明仍然掩飾不住對他的厭惡，低聲道：「主公，中午我就不跟您過去了。」

胡小天笑道：「本來也沒打你的主意，咱們這邊需要人留守，而且小柔姑娘身邊也離不開你照顧。」

夏長明的臉不由得紅了，胡小天也沒有說破他對小柔有意思，他對胡小天此去銷金窟有些不放心，叮囑道：「主公也要多多留心，提防他們使詐。」

胡小天道：「畢竟是親戚大面上還是要過得去的，總不能逼我大義滅親吧？」

夏長明道：「總之我感覺那銷金窟不是什麼好地方，主公千萬提防。」

胡小天當然不會放下戒心，上次自己在康都被七七和任天擎聯手設計，可畢竟不是每個人都有任天擎那種本事，現在的自己雖然稱不上絕對的百毒不侵，可也相差不遠了，普通人下毒是奈何不了自己的。更何況他也不認為對方有這個膽子公然毒害自己。

胡小天和趙武晟率領八十多名手下來到銷金窟的時候，這裡早已將顧客清理一空，只等他們的到來。遠遠就看到徐慕白站在銷金窟外，靜候他們的到來。

胡小天來到門前下馬，徐慕白微笑迎了上來，抱拳道：「表弟，你來了！」

胡小天向他笑了笑，這聲表弟叫得可真親，好像生怕別人不知道他們兩人的親戚關係似的。可他也不能否認這門親戚的事實，朗聲道：「給表兄添麻煩了！」

徐慕白親切攬住他的肩膀道：「自家人何須客氣，快，快請進！」

為了迎接胡小天一行的到來，銷金窟方面一共在大廳開了十桌，這當然是用來招呼胡小天的那些手下，至於胡小天和趙武晟，裡面專門有伺候他們的地方。

在徐慕白的引領下經過那天飲茶賭錢時的優雅院落，胡小天特地向地上看了看，地面上的血跡早已被清理乾淨，彷彿一切都未發生過一樣。前方修竹成行，從竹林中的小徑走入，放眼望去，滿眼碧色讓人賞心悅目。行走其間，微風輕鬆，竹影婆娑，風中舞動，沙沙之聲不絕於耳，在這樣暑熱的天氣中讓人感覺到說不出的暢快，不得不承認徐家人還是有著相當的品味。

徐慕白悄然打量著自己的這位表弟，胡小天今天雖然換了衣服，可仍然顯得不倫不類，短袖衫配大褲頭，雙臂裸露在外，一雙光溜溜的大長腿，腳上穿著一雙木屐，徐慕白心中暗暗發笑，這位表弟也太不注意儀表了，除了港口的勞工，平常誰也不會這麼穿。

胡小天從來都是我行我素，自己舒服就好，他才不管別人什麼感受，大熱的天讓他穿長袍，一身痱子都焐出來了。

沿著這條竹林小道走到盡頭，眼前豁然開朗，前方卻是出現了一片碧綠清澈的池塘，池塘內生滿碧荷，粉色荷花開得正豔，不時有蜻蜓振翅點水，有一道九曲長橋通往池塘中心的水榭，他們宴請胡小天的地方就在水榭之中。

在長橋之上側立著十多個美麗女郎，一個個全都對胡小天笑臉相迎。

胡小天故意向徐慕白道：「表兄，銷金窟的美女不少啊。」

徐慕白微笑道：「庸脂俗粉，也算不上什麼極品美女，不過這裡的女子多半是乾乾淨淨的，表弟喜歡哪個，我便送去船上伺候你。」

胡小天嘿嘿笑了一聲，心想這位表兄也不太會說話，前面說庸脂俗粉，後面又表現出這麼大方，我若是要了，豈不是顯得我品味低？

眾人進了水榭，兩位美女侍立門前，水榭內的八仙桌上已經擺好了美味佳餚，胡小天本以為徐鳳舞會在這裡，卻沒想到裡面並無他的身影，心中不覺有些奇怪，他向徐慕白道：「此間的主人呢？」

徐慕白笑道：「你是說六叔啊，他正忙著安排呢。」他向一旁侍女使了個眼色，讓她去將徐鳳舞請過來。

沒過多久徐鳳舞就出現在水榭之中，徐鳳舞得悉胡小天真正的身分之後，心中吃驚不小，雖然金陵徐氏和胡小天之間並沒有聯絡，可是徐家人這些年一直都在關注胡小天的一舉一動，胡小天這些年的成就他們都是看在眼裡的。徐老太太雖然沒有公開評價過這個外孫，可是誰也無法否認胡小天乃是徐家年青一代中成就最大的一個，他現在的名聲甚至已經超過了當年的戶部尚書胡不為。這樣的一個人，徐鳳舞當然也不敢得罪，他在徐家雖然輩分不低，可惜卻並不是直系，身分地位比起徐慕白尚且不如。

徐鳳舞的表情多少顯得有些尷尬，按照輩分來說，胡小天應該稱呼他一聲表舅，可他們之間發生不快之後，只怕胡小天會記恨在心，所以剛才他才會選擇迴避，如果不是胡小天主動提起他的事情，徐鳳舞今天中午都會迴避不見。

胡小天畢竟是拿得起放得下的人物，他真正反感的是徐老太太，卻不至於對徐家的其他成員甩臉色，而且心中越是有怨氣，越是要將怨氣藏著，終有一日他要讓徐老太太知道，人無論做任何事都是要有代價的。

不等徐慕白介紹，胡小天已經主動站起身來微笑道：「這一定是表舅了，今兒真是大水淹了龍王廟，一家人不識一家人，得罪之處還望不要見怪哦。」

徐鳳舞頗有些受寵若驚的意思，看到胡小天主動跟自己打招呼，也就等於有了台階下，馬上笑顏逐開道：「小天！呵呵，你瞞得我好苦啊，你知不知道我這些年都以你為榮啊！不！咱們整個徐家都以你為榮！」

胡小天心想才怪，其實不外乎那句話，富在深山有遠親，貧居鬧市無人問。人情冷暖，世態炎涼他早已見怪不怪了。別說金陵徐家，就連親爹都能坑自己，人心實在是這世上最難揣測的。

不過胡小天也沒什麼好遺憾的，除了這七尺之身，他想不到自己和金陵徐家還有什麼瓜葛，如果硬要說有，那就是為母親的不平，他要向金陵徐家討個公道，問個清楚！

胡小天笑裡藏刀，拉著徐慕白坐下。

趙武晟看到他們一家人其樂融融，果然有些久別重逢的親人味道，不過他也明白胡小天只不過是虛與委蛇，徐家對胡家當年的不聞不問早已是天下皆知，現在看到胡小天出人頭地，獨霸一方，又開始認了這門親戚，連趙武晟都有些看不起徐家，不過畢竟是胡小天的家事，他也不方便過問，只是默默喝酒吃菜，話說，這酒菜還真是不錯。

酒過三巡，徐鳳舞已經完全放鬆了下來，他笑著向胡小天道：「小天，我一直以為你在庸江脫不開身，想不到居然會千里迢迢來到南津島，不知所為何事？」

胡小天笑瞇瞇道：「也沒什麼事情。」

徐慕白道：「若是我沒有猜錯，表弟這次過來，應該是去天香國應徵駙馬的吧？」

胡小天看到已經被他猜到，也不再隱瞞，當下點了點頭道：「當真是什麼都瞞不過表兄。」心中暗忖，這位表兄倒是頭腦精明過人。

徐慕白笑道：「這也沒什麼稀奇，最近天下的年輕英雄都在前往天香國，經由陸路的且不說，單單是水路前往天香國的，基本上都會經過南津島。」

徐鳳舞道：「可不是嘛，天香國此次將招駙馬的事情向天下廣為散佈，當真是轟動非常，而且這次條件放得很寬，只要年齡在十八歲以上，四十歲以下的英雄人物都可以應徵呢。」

徐慕白淡然笑道：「你以為條件很寬就錯了，其實多半都是陪襯，天香國的太后打得一手如意算盤，她如此興師動眾，還不是要從中選擇一個對她最為有利的駙馬，對方若無相當的實力，單單是她這一關就過不去。」

徐鳳舞道：「慕白，你不是……」

徐慕白看了他一眼，徐鳳舞意識到自己失言，慌忙將剩下的那句話給吞了進去。

胡小天卻已經從他的這半句話中悟到了一些別樣的含義，徐慕白也留意到胡小天微妙的表情變化，和胡小天碰了碰酒杯道：「不瞞表弟，我也要去天香國呢。」

胡小天哦了一聲，已經猜到徐慕白十有八九也是抱著和自己相同的目的。

徐慕白道：「奶奶讓我去湊個熱鬧，如今知道表弟也是為了這件事前往，我自然就不會跟表弟競爭了。」

胡小天呵呵笑道：「我也是去看熱鬧的，剛好結伴前往。」心中卻暗想，跟我競爭？你競爭得過我嗎？

徐慕白點了點頭道：「我正有此意，咱們兄弟一起前往飄香城，途中也好有個人說話，你我之間也剛好增加一些瞭解。」

胡小天道：「那就跟我同舟前往吧。」

「一言為定！」

胡小天悄然將話題引向徐老太太：「對了，姥姥她老人家身體現在還好嗎？」

徐慕白道：「不是太好，自從姑母去世之後，老太太就因為傷心過度得了重病，前前後後反覆了大半年方才痊癒，可精神也是大不如前了，現在就在金陵白沙灣的別院裡調養，終日大門不出二門不邁，就連我也很少見到她呢，本來說好了今年中秋去她那裡陪她過節，可她又派我前往天香國湊這個熱鬧。」

胡小天感歎道：「我都不記得她老人家的樣子了。」

當天的這頓飯還算是其樂融融，胡小天並不想在南津島做太久逗留，畢竟天香國那裡還有太多的事情等著他去做，午飯之後，港口那邊士兵過來稟報，船上補給已經全部裝備完畢，隨時都可以離港出發，胡小天決定馬上就走。

徐慕白也沒什麼意見，他讓人準備之後，率領四名侍女登船和胡小天同行。

徐鳳舞虛情假意地挽留了一番，當然他心中不願胡小天留下，這位小字輩可不是那麼好對付，挑明了這層關係之後，他再也不敢提小柔的事情，至於那六萬兩銀票只當是見面禮了，非但如此，他還讓人送了一些鮮果美酒到船上，大錢都花了也不在乎這一點了。

從南津島南下八日他們就抵達了天香國第一大港金沙，海上這幾日旅程全都是風和日麗順風順水，胡小天和徐慕白也相談甚歡，那徐慕白是一個博覽群書文武全才之人，在很多事情上的見解讓胡小天刮目相看，這位金陵徐氏的嫡孫很不簡單。

徐慕白表面上行事溫文爾雅，看似涉世不深，可實際上做事卻是滴水不漏，他和胡小天所談論的大都是不緊要的事情，一旦事關徐家的內幕就會巧妙地繞開，從他嘴裡很難探查到想要的消息，所以他們之間多半時間都是在談風花雪月。兩人都是聰明人，誰都看出對方對自己的戒備心。

小柔的手恢復理想，根據現在的進程來判斷，這隻手應該是保住了，等到完全康復之後，應該不至於影響到功能，外表上也很難看出曾經被一刀切斷過。胡小天的神奇醫術讓所有人都嘖嘖稱奇，畢竟大家都沒有見到過手切斷還可以接上去的。

第五章

蠻　人

眾人驚呼，若是這斷刀擊中蒙婭，她豈不是要丟掉性命。
可是誰也沒有預料這意外，即便是相救，也來不及了。
生死關頭，趙武晟及時反應過來，手中斬風一抖，
貼著蒙婭的鼻尖將那半截刀頭拍落到了一旁。

金沙距離天香國的都城飄香城還有三百里的距離，也有兩種方式前往，一是繼續乘船經由內河逆流向上抵達飄香城，二是棄舟登陸，經陸路前往飄香城，因為金沙入海口處對船隻實行嚴格管控，但凡進入內陸的船隻都必須經過全面檢查方可進入，在港口排隊進入內河的船隻成百上千，最近剛巧有是入港旺季，他們初步估算了一下，如果等到船隻獲許進入內河至少需要五天的等待，這樣一來他們的行程就要大大耽擱了。

胡小天和徐慕白兩人商量了一下之後，決定提前登陸，從金沙沿陸路前往飄香城，這樣就可以大大節省等待的時間，就算他們悠閒趕路，最多也就是兩個日夜即可抵達，還剛好欣賞一下沿途風光，領略一下異域風情。

胡小天讓夏長明留在船上，一來負責指揮船隻，二來負責照顧小柔，耐心等待進入內河，經由水路前往飄香城，他和徐慕白、趙武晟三人挑選了四名親隨武士，從陸路前往。

徐慕白此前曾經多次來過天香國，對這邊的情況非常熟識，周圍的名勝古蹟更是瞭若指掌，而且他博聞廣記，對相關典故如數家珍，連趙武晟對胡小天的這位表兄的學識都佩服不已。

當日黃昏，一行人已經離開了金沙七十里，夕陽西下，前方金色餘暉下，看到天邊一片白色的塔林披上金色的光輝，彩色的經幡在風中不停飛舞，胡小天還以為自己看錯，眨了眨眼睛，確信自己看到的景象並不是錯覺，在他的印象中，天香國信奉海神，而不是佛教，何以會在這裡擁有這樣宏大規模的塔林？他將心中的迷惑告訴了徐慕白。

徐慕白笑道：「前方塔林乃是整個東南規模最大的境印塔林，也是唯一的一座，乃是靈寶法王圓寂之所，天香國雖然少有人信奉佛教，可畢竟還是有佛教信徒，一百五十年前，靈寶法王受邀從天竺前往大康講經，可是途經這裡的時候，因為舟車勞頓水土不服生了重病，靈寶法王自知大限已近，於是就讓弟子在此地搭起佛台就地講經，靈寶法王本來病重，可是他登上佛台弘揚佛法之時，馬上精神抖擻寶相莊嚴，周身佛光籠罩，祥雲縈繞。有人將這件事稟報給了當時的天香國國王，國王親自從王都趕了過來，剛巧聽到靈寶法王最後一天講經。天香國國王聽完之後，頓有所悟，甘拜法王為師。」

說到這裡徐慕白停頓了一下。

眾人都聽得悠然神往，趙武晟禁不住問道：「後來呢？」

徐慕白道：「當時法王伸出手去摸了摸國王的頭頂，然後笑道：你明白了嗎？天香國王欣喜若狂，重重點了點頭，靈寶法王口宣佛號，含笑坐化而去，天香國王將法王的肉身就葬在這裡最大的佛塔之中，然後以法王的弟子自居，和其他弟子一起在這裡結廬為寺，為法王超度了九九八十一天，天香國王回去之後不久就留下一道聖旨，飄然而去，沒有人知道他的具體去向，只是後來聽說他輾轉去了天竺出家為僧。天香國王后因此而遷怒於這片塔林，下令讓人將之毀去，可是前來執行命令的軍隊方才來到中途就遭遇雷擊，為首將領當場死去，王后本不信邪，可是隨後又重病了一場，從此她再不提毀去塔林的事情。」

胡小天道：「靈寶法王在此圓寂，可為何會有如此多的佛塔？」

徐慕白道：「靈寶法王當年過來弘揚佛法之時一共帶來了七十二名弟子，那些弟子在法王圓寂之後全都沒有離開，他們想要秉承法王的意志，在天香國將佛法弘揚，可事與願違，天香國人的信仰很難轉移，所以這七十二名弟子後來全都在此圓寂，一直到最後一人離世，他們的佛法都未在天香國推行開來。」

趙武晟道：「不是還有個天香國王嗎？」

徐慕白笑道：「天香國王也是唯一的一個，現在看來這位國王應該是大智大慧之人，他在頓悟之後，就知道在天香國內推行佛法並不可能，於是拋棄王位前往天竺修行，而靈寶法王的其餘七十二名弟子卻堅持理念留在了這裡，最終也未能回去。不過這片塔林卻成了天香國唯一的佛址，每年都會有來自各處的佛門弟子前來參拜，不但因為崇拜靈寶法王的精深佛法，更是被他和眾弟子鍥而不捨的精深所感動。一百五十年來，香火不斷，這裡也就成了遠近聞名的佛門聖地，可奇怪的是，天香國內依然無人信奉佛教，我上次過來的時候，這大大小小的塔林共有六百七十九座，現在只怕更多。這些佛塔一部分是埋藏了佛骨，還有許多是牙塔。」

胡小天對牙塔有過一些瞭解，知道這是一些佛教信徒前往聖地參拜，還沒有抵達聖地就已經在中途死去，他們的同伴為了完成他的心願，就將死者的門牙取下，帶著門牙參拜聖地，有的帶回故鄉，有的乾脆就按照死者心願埋葬在佛塔聖地，所以這裡的佛塔越來越多。

徐慕白提出要去佛塔上香參拜，胡小天雖然不是信徒，可是他對這位靈寶法王及其弟子的精神還是頗為敬仰，於是也跟了過去。

眾人在塔林上香參拜之後，夜幕已經降臨，簡單商議之後，決定就在附近客棧留宿一夜，等到明日清晨再行趕路。因為境印塔林的緣故，這裡也成了各方僧人香客彙聚之地，不過周圍卻沒有太多的商業，距離境印塔林五里開外的地方才有一座客棧。

胡小天等人來到客棧，趙武晟去訂房之時，外面又進來了一群人，看對方的穿著打扮應該不是中原人士，這二十餘人大都是膀闊腰圓的大漢，為首一人黑面虬鬚，一顆大腦袋上紮滿了小辮子，操著半生不熟的漢話道：「掌櫃的，這客棧今晚我們包下了！」說話的時候就將一錠足有十兩的黃金砸在櫃檯上，發出蓬的一聲悶響。

趙武晟剛剛才跟那掌櫃的要房，那掌櫃的還沒有來得及答覆，卻想不到中途殺出那麼一位。

掌櫃的雖然貪財，可是也看出胡小天他們這一撥也不是普通人，滿臉堆笑道：「這位大爺，凡事都得有個先來後到，人家這位爺是先來的，不急不急，小店房間多得是……」

那大漢怪眼一翻：「你沒有聽懂？你這間客棧今晚我們包下了！嫌少是不是？」他又拍下一錠金子，看來當真是財大氣粗。

掌櫃的頗為為難地望著趙武晟，他巴不得趙武晟知難而退，可又不敢出聲得罪，畢竟人家是先來的。

趙武晟也沒動怒，微笑道：「掌櫃的，我們人不多，你給我們準備七間上房足矣。」

那大漢惡狠狠盯住趙武晟，想用目光將他嚇退，可趙武晟乃是久經沙場的勇將，又豈會被他嚇住。

掌櫃的笑道：「兩位大爺，小店房間應該足夠……」

話未說完，那大漢伸出蒲扇般的手掌拍在櫃檯上，竟然一掌就將金錠深深摁入檯面之中，怒視那掌櫃道：「你當我的話是放屁嗎？」

趙武晟道：「好臭！放屁也要分清場合。」

那大漢忽然揚起醋缽大小的拳頭照著趙武晟迎面一拳打了過去，一言不合馬上出手，到底是番邦蠻夷。

趙武晟在眾人面前也不肯示弱，同樣是一拳迎出，雙拳正面撞擊在一起，蓬的一聲，兩人身軀都被震得微微一晃，那大漢的表情顯得有些詫異，他身高體型都在趙武晟之上，本以為一拳就能夠將趙武晟打飛出去，可硬碰硬交手，對方竟然不落半點下風。

大漢明顯是個莽貨，一拳受阻，馬上一輪暴風驟雨般的攻擊向趙武晟招呼而去。

趙武晟憑著這一拳掂量出了他的實力，硬碰硬都不怕他，若是論到格鬥技巧，身法之靈活，趙武晟要遠在他之上，兩人在客棧大堂內大打出手，雙方雖然同伴眾多，可是誰也沒有過去幫忙的意思，胡小天和徐慕白看出趙武晟穩操勝券。

那大漢靠的是一身蠻力，雖然拳腳如風，可打了半天連趙武晟的半片衣角都未沾到，急切之下，抓住桌椅板凳，花盆花架，但凡能夠抓在手裡的就是一陣亂扔。

整個大堂頃刻間被他砸得一片狼藉，那掌櫃的急得連連叫苦，可是看到現場鬥得如此激烈又不敢靠近。

趙武晟將那大漢戲弄夠了，趁著他前衝的勢頭巧妙閃開，繞到他的身後，一腳狠狠踹在那大漢的屁股上，那大漢本來前衝的勢頭就夠猛，被趙武晟這一腳踢得更是收不住腳，踉踉蹌蹌衝向前方，失去平衡撲通一聲撲倒在地上，不但摔得灰頭土臉，連雙手也被碎瓷片劃破了，可謂是狼狽之極。

胡小天這一方頓時齊聲哄笑起來。

那大漢又羞又惱，從地上爬起來，鏘的一聲將腰間彎刀抽了出來，咬牙切齒道：「哇呀呀！我定要割了你的腦袋！」和他同來的武士也一個個將武器抽了出來。

胡小天目光一凜，這些蠻族當真猖狂，也不看看這是什麼地方就敢撒野。

就在此時外面傳來一個低沉的聲音道：「達哈魯，不得放肆！」

眾人循聲望去，卻見外面進來了三人，正中一人身軀高大，相貌端正，服飾華美貴氣十足，左側站著一名番僧，身穿紅色袈裟，身材消瘦，高鼻深目，表情木然，臉上的輪廓猶如大理石雕塑一般僵硬冰冷。右側卻是一位麥芽膚色的異族女郎，相貌俊秀，滿頭滿腦紮著小辮兒，下頷微揚顯得非常傲慢。

剛才發聲之人正是正中的那個。

異族女郎目光落在那大漢身上，然後又盯住了趙武晟，突然她足尖一點，宛如一縷青煙般向趙武晟衝了過去，人在中途，腰間彎刀已經脫鞘而出，化為一團光霧，彎刀破空發出一聲怪異的尖嘯，向趙武晟的頸部飛速斬下，出手之迅速狠辣，已經躋身一流刀手的境界。

胡小天也吃了一驚，想不到這異族少女出手如此果斷狠辣，從她的身法來看必然經過名師指點。

趙武晟臨危不亂，不過他也不敢繼續托大，身軀向右擰轉就勢抽出腰間佩刀，反手一刀擋住對方的劈斬，卻想不到雙刀交錯，他的長刀竟然攔腰中斷，那少女所用的乃是削鐵如泥的寶刃。

趙武晟慌忙後撤，那異族少女又是一刀橫削而來，他以斷刀斷裂的刃緣向上方一托，試圖將對方的彎道震開。可是那異族少女應變也是奇快，手腕一翻，已經變為刃緣迎上，鏘！這次將趙武晟的長刀削得只剩下一個刀把兒。

趙武晟將僅存的刀把兒向那少女扔了過去，然後向後急退。胡小天看出他情況緊迫，抽出腰間破風向他扔了過去：「武晟，接著！」

趙武晟一個箭步向破風投來的方向衝去，穩穩將破風抓住，此時那異族少女的彎道已經呼嘯砍向他的後背，趙武晟看都不看，憑藉耳朵聽風辨位，揮刀向後方反手格去，雙刀交錯，發出噹的一聲巨響，一時間火花四射，那異族少女本以為可以將趙武晟連人帶刀砍成兩段，可是胡小天的這把刀乃是從蟒蛟島得到的寶刃，比起她手中的彎刀毫不遜色，甚至還要強上不少。雙刀全力相撞之下，異族少女手中的彎刀刃緣竟然被崩出了一個米粒大小的缺口。

趙武晟微笑轉過身來，目光打量著那異族少女道：「我們中原人向來禮讓為先，好男不與女鬥，姑娘就此罷手如何？」

番僧身邊的那名華服男子道：「蒙娅，回來！」原來這異族少女的名字叫蒙娅。

蒙娅卻似乎沒有聽到他的話一樣，咬了咬嘴唇，揚起彎刀照著趙武晟又是一刀砍去。

趙武晟剛才只是因為兵刃的緣故才被她逼了個手忙腳亂，現在胡小天借給他一把寶刀，自然有恃無恐，更何況他無論武功戰術都遠勝於蒙娅，兩人刀來刀去，乒乒乓乓在大堂內鬥個不停。

明眼人都看出蒙娅刀法雖然凌厲，可是比起趙武晟還是差距不小，趙武晟開始的時候還手下留情，可是看到對方不依不饒，圍著自己死死纏鬥，再看到胡小天等人笑瞇瞇在一旁觀戰，心中不由得好勝心起，覷準時機，也是一刀全力砍了下去，蒙娅迎刀去擋，趙武晟這一刀並沒有想傷她，只是想給她點教訓，讓她知難而退，剛才趙武晟就留意到她的那柄彎刀被崩出了不少的豁口，存心要試試胡小天這柄寶刀到底有多厲害，目標鎖定蒙娅的彎刀，這一刀自然用上了全力。

噹啷一聲，趙武晟全力以赴的一刀一下就將蒙娅的彎刀斬斷，斷裂的半截刀頭閃電般向蒙娅的面門飛去。

眾人齊聲驚呼，若是這斷刀擊中蒙娅，她豈不是要丟掉性命。在場高手雖然很多，可是誰也沒有預料到這意外狀況的發生，現在看到即便是相救，也來不及了。生死關頭，趙武晟已經及時反應了過來，手中斬風一抖，貼著蒙婭的鼻尖將那半截刀頭拍落到了一旁。

蒙婭本以為自己死定，可那斷刀距離自己眉心不到半寸距離的時候又被趙武晟一刀拍落，將她從鬼門關前又拉了回來，蒙婭嚇得臉色蒼白毫無血色。

胡小天等人也暗叫好險，原本只是一起普通的衝突，他們也不想演變成一場雙方火併的生死血案。

那幫蠻人紛紛上前，胡小天等人也趕緊將趙武晟護住，胡小天道：「大家聽我一言，出門在外，誰都不容易，沒必要為了幾間房爭個你死我活，你們遠來是客，讓你們先選，給我們留七間房即可。」胡小天這麼做可不是示弱，而是不想發生毫無意義的衝突。

對方雖然人數要比他們多上一倍，可看到趙武晟剛才的表現，也都認識到胡小天一方的厲害，誰也不敢像剛才那般囂張。

那名華服男子向胡小天點了點頭，目光中並沒有太多的敵意，右手撫胸，以本族之禮相見：「這位兄台，剛才我方冒犯之處還望見諒。」他的漢話說得倒是非常標準。

胡小天微笑道：「應該只是大家交流出了點問題，說開了就好。」

客棧掌櫃這會兒總算敢站出來，苦著臉望著這滿堂狼藉，那華服異族男子道：「你不必擔心，這些東西我方負責賠償。」他使個眼色，身邊一人又拿出一顆金錠，此人出手倒是極其大方，他向胡小天道：「兄台既然先來，還是你先選房吧。」

徐慕白看到對方讓步，也微笑道：「打爛東西也有我們的一半，掌櫃的，將一半記在我們賬上，對了，給我們準備七間上房，再備兩桌酒菜。」他讓手下侍女遞給那掌櫃的一張銀票。

那客棧掌櫃定睛望去，卻見銀票乃是五國通兌的五百兩。

那侍女道：「多出的就算是賞你了。」徐慕白的出手也不是一般的大方。掌櫃的轉悲為喜，蠻人給了他三個金錠，這邊又給了他五百兩銀票，別說是在這裡大打出手，就算是將他的小店都砸了還有得賺。

經過剛才的那番衝突之後，雙方也達成了默契，誰也不再主動挑事，胡小天等人安頓下來之後，全都聚齊到東廳吃飯，掌櫃的也是特地做出這樣的安排，將雙方分開，以免他們之間再發生衝突。

胡小天他們方才坐定，卻聽到外面響起喧嘩之聲，趙武晟聽到動靜馬上起身道：「公子，我出去看看！」

胡小天搖了搖頭道：「不必管他。」

此時門外一名武士慌慌張張跑了進來，稟報道：「是那個蠻女。」

胡小天道：「多少人？」

那武士道：「一個人……」話未說完，卻見門外一名武士倒著飛了進來，乃是被人一腳踹了進來。隨後就看到那蠻女蒙婭怒氣沖沖走了進來，目光虎視眈眈望著趙武晟，將手中兩件東西噹啷一聲扔在了他的面前，怒道：「壞蛋，你弄壞了我的寶刀，趕快賠給我！」

趙武晟真是有些哭笑不得了，天下間還有這樣的事情，明明是她主動挑釁，先把自己的佩刀砍斷，若非胡小天借了柄寶刃給自己，自己還不得被她追著到處砍？現在反倒倒打一耙，找自己賠兵器來了，到底是蠻夷之邦，連女人都這樣不通情理。

趙武晟正想理論，外面已經有人追趕了過來，卻是那華服男子，他身後還跟了數名武士，這名男子還算是他們中比較通情達理的一個，他讓眾武士在外面候著，獨自一人進入東廳，沉聲向蒙婭說了句什麼，因為他們說的是本族話，所以胡小天幾人全都聽不懂，不過胡小天聽著他說的語調竟然有些熟悉，仔細一想，這群人說話可不是和霍格他們差不多？

華服男子應該是說服了蒙婭，蒙婭氣得跺了跺腳，狠狠瞪了趙武晟一眼然後轉身離去。那華服男子向胡小天歉然道：「兄台，剛才舍妹不懂事，得罪之處還望海涵。」

胡小天笑道：「客氣了，我聽這位兄台的口音有些熟悉，不知你們從何方而來？」

那華服男子道：「我們是從沙迦王國過來的。」

胡小天心中暗忖，果然不出我之所料，卻不知這群人和霍格又是什麼關係？他微笑道：「原來是沙迦的好漢，對了，我向兄台打聽一個人，不知你有沒有聽說過。」

那華服男子道：「兄台只管問。」

胡小天道：「你認不認得沙迦十二王子霍格？」

那華服男子聞言一怔：「你認得他？」

胡小天笑道：「我不但認得，我和他還是好朋友呢。」

那華服男子驚喜道：「如此說來咱們還真是自己人，我叫赫爾丹，霍格乃是我一母同胞的兄長，敢問兄台如何稱呼？」

胡小天心想真是巧了，想不到在這兒居然能夠遇到霍格的親兄弟，他笑道：「我叫胡小天，你的兄長霍格乃是我的結拜兄弟！」

赫爾丹聞言大喜過望，他哈哈大笑，激動地握住胡小天的臂膀道：「兄弟我真是有眼無珠，居然冒犯了胡大哥，我早就聽十二阿哥說過，他在中原有一位結拜兄弟，乃是頂天立地的英雄人物，我此番前來就想過抽時間跟你見上一面，想不到還真是有緣。」

胡小天心想你比我可老相多了，保不齊年齡比我要大，這聲哥哥叫得我有些慚愧。既然都是熟人，胡小天趕緊邀請赫爾丹入座，雖然霍格那傢伙陰險狡詐，曾經不止一次坑過自己，可畢竟大家都是為了權力之爭，表面功夫還是要做的，再說他和霍格結拜是事實，他們還可能會有另外一層關係，霍格是李天衡的女婿，自己也很可能要做李天衡的女婿，不但是結拜兄弟，還是連襟，面對人家兄弟決不能失了禮數。

赫爾丹明顯是個爽直豁達之人，他向隨行武士交代了一聲，留在東廳跟他敘話。其實赫爾丹比胡小天還要大上兩歲，可胡小天是他兄長的結拜兄弟，按照他們的規矩就是他的大哥，他也要以大哥之禮相待。

徐慕白生性淡泊高傲，並不願和這些沙迦人多打交道，隨便吃了點，找了個藉口就回房間去了。

赫爾丹又讓人去將妹妹叫過來，蒙婭應該是生了氣，那武士沒能將她請動，赫爾丹向趙武晟笑道：「趙大哥千萬不要跟她一般見識，她是我十九妹，平時都讓我們幾個做哥哥的慣壞了，性情刁蠻，在沙迦也是經常惹事，這次非要吵著跟我過來看熱鬧，一路之上可沒少給我惹麻煩。」

趙武晟笑道：「誰都有脾氣，我弄斷了她的刀，也難怪她生氣。」心中卻想，這蠻女的確是個麻煩。

胡小天道：「赫爾丹，你這次來天香國是為了什麼事？」

赫爾丹笑道：「天香國向天下誠招駙馬，所以父汗派我過來試一試，順便也見識一下中原的繁華。」

胡小天其實已經猜到他是為了這件事前來，這次天香國把事情搞得還真是夠轟動，列國之中的王公貴族幾乎都聞風而動，而且這次範圍還故意擴展到天下豪傑，還不知來了多少英雄人物。想到龍宣嬌竟然拿親侄女大做文章，胡小天心中不由得有些惱怒。

赫爾丹低聲道：「胡大哥也是為了這件事過來的吧？」

胡小天也沒有隱瞞的必要：「不錯！」

赫爾丹道：「此次天香國招駙馬的事情真是轟動天下，映月公主不知最終花落何方。」

胡小天故意道：「我只是過來湊個熱鬧，可沒想過一定要爭什麼駙馬。」

赫爾丹道：「映月公主國色天香，美貌絕倫，若是能蒙她看中，也是上天的恩賜。」表情顯得悠然神往。

胡小天忍不住要給他澆一盆冷水道：「天香國方面雖然將映月公主描繪成了天

下第一號大美人，可誰又見過她的真正模樣，說不定是個醜姑娘呢。」

赫爾丹笑道：「怎麼可能，我見過公主的畫像。」說到這裡他向胡小天看了一眼道：「咱們兄弟到了飄香城就是競爭對手了。」

胡小天道：「雖然有可能競爭，並不是對手，前來應徵駙馬的成千上萬，說不定咱們連初次篩選都無法通過呢。」

赫爾丹哈哈大笑起來：「大哥說得對，有競爭絕不是對手，我們是好朋友，好兄弟，千萬不可因為這件事傷了和氣。」

胡小天笑道：「那是自然，來，咱們再乾一杯。」

赫爾丹爽快地端起酒碗和胡小天對飲而盡，此時剛才在大堂被趙武晟教訓的那魁梧大漢過來請赫爾丹回去，赫爾丹向胡小天介紹道：「這是我手下的勇士達哈魯。」又向達哈魯道：「還不見過胡公子！」

達哈魯雖然性情暴躁，可也是憨直之人，對赫爾丹更是畢恭畢敬，慌忙上前過來見禮。

胡小天也將趙武晟為他引薦，達哈魯雖然敗在趙武晟之手，但是對趙武晟的武功卻深表佩服，他找赫爾丹看來是有事，用本族話嘰哩咕嚕說了一通之後，赫爾丹起身告辭，胡小天也不挽留。

等到赫爾丹離去之後，趙武晟向胡小天道：「主公，看來您此次的競爭對手還真是不少。」

胡小天因趙武晟的這句話而笑了起來：「爭？我需要爭嗎？」心中暗道：曦月本來就是我的，誰敢跟我爭？誰又爭得過我？

赫爾丹被達哈魯請了回去，卻是那番僧的主意，赫爾丹知道沒什麼大事之後不禁埋怨道：「國師，我和胡大哥正在飲酒，談得正是高興，你沒什麼事又何必打斷我？」

那番僧乃是沙迦國師伽羅，一雙深邃的灰藍色眼睛盯住赫爾丹道：「殿下難道不知道那胡小天是為了何事前來？」

赫爾丹道：「自然是天香國選駙馬的事情。」

伽羅道：「殿下既然知道，就要對他多一些防範。」

赫爾丹笑道：「此次天香國選駙馬的事情已經傳遍天下，不知有多少英雄好漢前來湊這個熱鬧，我防範他一個又有何用？胡大哥也是胸懷坦蕩之人，朋友之間又何必採用見不得光的手段。」

伽羅道：「中原人生性狡詐，霍格王子雖然和他結拜兄弟卻非情義使然，他當初只不過是西川一個小小的縣丞，想方設法找王子結拜也是別有用心。」

赫爾丹道：「無論怎樣說都不能否認他是個英雄人物，我十二哥對他也是非常的欣賞呢。」他並不想跟伽羅繼續說下去，淡然道：「我去看看妹子。」

伽羅望著赫爾丹的背影暗暗搖了搖頭，他叫來自己的一名弟子，壓低聲音道：「康圖，你務必要小心他們的動向。」

伽羅之所以對胡小天一行如此警惕，不僅僅因為胡小天和赫爾丹是競爭關係，還有一個更重要的原因，他的師弟多吉隨同霍格前往西川賀壽之時遇難，根據霍格所說，多吉很可能死於胡小天之手，伽羅心中始終將胡小天視為仇人，今次前來天香國的目的雖然不是找胡小天復仇，可在這裡遇上之後，內心中的仇恨不知不覺就開始蔓延升騰。

胡小天回房的時候，看到徐慕白的房間仍然亮著燈，知道他還未睡，本想從門前走過，可經過的時候，徐慕白聽到他的腳步聲從房內出來，笑道：「表弟要睡了嗎？」

胡小天道：「正準備回去呢。」

徐慕白道：「我有些話想跟你說。」

胡小天點了點頭，跟著他來到房間內。徐慕白為他倒了杯茶，兩兄弟在桌前坐了，徐慕白道：「明天我要去辦一些事情，估計不能和表弟一道了。」

胡小天心中巴不得分開，畢竟他抵達飄香城還有很多自己的事情要做，若是徐慕白非要跟他捆綁在一起，做事多有不便。他點了點頭道：「表哥有事只管去做，反正咱們在飄香城還有見面的機會。」

徐慕白道：「明兒是八月初十，到中秋還有五天，咱們兄弟暫且約定，今年中秋夜晚，咱們兄弟在飄香城的得月樓相聚賞月如何？」

胡小天連連點頭道：「如此最好，也好過一個人在異鄉孤孤單單過節。」

徐慕白道：「那幫沙迦人有些奇怪，尤其是跟在赫爾丹身邊的那個番僧，此人武功高強，而且我悄悄觀察他的目光，不時都在留意你，而且目光並不友善。」

胡小天其實也留意到了這一狀況，徐慕白能夠當著自己的面說出來，足以證明他對自己這門親戚還算是關心的，胡小天笑道：「表哥放心吧，我會多加小心。」

徐慕白道：「咱們徐家在飄香城也有物業，若是你遇到什麼難處，可以先去余慶寶莊找人幫忙。」他將一個紅木雕刻的魚龍牌遞給胡小天道：「拿著這個去，別人就不會質疑你的身分。」

胡小天心中暗想自己走到今天從未靠過徐家一丁一點，就算遇到什麼解決不了的麻煩，金陵徐家也未必能夠幫得上自己，就算肯幫，他也不會答應，胡小天並沒有去接那面牌子，微笑道：「多謝表哥厚意，只是兄弟我也不會招惹什麼麻煩，表哥若是真心想幫我，我倒是有一件事相求。」

徐慕白點了點頭道：「表弟只管開口，只要愚兄能夠辦到，一定傾力而為。」

胡小天道：「你知不知道我爹的下落？」

徐慕白被胡小天問得一怔，然後歎了口氣道：「表弟，我對此事並不知情。」

胡小天道：「我爹當年之所以決定出海前往羅宋為大康開拓糧源，起因乃是外婆的一封親筆信。」他幾乎能夠斷定胡不為和徐家之間從未中斷過聯絡。

徐慕白道：「這些事我從未聽奶奶提起過，也從未聽徐家的任何一個人提起過。」

胡小天道：「表哥若是不知道就算了，他日若是有機會見到外婆，我親口問她就是。」

徐慕白點了點頭道：「一定會有機會。」

胡小天跟他說這番話的目的並不是要從徐慕白這裡得到什麼消息，徐慕白在金陵徐家畢竟是一個小字輩，核心的秘密徐老太未必會告訴他，胡小天的用意是通過徐慕白的嘴向徐家傳遞資訊，這件事自己不會輕易作罷。一旦徐家人有所反應，那麼他的機會也就來了。

翌日清晨，胡小天起床之後聽說徐慕白已經先行走了，他讓趙武晟去安排準備，儘快前往飄香城。

他們用完早飯離開客棧的時候，看到那幫沙迦人仍未起床，胡小天懶得跟他們同路，讓客棧老闆代為轉告，就率領眾人出發前往飄香城。

前往飄香城的官道之上人群絡繹不絕，這其中多半都是前去應徵駙馬的，一路之上看到不少人在比武打鬥，卻是因為大家的目的相同，難免會發生衝突，有些性情暴躁的年輕人一語不合就發生了衝突，輕者拳腳交加，重者拔刀相向。

胡小天原本以為早起離開就能趕在天黑之前抵達飄香城，可真正上路之後，卻發現每走出一段距離就能遇到打鬥，講究點的單打獨鬥，要麼就是雙方聚眾群毆，不講究的乾脆就是以眾凌寡，這幫傢伙似乎認為幹掉一個對手，自己成為駙馬的希望就大上一分。

雖然外人的打鬥跟胡小天沒什麼關係，但這幫人造成了前往飄香城路段的多處交通堵塞，胡小天也不得不多次耽擱，這樣走走停停，不知不覺已經到了中午時分，聽到身後馬蹄陣陣，卻是那幫沙迦人也趕了上來。

赫爾丹看到胡小天，遠遠笑道：「胡大哥，你怎麼不等我呢？」

他身邊妹妹蒙婭惡狠狠瞪了趙武晟一眼，以鄙夷的語氣道：「還不是擔心咱們搶了他們的先，生怕自己做不成駙馬？」

胡小天真是有些哭笑不得了，他可沒那麼小心眼兒，招駙馬又不是比跑步，先到先得，人家九月初九才正式招駙馬，跟到的早晚沒關係。

赫爾丹板起面孔斥道：「蒙婭！不得無禮！」

胡小天放緩馬速和赫爾丹來到一處，笑道：「我去飄香城還有些事情要辦，又看到你仍未起床，所以不忍心打擾兄弟休息。」

赫爾丹笑道：「胡大哥別跟這丫頭一般見識，只是你們為何才走到這裡？」

胡小天指了指前方的人群道：「這已經是我們今天上午遇到的第五場打鬥了，兩幫人在那裡爭駙馬呢，全都爭得不可開交，好像贏了就能當駙馬似的。」

赫爾丹也不禁笑了起來，他們在途中也遇到了這種狀況，不過應該比胡小天還要順利一些，不然也不會追趕上胡小天的腳步。

赫爾丹向身後道：「達哈魯，你去開路！」

達哈魯從後方衝了上來，他手中拎著兩隻大鐵錘，胯下黑色駿馬也比尋常馬匹大上一號，端得是威風凜凜，宛如天神。

胡小天看到他這番模樣心中也是暗讚，真是一條威猛的好漢，若是此番帶著熊天霸一起過來，卻不知他們兩人的大錘誰的厲害，其實這個問題根本不需要考慮，熊天霸力大無窮，大錘使得出神入化，就算是趙武晟也不敢說能夠贏他，而趙武晟卻戰勝了達哈魯，由此證明熊天霸的武功遠在達哈魯之上。

達哈魯縱馬向前方激烈交戰的人群衝了過去，哇呀呀怪叫道：「好狗不擋道，擋道非好狗，爾等給我散開了！」手中大錘風車般揮舞。

交戰的雙方看到突然衝上來一位番邦莽漢，看這塊頭，看這氣勢根本不是他們能夠抵擋的，那對大錘如同兩個大倭瓜似的，沾上哪還能有命在，一個個慌忙停下交戰，向兩旁閃避。

達哈魯剛才就是這樣開路，看到眾人閃避，不由得心中有些得意，大叫道：「爾等全都給我散去，公主是我家王子的！誰都不許爭！」

就在他破開人群之際，前方卻忽然一道人影向他迎了上來，一道寒芒徑直向他劈落。

達哈魯定睛望去，卻見對方乃是皮膚黧黑破衣爛衫的青年，手中一把黑鐵劍，身軀騰躍在半空中，居然比騎在馬上的他還要高出三尺，一劍砍向他的腦袋。

達哈魯大吼一聲揚起雙錘迎擊出去，對方的鐵劍雖然比尋常的劍要重上一半，可是份量跟他的大鐵錘還是不能比，達哈魯認為自己至少要將對手的兵器磕飛。可現實卻出乎他的意料，噹的一聲巨響過後，達哈魯竟然被對方震得連人帶錘從馬上跌落下去，兩隻大錘在地上砸了兩個深坑。

那青年穩穩跨在了達哈魯的馬上，冷哼一聲道：「也不睜開眼睛看看這是什麼地方，豈容你們番人猖狂？」

達哈魯的那匹坐騎被生人騎乘，當然有所不甘，馬上揚起前蹄發出嗚律律一聲長嘯，試圖將那青年人掀翻馬下，那青年氣沉丹田，身軀下壓，竟然將那坐騎壓得噗通一聲跪倒在地。

看到此人如此神力，眾人都是心中驚歎。

沙迦人的陣營之中，一道紅色的人影宛如烈焰般衝了出去，卻是沙迦公主蒙婭，她向來刁蠻，性如烈火，看到己方人員受挫，自然咽不下這口氣，手中長鞭一抖，有如毒蛇般向那青年頸部纏繞而來。

青年還未從馬背上下來，看到長鞭已經來到面前，他不慌不忙，將手臂探身出去，穩穩抓住鞭梢，借著蒙婭的提拉之勢，雙腿一夾一提，胯下坐騎也跟著站了起來。

蒙婭緊咬牙關試圖將長鞭從對方手中奪回，可是對方先是用力一拉，卻又猛然放手，蒙婭驚呼一聲，身軀因為用力過猛向後倒去，眼看就要從馬背上落下，雖然不可能受重傷，可是在眾目睽睽之下若是被人摔一個屁墩兒也是難看之極。

關鍵時刻還是趙武晟衝上去，一把摁住她的肩頭，這才避免了蒙婭掉落馬下的窘況，也不是趙武晟想幫她，可偏偏就這麼巧，趙武晟就在她身後不遠的地方。

蒙婭轉身瞪了趙武晟一眼，低聲道：「要你多事！」

趙武晟不由得苦笑，當真是好心搭上了驢肝肺，自己真是自找麻煩。

赫爾丹兩道濃眉擰在了一起，那青年人兩度出手，不但將達哈魯擊落馬下搶了他的馬匹，剛才還差點傷了蒙婭，赫爾丹自然感到顏面受損。他向伽羅看了一眼，伽羅會意，低聲嘀咕了一句，馬上他的弟子康圖縱馬從隊伍中步出。

青年人接連擊敗了沙迦使團中的兩人，臉上的自信越發濃烈，望著從隊伍中走出的這個年輕番僧，他不屑笑道：「番人都是那麼不知進退嗎？」

康圖也不說話，一雙灰褐色的眼睛死死盯住那青年人，青年人被他盯得有些不耐煩，怒道：「你盯著我做什麼？要打就打，沒膽子就給老子滾回去！」

胡小天卻隱約覺察到情況不對，那番僧出列之後並沒有急於進攻，眼神怪異，十有八九是想要利用攝魂術對付那青年人。胡小天不由得想起此前去西川給李天衡拜壽的時候，遭遇攝魂高手多吉的事情，如果不是當時維薩在他的身邊，自己都險些著了多吉的道兒。這青年人武功劍法雖然不錯，可是比起自己還有很大差距，定力方面超過自己的更是不多，恐怕這年輕人會吃虧。

果不其然，那青年只說了一句話，就感覺自己的目光再也脫離不了對方的眼睛，那番僧康圖的眼睛有若磁石一般將他的目光牢牢黏住。頭腦間忽然感到嗡的一聲，然後整個腦海陷入一片空白。

康圖此時縱馬衝了出去，他以攝魂術控制住對方的心神，然後發動攻擊，一拳狠狠擊打在那青年的下頜之上，將毫無戒備的對方打得身軀橫飛了出去，重重跌落在馬下。

現場頓時鴉雀無聲，眾人剛剛才看到這年輕人大顯神威，可是從沙迦陣營出來這個番僧之後馬上形勢逆轉，在番僧的面前這年輕人甚至連反應的機會都沒有就已經被擊落馬下。

達哈魯看到那青年人就摔落在自己前方不遠處，他怒吼一聲揚起大鐵錘就要照著那年輕人腦袋砸落。

胡小天及時阻止道：「不可！」

赫爾丹也在同時發聲，雖然達哈魯不會聽胡小天的吩咐，但是他對赫爾丹這個主子卻是絕對服從，聽到赫爾丹喝止，慌忙停下手上的動作。

那年輕人捂著胸口坐在地上，表情渾渾噩噩，有若夢遊一般。

胡小天對他不覺有些同情，如果光明正大的比拚，這年輕人的武功未必會攞在番僧康圖手下，可康圖用上了攝魂術，這年輕人一時半會兒很難清醒過來。

赫爾丹也不想生事，畢竟是在天香國內，若是惹出人命，他們也會有很大的麻煩，趁著眾人閃開通道的功夫，赫爾丹號令大家儘快上路不得繼續耽擱。

胡小天本想離去，卻聽趙武晟道：「奇怪，那年青人好像有些不對。」

胡小天舉目望去，卻見那年青人忽然從地上緩緩站起身來，撿起地上鐵劍，目光死死盯住前來想要扶起他的一人，然後緩緩走了過去。

胡小天暗叫不妙，看著年青人的狀況顯然意志仍然被人控制，控制他意志的番僧雖然走了，可是影響力仍在，從那年青人血紅的雙目來看，他應該是要大開殺戒了。

胡小天皺了皺眉頭，那番僧的心腸實在歹毒，他們在這年輕人的身上動手腳，比他們直接殺掉他還要惡毒一些。

他向趙武晟使了個眼色，趙武晟揚聲道：「大家離他遠一些！」

第六章

孤家寡人的感覺

楊隆景大吼道：「你明明知道孩兒喜歡她……」
龍宣嬌怒道：「別忘了你自己的身分，你是天香國的王上！」
楊隆景道：「孩兒根本就不想當什麼王上！
是你逼我坐在這個位子上，我不喜歡處理什麼國家大事，
不喜歡這種高高在上孤家寡人的感覺，
不求錦衣玉食，不求位高權重，
只求跟心愛的人平平淡淡相守一生！」

眾人也發現情況不妙，一個個紛紛向四周散開，年輕人看到眾人離他而去，忽然發出一聲怪叫，揚起手中鐵劍向最近的那人追殺而去，那人沒料到他會向自己出手，躲閃不及，被他一劍砍中肩頭，頓時血花四濺。年輕人又是一劍向他心口戳去，顯然要將對方置於死地。

趙武晟距離兩人最近，他騰空飛躍而起，抽出腰間佩刀，擋住年輕人的去路，佩刀和對方鐵劍相撞，趙武晟也感到手臂一麻，想不到對方的膂力居然如此強大。

那年輕人精神被番僧控制，腦海中殺意凜然，手中鐵劍宛如疾風驟雨般向趙武晟招呼而去，趙武晟和他的武功應該在伯仲之間，不過吃虧在對方手下毫不留情，而趙武晟只是想阻止他，並沒有想過置他於死地，所以在交手之後落盡下風。

胡小天看準機會，猛然爆發出一聲大吼，這聲吼叫名為驚魂吼，乃是攝魂寶典中解除迷魂狀態的方法之一，由維薩親自教授給他，當初也是為了以防萬一，萬一遇到攝魂師可以幫助同伴解除迷魂狀態，想不到今日派上了用場。

胡小天的內力極強，這聲驚魂吼震得眾人耳朵全都是嗡嗡作響，那年輕人經此一震，整個人突然就呆在了那裡，手中刺到半截的鐵劍也停了下來。

趙武晟趁機跳出戰圈，卻見那年輕人臉上充滿迷惘，不過剛才濃重的殺氣似乎有所減退。

胡小天道：「這位朋友，你醒醒！」

那年輕人眨了眨眼睛，此時意識方才慢慢恢復，看到自己手中的鐵劍已經被鮮血染紅，剛才被番僧目光困住之後發生的事情他竟然一點都不記得了，頓時嚇出了一身的冷汗。喃喃道：「我……我做了什麼？」

赫爾丹行出一段距離方才意識到胡小天並未跟上來，轉頭看了看，正聽到一聲震徹人心的大吼。身邊國師伽羅原本瞇起的雙目陡然睜大，迸射出兩道攝人心魄的寒芒。

康圖道：「師父，有人壞了我的大計。」

伽羅點了點頭，目光瞬間又黯淡了下去，低聲道：「他很不簡單。」心中暗歎，難怪師弟多吉會敗在他的手裡。

胡小天拿了一些金創藥給那名無辜受傷的武者，那名破衣爛衫的年輕人也是內疚不已，搞清楚全部狀況之後，他過來向胡小天道謝，他叫謝天穹，此次前往天香國並不是為了應徵駙馬，而是為了尋找親人，胡小天看到他劍法出眾，應該經過高手調教，只是有些奇怪這謝天穹為何會主動站出來挑戰沙迦人，謝天穹因為胡小天剛剛幫了自己也不隱瞞，他乃是南越國人氏，住在南越國西南邊境，後來因為沙迦人入侵家園被毀，親人被殺，南越國又無力保護自己的百姓，所以謝天穹四處流浪，遍訪名師學習武功劍法，今日在途中遇到沙迦使團，按捺不住心中仇恨，所以衝上來挑戰，卻想不到對方陣營之中竟有攝魂師存在，非但沒有能夠出氣，反而差點被對方算計，如果不是胡小天及時喝醒，恐怕已經犯下大錯。

聽說胡小天他們也是前往飄香城，謝天穹主動提出要跟他一起同行。

胡小天看出他的心思，謝天穹應該不是魯莽之人，剛才的挫折應該讓他恐懼不已，若是途中再遇到沙迦攝魂師，恐怕就沒有這次那麼幸運了，胡小天也不點破，加上對他的武功非常欣賞，就愉快答應了他的請求。

胡小天刻意放緩了行進的速度，這是為了避免和赫爾丹等人再度碰面以免引起不必要的麻煩。不過有沙迦人在前方開路，接下來再也沒有遇到阻礙，夜幕降臨之時，他們已經來到了飄香城。

飄香城乃是天香國都，也是天香國第一大城，近百年來就有東南第一富庶之地的稱號，因為其獨特的地理位置，成為海外商賈彙聚之地，最近因為招納駙馬之事又成為天下矚目的焦點，為了提防有不法之人混入城內，所以入城之時的盤查也比平時嚴格了許多。

胡小天他們來到城門前的時候，剛好城門就要關了，他們趕在最後一批進入城內，胡小天並未抬出福王楊隆越的旗號，畢竟他和福王結拜的事情非常隱秘，他也不想過早暴露他們之間的關係。

因為招納駙馬的事情，最近一段時間從天下各處趕來的賓客絡繹不絕，飄香城大大小小的客棧基本上都已經滿了，普通的百姓也看到了這千載難逢的商機，將自家的房間騰出來臨時招待客人，饒是如此，整個飄香城還處於一房難求的狀況。

謝天穹向胡小天道：「胡公子，您若是不嫌棄，請隨我去朋友那邊暫住。」

胡小天其實事先已經安排展鵬和梁英豪他們過來準備，自然不會缺少住的地方，他笑道：「謝兄，不瞞你說，我在飄香城也有朋友，不愁沒地方落腳，不如謝兄跟我一起過去？」

謝天穹聽他這樣說也只能作罷，抱拳告辭道：「既然如此，天穹就此別過，胡公子若是有什麼用得上我的地方，只管去西城土地廟旁的董家莊，到了那裡一問自然能夠聯絡上我。」

胡小天微笑跟他別過。

等到謝天穹走後，趙武晟道：「主公，展鵬他們買下的宅子就在西城。」

胡小天道：「什麼地方？」

「翠園！」

翠園曾經是某位天香國商人的私宅，因為家道中落所以低價變賣，福王楊隆越得知這件事之後，剛巧胡小天讓展鵬他們過來在飄香城安排落腳點，於是楊隆越就安排人幫他們牽線搭橋，以極低的價錢將翠園拿下。

展鵬和梁英豪這段時間已經將這裡修葺一新，還雇傭了不少的僕人。他們也估摸著胡小天這兩日就要到了，不過他們認為胡小天會直接坐船從內河抵達飄香城，所以每日都會去港口值守，卻想不到胡小天因為走內河太過耽擱行程，乾脆從陸路先行前來。

胡小天一眾人來到翠園的時候，展鵬從港口還未回來，梁英豪聽聞他們到了，驚喜萬分地迎了出來，笑道：「公子，我們就猜您這兩日應該到了。」他留意到展鵬沒有和他們一起，有些詫異道：「怎麼？展鵬沒有跟你們一起過來？」問過之後方才知道胡小天是從陸路過來的，梁英豪連忙安排人去港口將展鵬叫回來。

胡小天在梁英豪的陪同下進入翠園，發現這座宅子雖然算不上大，可是佈置精巧雅致，頗具南國風味，梁英豪已經讓人準備好了熱水，胡小天沐浴更衣出來，展鵬也已經到了。

眾人相別數月，在異國他鄉重逢也是欣喜非常。

此時酒菜也已經準備好了，眾人落座之後，胡小天感歎道：「這裡的天氣可真是炎熱，剛剛洗過澡又是一身的汗。」

展鵬道：「立秋之後已經好多了，前兩日熱得才叫厲害，我們兄弟兩人恨不能肋下生出雙翅，飛回東梁郡，咱們那邊夏天才好過呢。」

梁英豪道：「今兒有些反常，不過立秋之後，這氣溫一天比一天降落，至少晚上已經能睡個安生覺了。」

胡小天端起面前的酒杯道：「辛苦兩位哥哥了！」

展鵬和梁英豪道：「談不上辛苦，其實是主公給我們一趟美差，天香國雖然很熱，可是這裡的美景、美食、美色都非常出眾，我們兄弟倆也是忙裡偷閒，逍遙了幾個月呢。」

趙武晟哈哈笑道：「你們倒都是明白人，若是留在東梁郡，也要天天在太陽底下練兵，只怕要曬脫皮了。」

幾人又同聲笑了起來。

展鵬道：「不是說夏長明也一起來了？怎麼沒見他過來呢？」

趙武晟道：「長明跟著船隻一起過來，他現在忙著陪美女，哪還顧得上咱們呢。」

一句話勾起了梁英豪和展鵬的好奇心，兩人紛紛詢問。

胡小天心中暗笑，看來好奇心誰都有。幾人推杯換盞，胡小天簡單將他們前來途中的經歷說了，他問起福王楊隆越的事情。

展鵬道：「按照主公的吩咐，我們將福王護送回來之後，就不再跟他聯絡，除了幫忙買下這座翠園，福王也未曾跟我們主動聯繫過。」

胡小天點了點頭道：「他在天香國朝內的地位非常微妙，他去東梁郡的事情也非常隱秘，還是越少人知道我們之間的關係越好。」

梁英豪道：「這兩日不停有人來到飄香城，大都是為了應徵駙馬，據說這次單單是報名參加駙馬應徵的就已經有了七千多人，報名截止要在八月十五之前，以目前的勢頭超過萬人應該沒有問題，天香國這次選駙馬可以說是從古到今規模最為宏大的一次，實打實的萬裡挑一呢。」

胡小天道：「龍宣嬌不止是為了選駙馬，她是要從中選擇一個最利於自己的盟友啊！」

展鵬道：「我聽說不但列國皇室都派出了代表前來，而且天下各大幫派門閥也有代表過來。」

梁英豪畢竟是土匪出身，粗話脫口而出道：「這老娘們究竟想幹什麼？」

胡小天微笑道：「總之不是好事，我在途中見到了不少決鬥火併，選婿還未開始就已經發生了無數類似事件，若是選婿正式開始，彼此的爭端肯定不少，我看龍宣嬌說不定要借著這件事挑起各方矛盾，製造仇恨。」

趙武晟道：「匹夫無罪懷璧其罪，誰要是當了駙馬，那麼這個人豈不是就要成為眾矢之的？」

幾人同時向胡小天望去，他們都在為胡小天擔心，胡小天此行的目標非常明確，映月公主他志在必得，至於這個駙馬他倒不在乎。

胡小天道：「我忽然想到了一件事，你們說若是有人知道誰最有希望成為駙馬，那麼在正式結果未出來之前，大家會怎麼做？」

三人都沒有說話，胡小天道：「大家就會群起而攻之，在結果沒有揭曉之前先將這個最有希望成為駙馬的人幹掉。」

木秀於林風必摧之這個道理所有人都知道，天香國的這次征選駙馬絕沒有聽上去那麼浪漫美好，其背後的真相卻是血腥和殘酷。

晚宴之後，展鵬陪同胡小天返回房間，掩上房門方才低聲道：「主公，我見到慕容姑娘了。」

胡小天的表情瞬間變得凝重起來，慕容飛煙的失蹤對他來說始終是一個難以解釋的謎團，他並不理解胡不為為什麼要將慕容飛煙留下？以慕容飛煙的武功，明明有機會返回大康，可她卻為何最終選擇留在天香國？他點了點頭道：「她怎麼說？」

展鵬歎了口氣道：「她好像已經不記得我了。」

胡小天內心一震，脫口道：「什麼？」

展鵬道：「我可以斷定不會認錯，但是她跟我對面經過的時候，似乎根本不認識我這個人。」

胡小天皺了皺眉頭，也許慕容飛煙是故意沒有和展鵬相認，畢竟這是在天香國境內，也許她有不得已的苦衷，他低聲道：「你知不知道她身在何處？」

展鵬道：「如今她被天香國太后賞識，被封為鳳翎衛副統領。」鳳翎衛乃是皇太后龍宣嬌身邊的一隻親衛軍，共有三千餘人，清一色由女性武功高手組成，慕容飛煙能夠成為龍宣嬌近衛軍中的一員，足見她應該已經獲得了龍宣嬌的信任。這就讓情況變得越發撲朔迷離，胡小天實在想不透這其中究竟發生了什麼？如果說過去慕容飛煙沒有離開是因為受人所制，現在她身為鳳翎衛副統領，已經是自由之身，只要她願意，隨時都能夠離開天香國回到自己的身邊，可她為何遲遲沒有離去？難道真如展鵬所說，她已經喪失了記憶？

胡小天沉思良久方才道：「有沒有其他人的消息？」

展鵬道：「除了慕容飛煙之外，其他人我們還未有緣相見，而且我們的活動範圍僅限於飄香城，也許他們未必都在這裡。」

胡小天點了點頭：「辛苦了。」

展鵬笑道：「沒什麼好辛苦的，主公長途跋涉而來，我就不耽擱您休息了。」他起身告辭離去。

胡小天卻陷入久久的沉默之中，天香國這邊的事情終於到了解決的時候，昔日的許多恩怨在此都要有個了結，只是展鵬剛才的話又讓他心中蒙上了一層陰雲，胡不為當初的離開，到底還有多少的秘密？

胡小天抵達天香國的消息第一時間傳到了福王楊隆越耳中，然而楊隆越卻不敢公然過來跟他相見，畢竟福王現在的一舉一動都在太后的監視之下，若是和胡小天接觸得太過頻繁，讓龍宣嬌有所覺察，必然會生出警覺之心。

福王派出他的親信，也是他的首席謀士廖元生前來問候。

胡小天於翠園之中接見了廖元生。

廖元生首先替福王問候了胡小天，然後解釋福王不能親自前來的原因。

胡小天對楊隆越是不是能夠親自前來並不關心，他此番最主要的目的就是將龍曦月和慕容飛煙兩人從天香國帶回去，順便再解決一下昔日的恩怨當然最好不過。

胡小天道：「聽說這次來了不少人。」

廖元生點了點頭道：「太后將招駙馬的消息向天下廣為散佈，非但如此，還答應，誰要是有幸被映月公主相中，成為入幕之賓，太后還會奉上一筆厚重的嫁妝呢。」

胡小天道：「這嫁妝到底有多厚重？」

廖元生向胡小天湊近了一些，壓低聲音道：「太后決定將天香國和南越國之間的一片名為紅木川的地方贈給映月公主當嫁妝。」

胡小天聞言一怔，他對紅木川早有所聞，知道這片區域依山傍海，地形南寬北窄，單就面積而言要比自己目前掌控的區域還要大上一倍，在歷史上紅木川的歸宿始終都是一個模稜兩可的問題，最早曾經屬於大康，後來因為此地太遠，加上部族眾多，大康對此地重視不夠，所以對紅木川的管理名存實亡，等到天香國崛起之後，勢力侵入紅木川，而南越國也意圖染指這片土地，兩國之間圍繞紅木川的爭鬥持續了近百年，直到三十年前方才互相簽下協議，紅木川由天香國名義上管理，但是南越國的百姓出入此地並不受到任何的限制，實際上等於是雙方共同使用這塊地方，而且他們也達成了一個默契，誰也不會主動改變紅木川的現狀。如今天香國將紅木川作為嫁妝，等於即將一手打破這裡的平衡。

廖元生道：「若是這個消息公開之後，恐怕天下英雄更要趨之若鶩了。」

胡小天道：「太后是要挑起一場天下紛爭啊！」

廖元生道：「據我所知，沙迦、南越、西川各方對紅木川都是志在必得。」

胡小天道：「太后的用意如此明顯，別人未嘗不會識破她的本意。」

廖元生歎道：「那又如何？焉知別人不會順水推舟，將計就計？天香國若是由著她這樣折騰下去，亡國之日已經不久了。」作為天香國的臣民，他對王國命運也不由得產生了深深的憂慮。

胡小天忽然想起了一句老話，娘們當家，牆倒屋塌，看來女人在政治上的確有先天的局限性，眼光不夠，格局太小，這個龍宣嬌也無法跳脫出自身的局限性，他又問起藍先生也就是胡不為的事情。

廖元生道：「藍先生最近都沒在飄香城，根據我們掌握的情況，他這段時間都在南陽灣。」

「南陽灣？」胡小天不禁皺起了眉頭，南陽灣乃是位於天香國最南端，再往南就是茫茫大海，從南陽灣到飄香城還有六百里的距離，難道胡不為故意避開此次招親？

廖元生道：「南陽灣集結了我們天香國最精銳的水師。」

胡小天因他的話而想到了胡不為從大康帶走的一萬名精銳水師將士，槍桿子裡出政權，任何時代任何社會多半脫不開這個現實，也許胡不為早就意識到，唯有將天香國的軍權牢牢控制在手中，方才可以保證龍宣嬌的統治。他低聲道：「廖先生，你有沒有聽說過周默和蕭天穆的名字？」

廖元生有些迷惑地搖了搖頭道：「從未聽說過。」

胡小天心中暗忖，周默在西川的時候曾經用過周霸天的名字，過去既然可以，現在仍然可以這樣做，來到天香國之後，興許他和蕭天穆都已經改名換姓。

胡小天取出自己根據印象手繪的兩人的畫像，過去的那點繪畫功夫到底還是派上了用場。廖元生接過畫像，看清上面兩人的模樣不禁一驚道：「這個人是狄振天！最近兩年深受重用，乃是南陽灣水師的統領。」他所指的正是周默。

胡小天對此早有了思想準備，周默啊周默，你們將我騙得好苦，從結拜到現在，老子連你們的真名都不知道，可以說胡小天對兩人曾經無比的信任，一度將兩人當成自己的手足一般看待，可最後卻被他們出賣，這種傷害是極其深重的。

廖元生只是認出了周默，至於蕭天穆他根本毫無印象。

廖元生又告訴胡小天，雖然抵達了飄香城，可還需儘快前往報名，應徵駙馬的截止日期就在八月十五，他此番特地帶了一塊鳳鳴牌過來，這令牌相當於出入各大官邸的特殊通行證，有了這塊牌子就可以直接進入各大行署官衙，避免排隊等候。胡小天接過看了看，這玩意兒倒是有用，相當於現代社會的ＶＩＰ貴賓卡，看來任何社會，任何國度都有特權的存在。

廖元生離去之後，胡小天就叫上趙武晟一起去了鴻臚寺，等到了鴻臚寺馬上就明白為何廖元生會專程送鳳鳴牌給自己，但見鴻臚寺外人山人海，全都是過來報名應徵駙馬的人，因為距離報名截止日期還有兩日，很多人連夜就在門前排隊。

鴻臚寺也起到了第一關篩檢的作用，首先淘汰掉的就是年齡不符者，按照規定年齡要在十八到四十之間，然後要淘汰女扮男裝者，乍聽不太可能，可進來渾水摸魚的不少，單單是最近三天就抓起了十二個女扮男裝濫竽充數的。身有殘疾，外貌醜陋也屬淘汰之列，最後一步才是核查身分，這一步其實也是最為嚴苛的一步，沒有一定的身分，就算你其他條件都達到了也休想成功報名。

如何證明你有身分？列國王公貴族自然不必說，沒有如此顯赫出身的就要有推薦信，沒有推薦信的就要繳納一百金作為押金，連一百金都繳納不出來的，證明你根本沒資格前來報名。

剛開始的時候只是鴻臚寺負責這件事，可很快他們就發現僅僅依靠自己幾個人根本忙不過來，於是又奏請皇上，請戶部幫忙，單單是點收銀子就夠戶部忙活的了，初步估計，單單是押金就至少收了一百萬兩金子，當然這筆錢最後是會退還的。其實就算是不還，誰也不至於因為一百金而跟天香國朝廷過不去。

胡小天發現天香國還真是夠黑，借著招駙馬的事情不但賺足了眼球，還落足了實惠。

憑著廖元生送來的鳳鳴牌，胡小天直接進入了鴻臚寺，鴻臚寺卿汪且直也因為這張鳳鳴牌而親自接見了胡小天。自從鴻臚寺負責報名以來，能讓汪且直親自接見的也不超過二十個人，胡小天恰恰是其中之一。

雖然外面人聲鼎沸，可是鴻臚寺的內衙之中還是非常的幽靜，汪且直是個和藹的中年人，他在天香國一向以好人緣著稱，擔任鴻臚寺卿已經有十年，和列國之間的關係都非常融洽，這樣的人當然知道什麼樣的關係需要維護，什麼樣的人需要照顧。鳳鳴牌乃是皇太后發給皇室宗親和朝內重臣的一枚特殊通行符，能擁有這樣東西的人身分非比尋常，汪且直自然不敢怠慢。

等到和胡小天相見之後，汪且直方才知道眼前這位居然是最近彗星般崛起於庸江流域的一方霸主胡小天，內心也是激動不已，趕緊邀請胡小天落座，讓人送上香茗，他笑道：「汪某不知胡公子會過來，怠慢之處還望見諒。」

胡小天笑道：「天香國招駙馬的事情如今名動天下，我又豈能不來湊這個熱鬧，其實我早就想來天香國拜會貴國王上，只是一直以來因為瑣事羈絆而未能成行，最近總算有了時間，趁此機會來天香國，一是為了向映月公主求親，二是想和貴國的王上會晤，增加彼此的瞭解，順便探討一下天下大勢，還望汪大人代為安排。」

汪且直連連點頭道：「此事汪某一定即可向王上轉達。」

胡小天道：「聽說此次前來應徵駙馬的人不少啊！」

汪且直故意歎了口氣道：「可不是嘛，本來太后的意思是要在國內選拔天香國駙馬，可映月公主卻說她要親自選拔，太后拗不過她的意思，方才答應將範圍擴大到天下英豪，原本也沒有想到會引起這麼大的轟動，可是消息一經公佈，便應者雲集，我們鴻臚寺負責初步遴選，還有兩日就是截止之期，根據目前的狀況來看，報名者要超過一萬人了。」

胡小天心想，都把責任推到龍曦月的身上，曦月心中只有我一個，豈會答應你們這樣胡作非為？他也沒有點破，只是微笑道：「這萬裡挑一豈不是要讓公主挑花眼了？」

汪且直道：「當然不可能讓公主從這麼多人中挑選，我們鴻臚寺負責初選，將不符條件的篩選出去，即便是這樣也有一萬人。等過了中秋，再由鴻臚寺和禮部進行二輪篩選，將其中的魚目混珠者剔除，估計這一輪又要篩除過半，剩下的那些人，分成文武兩大陣營，由兵部、吏部負責篩選，找出文武雙全者，這一輪過後剩下的估計也就不到一千人了。」

胡小天呵呵笑道：「就算是一千人也不少了。」

汪且直道：「這一千人會由太后親自出卷考核，從中挑選出最後的一百人，所以映月公主只需要從這一百人中挑出如意郎君即可。」

胡小天道：「聽汪大人這麼說，我都要打退堂鼓了。」

汪且直笑道：「胡公子英雄年少，儀表堂堂，文武雙全，威震一方，以您的條件，根本是不需要經過那麼多考核的，依我之見，您應當可以直接進入最終的百人名單。」這可不是汪且直故意恭維胡小天，單看胡小天的長相，再想到他的條件，胡小天別說是進入最終百人名單，就是十人名單中也應該有他的名字。

胡小天道：「不是說規矩不能亂嗎？」

汪且直道：「任何規矩都是人定的。」此人倒是圓滑。

胡小天呵呵笑了起來，他將一封信遞給汪且直道：「這是汪先生的一位朋友托我給您送來的一封信，面見王上的事情還望汪大人代為安排。」

汪且直點了點頭，心中有些迷惑，不知是哪位朋友托他給自己送信，等到胡小天離去之後，他方才小心拆開了那封信，卻見裡面裝著一張十萬兩的銀票，汪且直嚇了一大跳，旋即心中一陣狂喜，這胡小天果然不是尋常人物，出手真是闊綽非凡。

胡小天和展鵬一起走出鴻臚寺，展鵬笑道：「主公今天的事情還順利嗎？」

胡小天點了點頭道：「非常順利！」朝中有人好做事，福王楊隆越雖然沒有現身，卻已經將此次招納駙馬的流程，以及各個關鍵的環節調查得清清楚楚，並讓廖元生轉告胡小天，汪且直這個人雖然表面一團和氣，可是此人貪財吝嗇，想要打動此人，讓他死心塌地為你辦事，就必須要用金錢將之征服，所以胡小天出手就是十萬兩的紅包，汪且直雖然借著這次的機會斂財不少，可是如此大的紅包卻是頭一份。收人錢財，為人消災，讓他幫忙解決一些小事，直接將胡小天送入最終的百人名單應該沒有任何的問題。

胡小天來到鴻臚寺門外的時候，正看到一群人也朝這邊走了過來，胡小天看得真切，對方竟然是西川李鴻翰，要說這位李鴻翰還差點成了胡小天的大舅子，陪在李鴻翰右側的正是西川首席謀士張子謙。

胡小天和他們可都是舊識，雖然和李鴻翰之間始終都沒有什麼愉快的記憶，可狹路相逢也需要打聲招呼，胡小天滿臉笑容道：「張先生！」先招呼張子謙，故意忽略李鴻翰也是存心給這廝一個難堪。

李鴻翰唇角泛起一絲淡淡的冷笑。

張子謙呵呵笑了起來，他老謀深算，當然知道胡小天先跟自己打招呼的目的，迎上前去：「胡老弟，哈哈，想不到你也來了！」他主動向胡小天道：「我家少將軍也來了！」總得有人起到搭起橋樑的作用。

胡小天和李鴻翰目光相遇，想當初李鴻翰曾經兩度坑害自己，不過念在夕顏的份上，還是算了，胡小天微笑抱拳道：「李兄別來無恙！」

李鴻翰也抱拳還禮道：「胡老弟好，你不是大康的未來駙馬嗎？怎麼也會過來湊這個熱鬧？若是讓永陽公主知道，此事可不好交代吧。」他根本是哪壺不開提哪壺。

胡小天歎了口氣道：「老黃曆了，可能是我這人天生不受人待見，定下來的親事總會被人攪黃，先是跟你妹子，然後是永陽公主，最後全都不歡而散，無疾而終！」

李鴻翰本來想嘲諷他，卻想不到被他倒打一耙，冷笑望著胡小天道：「可能是胡老弟眼界太高，目空一切吧。」

胡小天道：「我就是一個苦孩子，還談什麼眼界，這年頭幹什麼都不容易，想安安靜靜當別人的女婿難啊！咦？對了，李兄不是早就有了家室，怎麼也拋棄妻子來湊這個熱鬧？」

李鴻翰的臉色越發難看了。

張子謙乾咳了一聲道：「胡老弟有所不知，我家少夫人因病去世了。」

胡小天道：「這麼巧？不過這就是你李兄的不對了，嫂夫人對你這麼好，就算她去世了，你也該終身不娶以此明志，何必忙著續弦，你不怕外人說閒話啊？」

李鴻翰再也按捺不住心中的火氣怒道：「你……」

張子謙慌忙隔在兩人之間，笑道：「胡老弟，我們還有要事在身，就此別過，回頭咱們再敘舊。」

胡小天笑瞇瞇道：「好啊，好啊！對了，最近有沒有見過我無憂妹子，我心裡記掛著她呢。」

李鴻翰方才走了幾步，聽到他提起自己的妹子頓時又停下腳步，張子謙悄悄牽了牽他的衣袖，催促他離開，等到雙方走遠，李鴻翰咬牙切齒道：「這混帳當真氣死我也！」

張子謙低聲道：「少將軍，小不忍則亂大謀，他是故意在氣您，你要是生氣就中了他的圈套了。」

李鴻翰道：「天香國太后為何也邀請了他？」

張子謙意味深長道：「因為她真正的目的不是選婿，而是要選擇一個最有利的盟友。」

天香國明德殿內太后龍宣嬌慵懶靠坐在長椅之上，鴻臚寺卿汪且直恭敬站著。

龍宣嬌道：「確定那是胡小天？」

汪且直回稟道：「啟稟太后，的確是胡小天本人。」

「你對他的觀感如何啊？」

「此人年輕有為，英俊瀟灑，做事冷靜果斷，的確是年青一代中不可多得的翹楚人物。」汪且直極盡讚美之詞。

龍宣嬌聽到這裡不禁呵呵笑了起來：「汪且直，你到底拿了人家什麼好處？居然這麼幫著他說話？」

汪且直嚇得額頭冒出了冷汗：「太后，臣說的可全都是內心中的真實印象，此前臣和胡小天從未有過任何接觸，更不會拿他任何的好處，絕無半分的偏袒。」

龍宣嬌嗤之以鼻道：「你緊張什麼？哀家跟你開個玩笑罷了，你是什麼人，哀家還能不清楚嗎？」

心中卻暗忖，這汪且直就是個見錢眼開的傢伙，說不定真從胡小天那裡得到了好處，不然也不會在自己面前對他一通褒獎，而且上午才見過胡小天，便風急火燎地過來向自己稟報，還幫胡小天傳話想見自己。

她沉吟了一下道：「哀家倒是想見見他，不過現在這種時候，各國都有王公貴族過來，提出要和哀家見面的實在太多，若是哀家開了這個先例，總不能厚此薄彼，算了，還是暫時不見了，一視同仁，省得別人說閒話。」

汪且直道：「太后聖明！」

汪且直離去沒有多久的時間，天香國王楊隆景就到了，從他臉上陰鬱的表情來看，他的心情應該不算太好，大步來到明德殿內，皺了皺眉頭，向周圍宮人道：「你們都出去，朕有話要和母后單獨說。」

一群宮人齊齊將目光投向龍宣嬌，直到龍宣嬌擺了擺手，他們方才退去。

龍宣嬌笑道：「王上怎麼今兒得空過來了？你不是去了雁城圍獵，原定後天才回來嗎？」

楊隆景道：「飄香城這麼熱鬧，孩兒當然也要回來看看。」

龍宣嬌敏銳覺察到他情緒有些不對，微微一笑，起身來到他的身邊，伸出手去抓住他的雙手，端詳著他的面龐，有些心疼道：「這才幾天啊，你黑了也瘦了！」

楊隆景道：「母后不是常說，孩兒養尊處優慣了，應該多多磨礪，多多承擔嗎？」

龍宣嬌笑道：「你這孩子是不是生哀家的氣了？」

楊隆景道：「母后，孩兒不明白，為什麼你一定要大張旗鼓地搞這一齣招駙馬的事情？你有沒有問過映月姑娘，她心中究竟作何感想？」

龍宣嬌微笑道：「她是哀家的乾女兒，哀家又豈會害她？正是因為哀家將她當成親生女兒一樣看待，方才花費這麼大的精力幫她擇婿，哀家也是為了她以後的幸福著想，若是能夠找到一門如意郎君，也算是了卻了一樁心願。」

楊隆景道：「母后何以認為自己幫她挑選的駙馬一定就合乎她的心意，她嫁人之後就一定幸福？」

龍宣嬌道：「這就無需你去操心了，你還是多把精力放在國家大事上。」

楊隆景咬了咬嘴唇，似乎終於下定決心，他低聲道：「母后，你明明知道我的心意，為何你不肯成全我？」

龍宣嬌臉上的笑容漸漸收斂，放開兒子的手臂，轉身向長椅走去。

楊隆景大吼道：「你明明知道孩兒喜歡她……」

龍宣嬌霍然轉過身去，怒道：「別忘了你自己的身分，你是天香國的王上！」

楊隆景道：「孩兒根本就不想當什麼王上！是你逼我坐在這個位子上，我不喜歡處理什麼國家大事，我不喜歡這種高高在上孤家寡人的感覺，不求錦衣玉食，不求位高權重，只求跟心愛的人平平淡淡相守一生！」

龍宣嬌鳳目圓睜：「住口！」

楊隆景被嚇得顫抖了一下，然後鼓起勇氣雙目直視母親，這在他有生以來還是第一次，他大聲道：「你告訴我，為什麼我和映月不能在一起？」

龍宣嬌因為憤怒胸膛不停起伏著，她顫抖的手指向楊隆景道：「沒有理由，沒有為什麼，你……你太令哀家失望了！」龍宣嬌忽然身軀一軟，向地上軟綿綿倒去，楊隆景看到眼前情景慌忙上前將母親抱住，大聲道：「來人！快來人！」

太監周德勝慌忙奔了進來，看到眼前情景也是大吃一驚，慌忙道：「太后，奴才這就去請醫生。」

龍宣嬌無力擺了擺手道：「算了，不必大驚小怪。」

楊隆景看到母親被自己氣成這番模樣也覺得有些後悔，關切道：「母后，還是找太醫來看看……」

龍宣嬌陡然厲聲道：「哀家說不必！」

楊隆景被她當著太監呵斥，臉色也是尷尬無比。

龍宣嬌歎了口氣道：「王上還是回去休息吧，周德勝，你扶哀家進去休息。」

「是！」

楊隆景雖然心中有所不情願，可看到母親在正在氣頭上也不好違背，他默默離開了明政殿。

龍宣嬌回到長椅上坐下，接過周德勝遞來的一杯熱茶，抿了一口，積在胸中的那口氣方才長舒了出來。

周德勝小心翼翼問道：「太后感覺好些了嗎？」

龍宣嬌道：「好些了，周德勝，藍先生那邊有沒有消息？」

周德勝恭敬道：「啟稟太后，藍先生中秋會返回飄香城。」

龍宣嬌心中忽然感到一絲酸楚，她有很多話想要找人傾吐，最需要傾吐的時候，他卻不在自己的身邊。

周德勝道：「太后，這兩日各方王公貴族陸續前來，他們都想見見太后。」

龍宣嬌道：「有朋自遠方來不亦樂乎，遠來即是客，咱們把人家請來了，在禮數上決不能有所閃失，你去把福王請來。」

周德勝以為自己聽錯：「福王殿下？」

龍宣嬌道：「是，王上心緒不佳，若是讓他去招呼各方來賓只怕會出岔子，這些場面上的事情還是讓福王去吧，就說是王上的意思。」

「是！」

龍宣嬌又道：「讓人盯著他，一旦發現他和誰過從甚密，馬上來向哀家稟報。」

周德勝會意，點了點頭道：「太后放心，此事小的一定做好。」

胡小天回到翠園的時候，已經有人在那裡等他，卻是久未謀面的丐幫弟子朱八，在胡小天抵達東梁郡之初，幸虧朱八率領兩千名丐幫弟子前來相助，方才解去燃眉之急，為他以後的自立奠定了堅實的基礎，自從胡小天在庸江流域站穩腳跟，朱八也率領他手下的兩千名乞丐悄然離去，至此後和胡小天再無聯繫，今日在天香國重逢，也是欣喜非常。

胡小天慌忙將朱八請入花廳敘話，他笑道：「朱先生何時過來的？你怎麼知道我住在這裡？」心中暗自奇怪，這朱八難道也未滿四十，趁著這次天香國選駙馬的機會也來湊個熱鬧？

朱八笑道：「丐幫弟子遍佈天下，想要找一個人還不容易，更何況公子又沒有故意隱藏行蹤。」他接過傭人送上的香茗，抿了一口方才道：「不瞞胡大人，丐幫的總舵就在天香國。」

胡小天對此倒是一無所知，他本來以為丐幫乃是中原第一大幫派，總舵自然在中原，在傳統的概念裡天香國還並不屬於中原的範疇。胡小天道：「如此說來，我有機會還需去你們總舵一趟，拜會一下貴幫幫主，表達一下我的謝意。」無論當初丐幫出動人馬幫助自己是出於何種原因，他欠丐幫一個大人情卻是不爭的事實，若是有機會當面去丐幫總舵表達一下謝意也是應當。而且胡小天始終認為自己的外公虛凌空就是丐幫幫主，他心中也有太多謎團想要見到老爺子，讓他幫忙解釋。

朱八笑道：「有機會的，我們上官幫主也來到了天香國，專程陪同少幫主參加駙馬遴選。」

胡小天不由得一怔，朱八這樣說等於明白地告訴自己丐幫幫主並不是自己的外公，虛凌空都多大年紀了，怎麼可能跟著湊這個熱鬧，就是他老人家肯湊，也不符合條件啊，也就是說幫主另有其人，怎麼還有位少幫主？

朱八看出胡小天的迷惑，輕聲道：「上官幫主也是年初方才選出，公子不知道也不奇怪。」

胡小天對丐幫現任幫主是誰並不感興趣，他真正想見的是自己的外公，他將手中的茶盞緩緩放在茶几之上，低聲道：「老爺子來了嗎？」

朱八當然知道胡小天所說的老爺子是誰，他笑道：「我也有很久沒見過他老人家了，不過老爺子托人捎了句話給你。」

胡小天點了點頭。

朱八道：「老爺子想你協助我們少幫主成為天香國駙馬。」

胡小天眨了眨眼睛，幾乎以為自己聽錯，這不是等於讓自己將龍曦月拱手送人嗎？外公應該是不清楚自己和龍曦月之間的關係，不然怎會讓自己主動放棄？

朱八道：「其實此番天香國選駙馬，真正的用意乃是尋求一個盟友，天香國對丐幫的發展來說意義重大，還望公子能夠出手相助。」朱八真正的用意並不是讓胡小天真幫什麼忙，只要他不參與這次的駙馬之爭，就等於減少了一個強大的對手。丐幫總舵如今就在天香國，可以說如果少幫主能夠成為天香國的駙馬，等於為丐幫以後的發展鋪平道路。

胡小天呵呵笑了起來，朱八看到他笑，也跟著笑了起來。

胡小天接下來卻搖了搖頭道：「此事我不能答應，天香國的這個駙馬我志在必得！」在這件事上他也沒必要隱瞞，自己心愛的女人絕不能讓。

朱八聽他回絕得如此果斷，不由得皺起眉頭，低聲道：「我們幫主說了，若是公子願意成全此事，以後公子進攻大康之時，我們丐幫會全力相助。」這不啻是一個非同尋常的禮物，當初胡小天穩固東梁郡的時候，丐幫只派出了兩千人相助，天下丐幫弟子全都加起來要有百萬之眾，若是能夠獲得天下第一幫派的全力相助，反攻大康，將大康的疆土全都征服也不是難事。

胡小天道：「幫我謝謝貴幫主的好意，這件事我還是不能答應。」

朱八歎了口氣道：「其實公子就算堅持，也未必能有勝算。」

胡小天微笑道：「既然我沒有勝算，朱先生又何必勸我退出？」

朱八道：「不是我勸你退出，而是老爺子勸你退出，算了，公子既然不肯，只當我從未來過。」他起身告辭，胡小天雖然誠心請他留下喝酒，可朱八顯然沒有心情。

胡小天親自將朱八送到大門外，雖然彼此條件沒有談妥，可畢竟相交一場，胡小天和朱八之間並沒有任何的矛盾，朱八臨走之前向胡小天語重心長道：「上官幫主對少幫主極其寵愛，只要是少幫主想做的事情，他必然傾盡全力完成他的心願，公子既然心意已決，我也不好勸你，只希望公子在和我家少幫主相遇之時還需顧著咱們的幾分情面。」

胡小天知道朱八是在婉轉提醒自己儘量不要和他們的少幫主發生衝突，微笑道：「朱先生放心，這件事我會注意。」

朱八抱了抱拳，轉身離去。胡小天站在門前目送他遠去，心中暗笑，丐幫實在有些杞人憂天了，前來應徵駙馬的又不止自己一個，就算自己放棄，人家也未必會選他們的少幫主。

此時胡小天看到遠處一個人正望著自己，他舉目望去，那人卻是在途中遇到的劍士謝天穹，於是展顏向他笑了笑。

謝天穹確定站在翠園門前之人是胡小天，他又驚又喜地走了過來：「恩公，果然是你。」

胡小天笑道：「咱們還真是有緣呢。」

謝天穹看了看胡小天身後的翠園道：「你就住在這裡？」

胡小天點了點頭。

謝天穹道：「難怪你不肯跟我去董家莊住，原來是住在翠園，這裡可是西城內數一數二的宅子呢。」

胡小天主動邀約道：「謝兄若是有時間進來坐坐。」

謝天穹搖了搖頭道：「不了，我還有事，改日再來拜訪。」他向胡小天拱了拱手。

胡小天看出他有急事，也沒有挽留，此時趙武晟也從裡面出來，剛好看到謝天穹的背影，趙武晟道：「主公，那個不是……」

胡小天點了點頭，目光卻盯住剛剛縱馬從門前經過的一員灰衣騎士的身上，低聲道：「有人在跟蹤他呢。」

趙武晟道：「不如我跟過去看看？」

胡小天沉吟了一下，低聲道：「務必小心！」

第七章

權宜之計

胡小天心中暗忖，
赫爾丹的提議對自己來說並沒有任何的損失，
如果獨來獨往，勢必會被他人孤立，
一個人就算再有本事也不可能與那麼多聯盟抗衡，
更何況所謂聯盟只不過是權宜之計罷了，
暫且答應他倒也無妨，於是點了點頭。

得到了太后龍宣嬌的命令，福王楊隆越終於可以公開造訪前來天香國的貴賓，八月十三日晚，他於福王府設宴，為十多位身分最為尊崇的人物接風洗塵，這其中就包括沙迦國十九王子赫爾丹、大雍七皇子薛道銘、南越國六王子洪英泰、西川少將軍李鴻翰、就連遠在塞北的黑胡也派來了八王子完顏天岳。江湖人物方面，丐幫少幫主上官雲冲，落櫻宮少主唐驚羽，金陵徐家的代表徐慕白全都在受邀之列，胡小天自然也是被邀請的嘉賓之一。

胡小天姍姍來遲，看到已經入席的眾人，多半他都曾經見過，其實這也不稀奇，畢竟天下間有名有姓的少年英雄人物並不多，今晚在場的恰恰是最為出類拔萃的幾個。別看天香國這次徵召駙馬，聲勢如此浩大，可多半人都是前來陪襯，最終駙馬的人選還是要在這十幾個人裡面選出。

福王楊隆越親自來到門前相迎，他笑道：「胡公子來晚了！」

胡小天歉然笑道：「因為一些事情耽擱了，慚愧慚愧！」其實他是故意為之。

福王楊隆越引他來到席間，安排他和徐慕白同桌，這個安排應該是事先計畫好的，胡小天和徐慕白的關係也已經不再是秘密。

胡小天向徐慕白笑道：「表哥，想不到咱們提前見面了。」

徐慕白笑道：「本以為還要到中秋之夜你我兄弟才能重逢呢。」他待人接物不即不離，分寸把握得很好，既不讓人感覺到疏離，也不讓人產生過於親密的感覺。

胡小天環視周圍眾人，這其中多半他都是認識的，不過上官雲沖他卻是第一次見到，因為上午朱八轉成勸他放棄的事情，胡小天對這位丐幫的少幫主特地留意了一下。上官雲沖雖然出身丐幫，可是穿著打扮卻沒有半分的乞丐氣質，如果不知道他的出身，肯定會以為他是一個養尊處優的富家公子哥兒，他被安排和落櫻宮少主唐驚羽坐在一起，兩人看來早就相識，彼此相談甚歡，胡小天打量上官雲沖的時候，唐驚羽不由得暗暗心驚。畢竟他在胡小天手下吃虧不止一次，雖然他對胡小天前來也有心理準備，可見到胡小天朝自己這邊看來的時候，仍然心底發毛，其實胡小天留意的根本不是他。

現在的胡小天也根本沒有將唐驚羽放在眼中，無論是唐驚羽還是其背後的落櫻宮，都沒資格成為胡小天的對手。

徐慕白留意到胡小天的目光所向，低聲將兩人的身分介紹給胡小天，介紹到上官雲沖的時候著重強調道：「上官雲沖是丐幫有史以來最年輕的一位九袋弟子，其父上官天火乃是新當選的幫主，上官雲沖被稱為不世出的武學奇才，自小追隨丐幫傳功長老喬方正長大，十六歲就已經掌握除了打狗棒法之外的全部武功絕學。」

胡小天道：「那果然是天才了。」他心中至今仍有一個疑問，自己的外公究竟在丐幫扮演怎樣的角色？過去他曾經一度認為外公就是丐幫幫主，可現在看來應該不是，可外公在丐幫的地位又舉足輕重，不然當初也不可能指揮朱八率領兩千名丐幫高手前往東梁郡為自己助陣。

徐慕白道：「何至如此，三位傳功長老在十年前遭人陷害，上官雲冲捨命相救，生死關頭，三位傳功長老知道難以脫身，就將三人的畢生功力全都傳給了他，上官雲冲吸收了三位絕頂高手的內力，內功之渾厚丐幫無人可出其右，即便是放眼天下能夠和他在內力相抗衡的也不多見。」

胡小天暗忖，長他人志氣滅自己威風，他上官雲冲不過吸收了三位傳功長老的內力，自己可是吸收了無數高手的內力，在自己面前只怕任何人都當不起內力渾厚這四個字，不過自己也有缺陷，雖然內力強大無匹，可惜還不能有效調用，如果將丹田氣海形容成一個水庫，輸送內力的經脈就是一條條的河道，河道的寬度決定了水的流量，他的經脈制約了他內力的發揮。雖然胡小天的經脈不斷增強，但是還不足以承受自身內力的峰值輸出。所以和真正的內功高手對決，就算胡小天內力比對方要強，卻未必能夠在場面上占優。

胡小天道：「我聽說外公就是丐幫中人呢。」他故意說給徐慕白聽。

徐慕白目光顯得有些迷惘：「我從未聽說過，奶奶說他老人家已經失蹤多年，只怕早已去世了。」

胡小天當然知道虛凌空還活著，不過看徐慕白的樣子，應該是和虛凌空並未有過接觸，他也懶得告訴他實情，低聲道：「看來這次還真是對手不少呢。」

徐慕白微微一笑，他低聲道：「表弟，你放心，我會幫你的。」這句話等於表明他不會跟胡小天競爭，非但如此，還會從旁協助。

胡小天雖然無需任何人幫助，可是面對這位表兄的好意也不能置若罔聞，拿捏出一副感激萬分的樣子：「多謝表哥！」

徐慕白微笑道：「你我兄弟情同手足，又何須說這樣的客氣話。」

胡小天心中卻沒有因此而放低對徐慕白的提防，以徐老太太的老謀深算，她絕不可能派一個涉世未深的孫子代表徐家前來天香國，徐慕白表面上性情淡泊與世無爭，焉知他不是在扮豬吃虎？畢竟他是代表徐家的利益而來，不可能因為所謂的親情而放棄自己的任務。

福王楊隆越舉杯道：「在場的諸位全都是天香國的貴客，本來王上準備親自前來接見諸位貴客，可是因為臨近中秋，國事繁忙，王上最近抽不出時間，所以才會讓本王代勞，在此本王代表天香國王上和太后敬遠來的諸位貴客三杯，隆越先乾為敬！」他頗為爽快，端起金樽一飲而盡。

眾人也紛紛端起面前的金樽喝了。

三杯酒喝完，楊隆越又以自己的身分敬了眾人兩杯，他是海量驚人，可今天在場之人並非人人都能飲酒，南越國六王子洪英泰就不勝酒力，勉強喝了三杯酒，這剩下的兩杯卻無論如何都喝不下去了，他為人靦腆，再加上本身南越國又是小國，別說是面對大雍、黑胡這樣的大國，即便是和天香國相比，國力都差了許多，不然紅木川也不會被天香國強霸了過去。他並沒有喝這兩杯敬酒，也不敢多說話，以為別人沒有看到自己，蒙混過去就算了。

福王楊隆越雖然看到他並沒有喝自己的敬酒，可是身為主人也不好指出，乾脆睜一隻眼閉一隻眼，只當沒有看到就是。

楊隆越雖然抱著息事寧人的態度，可是有人卻不樂意了，黑胡八王子完顏天岳剛好跟洪英泰同桌，看到洪英泰只是裝模作樣地沾了沾嘴唇就將金樽放下，心頭不禁勃然大怒，他原本就看不起這個南越國王子，在他看來洪英泰甚至沒資格跟自己坐在一張桌子上，當下冷哼了一聲，雙目怒視洪英泰道：「你怎麼不喝？」

完顏天岳說的是胡話，洪英泰當然聽不懂，可完顏天岳隨身都帶著翻譯，他的隨從馬上將主子的話翻譯了一遍，而且語氣要比完顏天岳更加嚴厲，更加盛氣凌人。

洪英泰看到被人發現，尷尬笑道：「我……我身體不適所以……」不等他將話說完，完顏天岳已經拍起了桌子，怒道：「福王殿下的敬酒你都不喝，豈不是不給主人面子？」

楊隆越也沒想到黑胡王子會跳出來興師問罪，雖然洪英泰做得欠妥，可這完顏天岳當著那麼多人的面疾言厲色地呵斥南越國王子，也壓根沒顧及到人家的顏面，他正想開口勸說，從中調和。

右側一人懶洋洋道：「人家都說身體不適，還要強迫別人喝酒，到底來自蠻荒之地，根本不懂何謂禮儀。」卻是大雍七皇子薛道銘開口說話了，大雍和黑胡正在交戰，原本就是敵國，正所謂仇人相見分外眼紅，薛道銘跟洪英泰也沒什麼交情，按理說也沒必要為他出頭，可是看到完顏天岳發難，他卻要站在洪英泰一方。

完顏天岳怒視薛道銘：「你又算什麼東西？我跟他說話，干你鳥事？」

薛道銘道：「我就看不慣有些野蠻人強人所難的囂張模樣。」手掌在案上一拍，也是毫不退讓。

沙迦國十九王子赫爾丹道：「薛兄此言差異，何謂野蠻人？難道你們中原人天生就高人一等嗎？在你們心中，我們這些人全都是野蠻人，既然如此你又何必千里迢迢的過來想要應徵駙馬？天香國也不屬中原，按照你的話來說，映月公主也是蠻國女子了。」這件事跟他無關，赫爾丹的出發點卻是唯恐天下不亂，有火上澆油的機會他才不捨得放過。

胡小天看到酒宴剛剛開始，這幫王子便相互撕了起來，心中不禁想笑，看熱鬧的不嫌事大，當真是人不可貌相，他也沒料到赫爾丹看似粗獷，可說起話來卻是條理清晰，字字句句都透出深沉的心機。

這裡畢竟是在福王府，福王楊隆越慌忙勸阻道：「各位都消消氣，大家都是天香國的貴客，切不可因為一點小事就傷了相互之間的和氣。」

完顏天岳道：「福王此言差矣，並非是我因小事而動氣，乃是因為此人太過無禮，連福王殿下的敬酒他都不飲，分明是看不起你福王殿下，看不起你們天香國，本王是為殿下鳴不平。」大家都是抱著同一個目標而來，自然將彼此都視為對手，而今晚在場的這些人又是駙馬最為有力的競爭者，能夠詆毀一個就是一個，能夠清除一個就是一個。

洪英泰被完顏天岳說得臉紅一塊白一塊，他將心一橫，不就是兩杯酒嘛，一閉眼不就下去了。他端起金樽，仰首將這杯酒灌了下去，心想我把酒喝完看你們還怎麼說閒話，可洪英泰高估了自己的承受能力，這杯酒剛一下肚，就感覺腹部翻江倒海一般難受，他慌忙想將面孔扭到一邊，沒等他將臉完全轉過去，已經噗的一聲噴了出來，這下不但是酒，連剛才吃的東西也全都噴了出來，首當其衝的就是完顏天岳，完顏天岳做夢都不會想到洪英泰敢噴自己，被他兜頭蓋臉噴了一身，一股濃烈的酒臭味道讓完顏天岳瞬間發狂，揚起醋缽大小的拳頭照著洪英泰的臉上就是一拳，怒喝道：「小南蠻，你找死！」

眾人齊聲驚呼，洪英泰被完顏天岳這一拳打得離席飛出，直奔著丐幫少幫主上官雲沖的位子而來。

上官雲沖雙眉一動，右手向前方輕輕揮舞了一下，一道無形內力已經隔空傳了過去，有如一隻無形的大手穩穩將洪英泰托住。洪英泰身軀一晃，發現自己居然穩穩站在了地上。

此時他的兩名隨身武士已經不顧一切地向完顏天岳衝了過去，顯然要為主人找回顏面。

落櫻宮少主唐驚羽長袖微揚起，咻的一聲，一支羽箭釘在那兩名武士前方的抱柱之上，剛好擋住他們前去的道路，他一出手等於表明他和上官雲冲站在同一立場之上。

福王楊隆越慌忙做了個手勢，他手下的那幫侍衛上前將幾人分隔開來。

完顏天岳望著自己滿身的污穢，氣得哇呀呀怪叫，恨不能衝上去就將洪英泰當場撕碎。

在場的多數人看到眼前一幕都在暗自幸災樂禍，尤其是大雍七皇子薛道銘，他呵呵笑道：「怪得誰來？如果不是你逼人喝酒也不會鬧到這種地步。」其餘人雖然也是一般作想，可是沒有人會公然說出來。

完顏天岳指著薛道銘道：「薛道銘，本王要跟你決鬥！」

薛道銘不屑一笑：「你配嗎？」

完顏天岳氣得這就想衝過去，被福王楊隆越苦苦拉住。

福王楊隆越眼看著這場歡迎宴會就要演變成了全武行，心中也是哭笑不得，趕緊勸說完顏天岳，又讓人請他進去換衣服，好不容易才勸走了完顏天岳，這邊南越國六王子洪英泰已經告辭了，他今天在宴會之上可謂是顏面盡失，洪英泰面皮本來就薄，發生了這種事情之後自然不願在這裡待下去，更何況他剛吐了完顏天岳一身，又擔心對方報復，趕緊趁此機會告辭。

胡小天和徐慕白全程都是靜觀其變，事不關己高高掛起，他們才懶得介入這場爭端，不過他們也看出點苗頭，在場的多半都是虛張聲勢，嘴裡喊著打打殺殺，可這裡畢竟是在福王府上，不可能真正打起來。

晚宴搞得不歡而散，福王楊隆越也是沒有面子，洪英泰告辭之後，眾人紛紛離席而起，徐慕白低聲道：「表弟，咱們也走吧。」

胡小天點了點頭，此時大雍七皇子薛道銘經過他的身邊，雙目冷冷盯住胡小天，向他緩緩點了點頭。

胡小天微笑道：「七皇子別來無恙！」

薛道銘低聲道：「過去那筆帳，我早晚都會跟你清算！」

胡小天內心一怔，不知薛道銘這句話的真正含義是什麼？難道是當初自己用李代桃僵之計將龍曦月從康都救走的事情已經被他知道？轉念一想似乎沒有任何可能。當初是夕顏扮成紫鵑的樣貌，按理說應該是天衣無縫。他忽然想到一種可能，龍宣嬌對整件事的內幕非常清楚，若是她將真相透露給大雍方面，那麼薛道銘豈不是會知道這件事的來龍去脈，必然會對自己恨入骨髓。

胡小天沒有半點示弱，淡然道：「好啊，我等著你！」

眾人辭別福王先後離去，胡小天也沒有和楊隆越單獨說話，走出福王府大門，他和徐慕白也分道揚鑣，此時在外面候著的展鵬迎了上來，低聲道：「主公，這麼快？」

胡小天點了點頭道：「回去再說！」

身後傳來親切的呼喚聲：「胡大哥留步！」

胡小天不用回頭已經聽出是赫爾丹來了，緩緩轉過身去，也是一副笑臉相迎。因為今晚赫爾丹的表現，胡小天更明白前來應徵駙馬的這些人，一個個都是笑裡藏刀，虛偽矯飾之人，決不能被他們表面流露出的熱情和善意所蒙蔽，其實私底下無不將彼此視為對手，恨不能將其他人除之而後快。

赫爾丹來到胡小天身邊，親切摟住他的肩膀道：「來到飄香城就失去了大哥的下落，如果不是今晚福王夜宴，我都不知道去哪兒找你呢。」

胡小天假惺惺道：「我也很想兄弟呢。」他留意到赫爾丹的隨從之中達哈魯和國師伽羅都在。對達哈魯這種莽人胡小天當然不會太過在意，可是對伽羅卻不由自主多出幾分警惕，單單是在途中他弟子康圖利用攝魂術控制謝天穹表現出的實力就非同尋常，更不用說身為師父的伽羅了。胡小天總覺得伽羅看自己的眼神不善，他懷疑自己在西川除掉的攝魂師多吉很可能和伽羅有著密切的關係，如果真是如此，對此人更要多多提防才是。

赫爾丹盛情邀請道：「胡大哥，今晚都沒有機會喝一杯，好好的宴會都被人攪和了，前方不遠處有一座酒樓不錯，咱們兄弟再去喝上幾杯，我剛好有要緊事跟你商量呢。」

胡小天本不想去，可聽他說有要緊事要跟自己商量於是點了點頭，兩人並轡向前方行去，其餘人都遠遠跟在他們的身後。

赫爾丹道：「今晚的宴會胡大哥是否看出了什麼奧妙？」

胡小天搖了搖頭道：「恕我愚魯，沒看出什麼奧妙。」

赫爾丹壓低聲音道：「據我所知，很多人已經私下聯手了。」

胡小天微笑道：「駙馬只有一個，聯手又有何用？」其實就算赫爾丹不說，他從今晚的局面上也已經可以得出這個結論。

赫爾丹道：「胡大哥此言差矣，此番前來應徵駙馬者共有萬人之多，雖然你我等人進入最終人選毫無懸念，但即便是如此也需面對百餘名對手，若是你我聯手，大可橫掃其他對手脫穎而出。」

胡小天道：「到最後，你我之間不一樣還要分個勝負？」

赫爾丹道：「但至少咱們的機會要比其他人大上許多。」

胡小天微微一笑，這赫爾丹長相粗獷，可心思縝密，其頭腦一點也不次於他的十二王兄霍格，要說沙迦的這幫王子還真是不同尋常，難怪他們可以在最近的十幾年內橫掃西番，收復周邊部族，成為名符其實的邊荒霸主。

胡小天心中暗忖，赫爾丹的提議對自己目前來說並沒有任何的損失，如果獨來獨往，勢必會被他人孤立，一個人就算再有本事也不可能與那麼多聯盟抗衡，更何況所謂聯盟只不過是權宜之計罷了，暫且答應他倒也無妨，於是點了點頭。

赫爾丹看到他答應，心頭大悅，前方就是貫通飄香城東西的流花河，兩人縱馬登上拱橋，拱橋下一艘艘小船在河心穿梭，小船之上有不少乘船遊覽飄香城夜景的遊客，很多船上還支起小桌，才子佳人就坐在甲板之上飲酒作樂，歡笑之聲夾雜著絲竹之聲隨著夜風在河面上不停迴盪。

胡小天望著眼前的一切，恍惚如身處在江南水鄉古城。就在他們來到拱橋最高點的時候，一艘小船之上陡然射出一道冷箭，那冷箭追風逐電般向赫爾丹的咽喉射去。

胡小天身在左側，他第一時間發覺了這次襲擊，慌忙提醒道：「小心！」

赫爾丹反應的速度超乎胡小天的想像，他伸出手去，竟然赤手空拳將射向自己的冷箭一把抓住。箭桿被他死死攥在手中，猶自顫動不已，仿若活物。

「殺人了！」伴隨著一聲惶恐的尖叫，整個橋頭頓時陷入混亂之中，過往的人群如同沒頭蒼蠅一般到處亂竄，將胡小天赫爾丹兩人和後方的隊伍分隔開來。

達哈魯怒吼道：「讓開！讓開！」他試圖靠近前方的赫爾丹進行保護，可惜被紛亂的人群所阻，一時間無法和赫爾丹會合。

展鵬從馬背上騰躍而起，足尖輪番踏在護欄之上，奔跑之時，已經摘下長弓，彎弓搭箭，瞄準了發動襲擊的那艘船，也是一箭射了過去。

小船內同樣一箭迎出，兩支羽箭在夜空中撞擊在一起，發出噹的一聲脆響，一時間火花四射，展鵬射完一箭旋即又換上一箭，短時間內已經連續射出五箭，那小船順水而行，速度奇快，展鵬五箭射完，小船也隱沒在拱橋之下，船頭剛一露出拱橋，展鵬宛如大鳥般俯衝而下，身在空中又連續向小船內射出三箭，卻並未遭遇任何的反擊。

展鵬雙足穩穩落在甲板之上，以羽箭的鏃尖撥開船艙的捲簾，方才發現船艙內已經空無一人，裡面的刺客一定是在船隻穿過拱橋的時候，利用拱橋的掩護及時逃離。

胡小天並非是對方攻擊的目標，也並沒有被河面上的狀況吸引注意力，始終關注著周圍的動靜，混亂的人群中，忽然一道灰影騰空而起，刀影閃爍，向赫爾丹的面門直劈而去。

赫爾丹臨危不懼，非但沒有後退，反而雙腿在馬腹上一夾，催動坐騎向對方迎去，左手徑直拍向那抹刀光，右手握拳，一記普普通通的黑虎掏心向對方心口攻去。他的招式雖然樸實無華，但是重在實效，左手準確無誤拍在對方刀身之上，右拳趁機攻入空隙，蓬的一拳擊中對方胸膛。灰衣人中拳之後身軀急退，瞬間隱沒在人群之中，來得及去得快，攻守有度，顯然是計畫周詳。

胡小天看到赫爾丹的出手也是嘖嘖稱奇，想不到這位沙迦王子的武功如此深厚。

「主公小心！」展鵬的聲音在河面響起，一邊發出警示，一邊向橋洞接連施射。

胡小天已經感到身下拱橋傳來一陣顫動，接著就傳來石樑斷裂的聲音，在眾人驚恐的呼喊聲中，拱橋的橋面竟然從中斷裂，橋面上的數十人慘叫著向河面跌落。

胡小天在身軀下沉的剎那騰空而起，覷準展鵬所在的方向俯衝而去，宛如一片落葉輕輕巧巧落在船頭。轉身再看，已經有數十人落在河中。沙迦王子赫爾丹也沒有倖免，他雖然拳法驚人，騎術也是一流，可輕身功夫卻是不行，拱橋崩斷之時他沒有來及逃離險境，也隨著橋面上眾人一起落入河中。

赫爾丹剛一落入河水之中，就有一雙臂膀從身後扼住他的咽喉，水下還有人抓住他的腳踝將他向下方拖去。赫爾丹不懂水性，落水之後頓時驚慌失措，接連嗆了兩口水，內心中惶恐萬分，暗叫吾命休矣。

此時一道身影宛如浮雲般向赫爾丹飛掠而去，與此同時，一道繩索也向赫爾丹扔了過去，原來是國師伽羅和胡小天同時啟動，胡小天看到情況危急，將船頭的纜繩丟向赫爾丹，伽羅卻是直接從岸上飛掠而去。

赫爾丹伸手抓住胡小天丟來的纜繩，背後那人看到他想要脫身，揚起匕首照著赫爾丹的頸部插落，匕首尚未落下，一顆念珠宛如炮彈般射穿了他的頭顱，卻是伽羅將手中佛珠扯斷，十多顆念珠同時射了出去，念珠將圍攻赫爾丹的兩人射殺當場。赫爾丹趁機抓住纜繩，胡小天用力一抖，赫爾丹借力從水中飛起，水淋淋落在小船之上，他驚魂未定地向河面望去，卻見剛才落水的地方已經多出了幾具屍體，這其中當然有攻擊他的兩個，不過另外幾人卻只是因為當時距離赫爾丹太近，伽羅認為他們有可能威脅到赫爾丹的安全，所以乾脆一併下手屠殺，此人雖然是佛門弟子，可是下手卻極其冷血歹毒。

一支隊伍迅速來到南岸，清一色的女武士引弓搭箭，將現場圍住，一人厲聲喝道：「休得驚慌，全都給我靜待原地！」

胡小天聽到這聲呼喝，卻是內心為之一震，他抬頭去尋找發聲之人，卻因為現場人群太雜，而沒有找到目標。

在那群女武士抵達之後，現場的狀況很快就被控制住了，其餘殺手應該是知難而退並沒有發起後續進攻，展鵬將小船靠岸，胡小天和赫爾丹跳到岸上。

他們剛一上岸就被那群美女武士團團圍住，弓箭瞄準他們命令道：「將兵器丟在地上，舉起雙手。」

赫爾丹落湯雞一樣，心情正是鬱悶，看到那幫女武士用弓箭瞄準自己，不由得勃然大怒道：「我乃沙迦國王子，是你們天香國的貴賓，你們不去抓殺手，圍著我們作甚？」

此時達哈魯和國師伽羅等人也來到近前，達哈魯揚起雙錘不分青紅皂白地大吼道：「誰敢對我家殿下無禮？」

胡小天擔心雙方因誤會而衝突起來，他大聲道：「大家冷靜些，不要誤會！」那群女武士忽然從中散開，一員英姿颯爽的女將騎在一匹胭脂馬之上緩緩從佇列之中步出，那女將頭戴金盔，身上金色輕甲也為特製，絲毫不見臃腫，反而恰到好處地襯托出她窈窕的身姿。

肌膚嬌嫩如雪，秀眉修長，斜插入鬢，一雙美眸明澈見底卻透著讓人難以接近的清冷和孤傲。

當胡小天看到這女將整個人如同被霹靂擊中，愣在那裡，一顆心禁不住怦怦狂跳，出現在他眼前的正是慕容飛煙。其實他剛才就聽到了慕容飛煙的聲音，只是沒有從人群中找到，現在方才看清她的樣子，幾乎在第一時間就能夠認定眼前女將就是慕容飛煙無疑。

胡小天強行抑制住撲上去跟她相認的衝動，慕容飛煙現在是鳳翎衛的副統領，離開的這段時間究竟發生了什麼？從她現在的處境來看，應該是早已獲得了自由，可是她為何沒有去找自己？

慕容飛煙的目光從胡小天臉上掠過，居然沒做任何的停留，這讓胡小天心中不禁有些失望，同時又感到迷惑，久別重逢，難道自己在她心中竟興不起半點兒的波瀾？慕容飛煙怎麼可能將自己忘記？還是她故意裝成不認識自己？如果是後者，這妮子演戲的功夫還真是非同一般呢。不過以他對慕容飛煙的瞭解，自然知道這妮子是個烈火般的性子，向來愛恨分明，應該不會把內心的真實感受藏得如此之深。

驗證了赫爾丹的身分之後，慕容飛煙擺了擺手，示意眾人閃開一條道路，放他們離開。

胡小天來到慕容飛煙面前，目光肆無忌憚地凝望著她的面孔。

慕容飛煙明顯有些不悅皺了皺眉頭，冷冷望著胡小天道：「你是不是想留下啊？」

胡小天道：「我好像跟這位姑娘此前見過面呢，敢問姑娘芳名？」

慕容飛煙冷哼了一聲道：「你不覺得這種搭訕方式很老套嗎？」

一旁達哈魯噗嗤一聲笑出聲來，胡小天狠狠瞪了這廝一眼，真是大煞風景。事實上除了展鵬之外，其他人都不知道胡小天和慕容飛煙是老相好，以為胡小天看到這位女將軍生得美麗所以才主動搭訕。

慕容飛煙道：「我乃天香國鳳翎衛副統領榮飛燕！你滿足了？」說完之後，她向身後眾人道：「將屍體打撈上來，其餘人就地展開搜索，決不可放任一名殺手逃走！」

胡小天望著冷若冰霜的慕容飛煙，心中暗歎，滿足？我怎會滿足？可是看到慕容飛煙對他視若無睹的樣子，自己再厚著臉皮上去搭訕，估計她也不會搭理自己，只能按捺下心中的渴望，選擇先離開這裡再說。

赫爾丹經歷這場橋頭刺殺之後自然心情受到很大影響，原本和胡小天再去飲酒的計畫也只能臨時作罷，謝過胡小天剛才的相救之恩，和胡小天就此道別，雖然天氣炎熱，可是他落水後衣服全都浸濕，落湯雞一樣，也不想以這樣狼狽的樣子示人。

胡小天則和展鵬一起返回了翠園，展鵬此前就告訴胡小天慕容飛煙的事情，今晚看到胡小天和慕容飛煙相見對面不相逢的情景，以為胡小天心情必然會受到影響，所以也不敢主動問他。

直到來到翠園前方的時候，胡小天翻身下馬，歎了口氣道：「她說她叫榮飛燕！」

展鵬點了點頭，有些同情地望著胡小天道：「不知慕容姑娘發生了什麼？她好像已經完全不記得我們了。」

胡小天抬起頭望著空中漸漸圓潤的月亮若有所思道：「有些事，有些人永遠也不可能忘記的。」

展鵬道：「主公是說，她故意不認咱們？」

胡小天搖了搖頭，並沒有回答展鵬的問題，因為他也不知道答案。

趙武晟聽聞胡小天途中的遭遇也是暗暗心驚，不過還好這場刺殺是針對沙迦王子赫爾丹，胡小天應該只是湊巧和赫爾丹同行方才遭遇了這場意外，而且也沒有受傷，對他們來說這件事倒是一個提前預警，應徵天香國駙馬看來也不像表面上看上去旖旎風光，搞不好也有性命之憂。

趙武晟今天奉命去跟蹤謝天穹也有發現，那謝天穹為人警覺，中途就似乎有所覺察，趙武晟本以為自己被他發現，後來才知道原來謝天穹發覺的是另外一個追蹤他的人，謝天穹故意將那人引到僻靜的地方，一劍將那人殺了。

胡小天聽到這裡也是一驚：「知不知道什麼人在跟蹤他？」

趙武晟搖了搖頭道：「我也不清楚，謝天穹殺了那人之後，又有三人跟他會合，因為擔心被他們發覺，我也沒敢走得太近，不過隱約聽到他們的談話聲，好像是說他們接了幾單生意，要殺掉名單上的人。」

胡小天沉吟道：「如此說來謝天穹是個職業殺手？靠殺人拿賞金生活？」

趙武晟道：「管他作甚，只要他不危及到主公的安全，咱們也懶得管他的閒事。」

胡小天點了點頭，趙武晟這話說的倒是沒錯，他和謝天穹只不過是萍水相逢，當時也是欣賞他的劍法，所以才出手相救，還談不上什麼交情，管他的事情作甚。

此時負責在城內打探消息的梁英豪也回來了，他奔波了一天，口乾舌燥，先端了一碗水，方才道：「出事了，今天晚上飄香城有三人被殺，這些人全都是過來應徵駙馬的。」

胡小天道：「死的都是什麼人？」

梁英豪道：「好像沒有什麼太重要的人物，我聽說連沙迦國王子也在途中遇襲。」說到這裡他看到幾人的臉色有異，頓時悟到了什麼，關切道：「主公今晚沒有遇到麻煩吧？」

胡小天道：「赫爾丹遇刺之時，我剛好就在現場，看來還沒到九月初九，就有人已經等不及了，要率先剷除競爭對手。」

趙武晟道：「遠來都是客，天香國若是保證不了這些嘉賓的安全，一定會被天下人恥笑的。」

胡小天道：「看來有人一心想趁著這個時候製造混亂。」

展鵬道：「難道是天香國的太后？」

胡小天搖了搖頭道：「不可能，面對天下遴選駙馬是她想出的主意，又怎麼可能搬起石頭砸自己的腳。」

梁英豪道：「會不會是福王，他和龍宣嬌不睦，肯定會抓住一切機會和她作對。」

胡小天想了想，又搖了搖頭道：「雖然不排除這種可能，可是製造這樣的事端對他的好處也不大，而且還可能會過早將他暴露，福王是個沉得住氣的人，按理說不會輕易冒險。」他停頓了一下道：「龍宣嬌的目的很多人都已經看得清清楚楚，她想要通過招駙馬這件事尋找一個最為有利的同盟者，最終的目的還是要聯手對付大康，也許大康方面不會無動於衷。」

趙武晟道：「距離重陽還早，我看這段時間太平不了。」

梁英豪道：「主公一定要多多小心。」

胡小天呵呵笑道：「不做虧心事不怕鬼敲門，誰要是想對我不利，那他一定是嫌自己命長了。」

貴賓客遇刺之事在一夜之間傳遍飄香城，天香國方面明顯加強了警戒，再有一天就是中秋佳節，這些刺殺事件也讓節日的祥和氣氛衝淡了不少，來自各方前來應徵駙馬的賓客也開始人人自危。

天香國王宮傳來消息，應徵駙馬報名的日期提前截止一日，也就是說從現在開始再也不接受任何人的報名了。

天香國王楊隆景也召開了他圍獵歸來之後的第一場朝會，太后龍宣嬌按例在他的身後垂簾聽政。

楊隆景昨晚也沒有睡好，坐在王座上接連打了兩個哈欠，揉了揉眼睛，環視眾臣道：「諸位愛卿，有何事啟奏？」他打心底討厭這種死氣沉沉的朝會，恨不能馬上就結束。

鴻臚寺卿汪且直從文臣佇列中走出，躬身行禮道：「啟奏陛下，應徵駙馬的名單已經全部登記完成，初步符合條件者共計一萬零一百二十五人。」

楊隆景對此並無興趣，懶洋洋道：「知道了。」

珠簾後忽然傳來太后龍宣嬌的聲音：「應該是一萬零一百二十八人吧！有三人昨晚遇害！」

汪且直額頭見汗，低聲道：「太后明鑒……」

龍宣嬌的聲音陡然變得嚴厲了起來：「這份名單有沒有洩露出去？」

汪且直嚇得撲通一聲跪倒在地上，顫聲道：「太后，微臣以性命擔保，這份名單乃是昨晚方才最終匯總，臣等不敢將名單對外洩露半個字。」

楊隆景愕然道：「死人了？三個人遇害？為什麼？」

滿朝文武面面相覷，很多人臉上都難掩失望，身為一國之君怎可如此敷衍，他對國家大事根本不去關注，昨晚發生了這麼大的事情他居然都不知道，如果不是珠簾後的太后在主持朝政，還不知天香國會變成什麼樣子。

龍宣嬌因為兒子的反應而感覺到臉上發燒，這小子實在是太不爭氣了，當著臣子的面這麼說根本是將他的庸碌無為展示人前，這讓自己如何能夠放心將權力完全交到他的手上，龍宣嬌道：「傳榮飛燕進來！」

沒過多久，鳳翎衛副統領榮飛燕走入朝內，拜見王上太后之後，她將昨晚發生的事情以及調查的情況原原本本說了一遍。

龍宣嬌聽完之後點了點頭道：「目前可以確定的是有人要借著這次招駙馬的事情製造混亂，昨晚死去的三人全都在初步入圍的名單之上，哀家只希望不是咱們內部出了問題。」她的目光冷冷向汪且直看了一眼：「最終的這份名單必須要嚴格保密，幾輪篩選要抓緊時間進行，在此期間，篩選的結果不可向外界透露半個字。」

汪且直顫聲道：「太后放心，臣必恪盡職守，嚴守秘密。」

龍宣嬌又道：「明日就是中秋，從中秋到下個月九月初九，還有二十多天，這二十多天內，必須保證不可再有同類事情發生。」

散朝之後，龍宣嬌又將榮飛燕單獨留了下來，對她而言死三個人其實算不上什麼，畢竟昨晚遇害的三人並沒有什麼強大的背景，真正讓她感到震驚的乃是沙迦國王子中途遇刺的事情。

榮飛燕此時方才將調查的情況告訴了龍宣嬌：「啟稟太后，現場發現的幾句屍體已經初步查明了身分。」

龍宣嬌眨了眨雙眸，露出欣慰之色：「那些殺手是什麼人？」

榮飛燕道：「可以初步斷定，他們都是沙迦人！」

龍宣嬌愕然道：「什麼？沙迦人居然刺殺他們自己的王子？」

榮飛燕道：「有兩種可能，一是這些沙迦人仇視他們的王室，想要趁此機會將赫爾丹刺殺，還有一種可能就是赫爾丹自導自演了一齣戲。」

龍宣嬌秀眉微顰道：「沒有證據之前，不要輕下判斷。」

「是！」

龍宣嬌歎了口氣道：「哀家本來只想促成一件好事，卻想不到這天下的有心人實在太多了。」停頓了一下問道：「你師父是否出關了？」

榮飛燕道：「沒有，應該九月才能出關。」

龍宣嬌點了點頭道：「飛燕，這段時間真是辛苦你了。」

榮飛燕道：「太后，飄香城短時間內湧入了這麼多人，其中不乏別有用心之輩，想要保證所有人都相安無事的確很難。」

龍宣嬌淡然道：「你是不是聽說了什麼？」

榮飛燕點了點頭道：「臣聽說昨晚在福王府邸，黑胡王子和南越王子當場發生了衝突，還差點大打出手。距離九月初九還有二十多天，我擔心類似的事情還會層出不窮。」

龍宣嬌道：「他們願意鬧只管鬧，只要不出人命，其他的事由得他們去吧。」

榮飛燕道：「就怕很多事發展下去會失去控制。」

龍宣嬌道：「你不用擔心，所有事情都在哀家的掌握之中。」

福王楊隆越聽謀士廖元生說完最新的狀況，唇角不覺露出會心的笑意。

廖元生道：「恭喜王爺，賀喜王爺！」

福王呵呵笑了一聲道：「本王何喜之有？」

廖元生道：「看來局勢要比我們預想中還要有趣，只怕等不到重陽遴選，這些人相互之間就會打起來了。」

楊隆越道：「打得越熱鬧越好，把這麼多人全都引到飄香城，公主只有一個，一萬多人搶一個公主，她當真以為這種局面很容易掌控嗎？我看她最後免不了要搬起石頭砸自己的腳！」楊隆越口中的她指的自然就是太后龍宣嬌。

廖元生壓低聲音道：「其實大家都明白，最終的駙馬人選只會在那十幾個人中產生，以王爺之見，誰最有希望？」

楊隆越意味深長道：「誰能平平安安活到遴選的那一天再說咯！」

廖元生充滿獻媚道：「王爺果然高見！」

楊隆越道：「廖先生以為本王現在應該怎麼應對呢？」

廖元生道：「以不變應萬變，什麼都不做，其實事情往往做得越多越是容易出錯，王爺只需靜待別人出錯就好。」

中秋之夜，胡小天準備前往得月樓赴約，和表兄徐慕白共度中秋，臨出門之前，有人送來了一封信，胡小天展開一看，不由得吃了一驚，卻見那封信上寫道：務必小心，有人下毒。

胡小天讓展鵬出門去找送信人，等出去一看，那送信人早已不知所蹤。

這封信有些莫名其妙，不過送信之人應該知道自己今晚赴宴之事，有人下毒？無論這件事是真是假，都必須要多一份警惕，胡小天思來想去，自己都要去得月樓這一趟，不過應該沒必要讓其他人隨同，他讓趙武晟和展鵬兩人留下，決定自己獨自一人前往。

趙武晟和展鵬雖然感到奇怪，可轉念一想畢竟是人家表兄弟相聚，他們跟著或許多有不便，以胡小天的智慧和武功遇到任何凶險也足以應付。

胡小天獨自一人沿著長街前往得月樓，今日是中秋佳節，街道之上卻沒有太多行人，因為剛剛發生的刺殺事件，飄香城內的警戒增強了數倍，大街小巷處處都可以看到禁軍巡邏，這個時候老百姓寧願選擇在家裡闔家團圓也懶得上街招惹麻煩。

巡邏兵馬並沒有因為節日的緣故而放鬆警惕，但凡遇到可疑人物都會上前盤問甚至搜身。

胡小天也接連遭遇了幾次盤查，還好有福王給他的鳳鳴牌，亮出鳳鳴牌那些攔住他去路的將士馬上道歉放行。這樣走走停停來到了得月樓前，得月樓今天也是門前冷落車馬稀，和往日賓客盈門的場面截然不同，如果不是事先接下了幾單生意，店老闆都想提前關門回家過節了。

胡小天將坐騎丟給小二，讓他帶去後方吃草，此時又有一隊人馬從身邊經過，卻是天香國赫赫有名的鳳翎衛，為首一人正是慕容飛煙，胡小天主動招呼道：「榮統領，怎麼過節還加班？」

慕容飛煙冷冷掃了他一眼，並沒有搭理他。

胡小天心中暗歎，看來她一定發生了變故，居然不記得自己了。想起當初樂瑤的事情，須彌天不就是利用種魔大法奪了樂瑤的身體，只希望同樣的事情不要發生在慕容飛煙的身上。

他指了指得月樓道：「中秋之夜，月圓人圓，榮統領不如賞個面子一起喝杯酒，聚一聚？」

慕容飛煙毫不留情地拒絕道：「沒空！」說完縱馬從胡小天的身邊飛馳而過，胡小天望著她遠去的背影，有些無奈地搖了搖頭。

身後傳來輕輕的咳嗽聲，卻是表兄徐慕白出現在得月樓外，剛巧看到了剛才的一幕，徐慕白笑眯眯望著他道：「表弟跟榮統領聊什麼？」

胡小天笑道：「沒什麼，只是請她進來一起喝兩杯。」

兄弟兩人一起走入得月樓，徐慕白低聲道：「這位榮統領乃是天香國太傅蘇玉瑾的徒弟，表弟還是不要輕易招惹她為好。」

胡小天道：「蘇玉瑾又是誰？」

徐慕白道：「蘇玉瑾是太后龍宣嬌的金蘭姐妹，又是天香國王楊隆景的啟蒙恩師，她算得上天香國最有實力的女人之一呢。」

胡小天道：「表兄的消息真是靈通。」

徐慕白笑道：「徐家在天香國有不少的產業，還是能夠打探一些消息的。」他此時方才留意到胡小天是一個人過來，有些詫異道：「不是讓你將那幫兄弟都帶來嗎？為何一個人過來了？」

胡小天笑道：「他們都覺得是咱們親戚聚會，若是跟來多有不便。」

徐慕白聽他說得倒也合情合理，當下點了點頭道：「也好！」兩人來到三樓雅閣，除了徐慕白的那四名侍女之外，還有一位矮胖的中年人在場，那中年人看到兩人進來笑容可掬地站了起來，徐慕白為胡小天引見道：「這位也不是外人，他是余慶寶樓的掌櫃徐慕城，也是咱們的本家兄長。」

胡小天微笑抱拳道：「小弟參見慕城兄。」

徐慕城笑道：「小天兄弟，我對你可是聞名已久啊，今日方才有緣一見，果然是少年英雄啊！」他並不是徐家嫡系，在家族中的地位遠不及徐慕白，不過徐慕城為人精明世故，徐氏在天香國的產業由他負責，這些年他經營得也是有聲有色。

徐慕白讓人上菜，胡小天想起臨來之前收到的那封信，關於酒菜有毒的提醒，望著眼琳琅滿目的菜餚，表面上似乎並無異常，胡小天心中仍然有些猶豫，要不要將那封信的內容告訴徐慕白呢？

徐慕白使了個眼色，身後侍女取出一根白玉針，在每味菜餚之上都探了一下，看到白玉針並無異常，方才向徐慕白笑了笑。

徐慕白道：「小心駛得萬年船，在外面用餐總是要多一份謹慎。」

胡小天故意道：「表兄是擔心這酒菜中有毒嗎？」

徐慕白點了點頭道：「萬事皆有可能，這兩天飄香城內接連發生暗殺事件，目標直指前來應徵駙馬的人選，咱們也許多一分小心。」

一名侍女打開一個錦盒，裡面裝的卻是翡翠酒杯，徐慕白讓她拿了三隻酒杯出來，分給徐慕城和胡小天每人一個，他向胡小天道：「這叫翡翠夜光杯，乃是徐家祖傳的寶物，杯色可隨酒品的不同變化，若是酒中有毒，杯子就會變成黑色。」

胡小天心中暗忖，這徐慕白考慮事情還真是周到，他層層戒備，自己好像已經沒必要將那封信的內容說出來了。不過徐慕白這麼做分明是要讓自己放心，似乎有些欲蓋彌彰，此地無銀三百兩的意味，難道想要對自己下毒的人是他？胡小天望著風度翩翩溫潤如玉的徐慕白，實在想不出他要對自己下手的理由。

侍女將三隻酒杯倒滿了，卻見杯色越發碧綠澄澈，陣陣酒香襲人，舉目望去一輪圓月已經緩緩升起在夜空中。

徐慕白道：「你我兄弟難得聚在一起共度中秋佳節，來！來！來！咱們乾上一杯！」

胡小天舉杯向唇邊湊去，那杯酒還未湊到唇邊，室內的燭火卻陡然熄滅了，眾人心中都是一驚，舉目向窗外望去，卻見在對側屋簷之上立著一個孤傲的身影，那人戴著銀色面具，黑色長袍在夜風中招展，宛如一面飄拂在夜空中的旗幟，雖然相隔還有一段距離，卻讓室內眾人感到一股無形的壓力。

徐慕白霍然站起身來，足尖一點已經化為一團白光向窗外投去，胡小天擔心他有所閃失，也是慌忙跟上。

那戴著銀色面具的怪人靜靜站在那裡，望著淩空俯衝而下的兩名少年，不慌不忙，在兩人距離他還有一丈距離的時候，不見他如何動作，腳下的瓦片卻突然升騰起來，數百瓦片宛如落雨般向徐慕白拍擊而去。

怪人足尖一點，身軀沿著屋簷流星般向遠方逃去。胡小天怒喝道：「哪裡逃！」他施展馭翔術，在虛空之中兔起鶻落，瞬間飛掠過數十丈的距離。

徐慕白被那片瓦片所阻，拍落瓦片落在屋簷之上，抬頭再看，眼前已經失去了那怪人和胡小天的影蹤。

第八章

迷影

胡小天心中暗忖，按照那壁畫推斷，
或許楚扶風和洪北漠都是一百五十年前
降臨這一世界的那些人的後裔，
如姬飛花所說，在經歷大康軍隊的戰役之後，
僥倖逃生的倖存者暫時面對現實，留在這裡生活。

胡小天越追越是心驚，他先是跟隨虛凌空學會了躲狗十八步，也就是徐家人所說的天羅迷蹤步，然後又從不悟和尚那裡學會了馭翔術，以他的輕功，天下間能夠超過他的絕不多見，可是追出這麼遠，根本沒有將那怪人追上，兩人之間始終保持著一定的距離，那怪人在屋簷之上奔騰跳躍，步法如同行雲流水，胡小天已經看出他似乎故意在將自己引向某一個地方，心中警示頓生，莫非對方設下了圈套？

胡小天放緩了腳步，對方也在同時慢了下來。

胡小天心中疑心更重，於是停下了腳步，對方果然也停了下來。胡小天舉目望去，除了他們兩人之外，周圍再無一個人影，徐慕白也被他們遠遠甩開了。

胡小天靜靜打量著對方，丹田氣海中卻在悄然提起內息，他意識到眼前所遇的乃是空前強大的一個對手，務必要慎之又慎。

對方雙手負在身後，藏在銀色面具背後的深邃雙目靜靜望著胡小天，月光如水籠罩在他的周身，在他的身軀之上籠罩了一層淡淡的光暈，他整個人仿若是一個發光體，雖然近在咫尺，卻讓胡小天生出可能是一個幻象的錯覺，內心中忽然有種熟悉至極的感覺，胡小天感覺自己內心中最深層的地方有些發熱，進而這股熱力迅速擴展到了他的全身，他強行抑制住內心的激動，低聲道：「姬大哥，是你嗎？」

對方發出一聲輕笑，然後伸出雪白纖長的手指將面具緩緩摘下，露出那張嫵媚到足以讓女人都感到嫉妒的豔麗面龐，不是姬飛花還有哪個？

胡小天望著姬飛花的面龐，一時間內心中百感交集，向來伶牙俐齒的他卻不知應該說什麼才好。

姬飛花卻轉過身去繼續向前方走去，胡小天當下再不猶豫，默默跟在他的身後。來到普雲塔前，姬飛花騰空一躍，身軀在空中轉折上升，穩穩落在九層寶塔的頂部屋簷上，胡小天也緊隨其上。

兩人並肩而立，望著夜空中玉盤一樣的圓月，姬飛花輕聲道：「今晚的月色好美！」皎潔如玉的面頰之上平靜依舊。

胡小天輕聲道：「海上生明月，天涯共此時！」內心仍然包容在融融的暖意之中。

姬飛花呵呵笑了一聲道：「你不吟詩，我幾乎忘了你還有些文采呢。」

胡小天暗叫慚愧，剽竊，自己是剽竊。望著姬飛花絕美的側顏，胡小天心中暗自感歎，為何自己每次見到他總會如此激動，他是個太監，自己的取向應該絕無問題，為何每次面對他總會有種雌雄莫辨的感覺？恭敬道：「姬大哥專程來邀我賞月嗎？」

姬飛花輕聲道：「你是不是怪我攪亂了你的酒局？」

胡小天道：「姬大哥將我引到這裡必然有你的理由。」

姬飛花意味深長地向他看了一眼：「算你聰明！」

胡小天笑道：「中秋佳節，咱們好像也不能空著肚子賞月，不如找個地方喝上兩杯？」

姬飛花宛如變魔術般拿出了一個食盒，將一罈酒扔向胡小天，胡小天慌忙接住。

姬飛花道：「我剛才去得月樓廚房的時候，隨手拿了些吃的。」

胡小天拍開泥封，頓時酒香四溢，端起酒罈準備喝酒之時，卻想起這酒來自於得月樓，不由得猶豫了一下。這微妙的細節並沒有逃過姬飛花的眼睛：「怎麼？怕我在酒中下毒？」

胡小天呵呵笑道：「你又怎麼會害我？」他仰首灌了一大口酒，將酒罈遞給了姬飛花，從食盒內捏了塊熟牛肉塞入嘴裡。

姬飛花捧起酒罈，仰首飲下，一道雪亮的酒箭流入他的咽喉，接連喝了幾大口方才將酒罈放下，輕聲道：「這世上沒有人值得你去信任！」

胡小天卻點了點頭道：「有！」他的目光盯住姬飛花，答案不言自明。

姬飛花彷彿沒有聽到他的回答，雙目靜靜望著那闕明月，陷入長久的沉思之中。

胡小天道：「那封信是你讓人送來的？」

「哪封信？」姬飛花有些迷惘道。

胡小天這才知道出門時收到的那封信和姬飛花無關，他掏出那封信遞了過去。

姬飛花借著月光看完，唇角露出一絲淡淡的笑意道：「看來有人搶在我之前提醒你了。」

胡小天道：「徐慕白或許也聽到了一些風聲，今晚準備得很充分。」

姬飛花輕聲歎了口氣道：「你為人精明，想要讓你上當並沒有那麼容易，有些時候欲擒故縱才是高明的手段。」

胡小天聽出他的言外之意，姬飛花分明在暗示他，這封信很可能是徐家人故意送來的，徐家人害自己似乎沒有必要。不過姬飛花將自己引到這裡的目的絕不僅僅是為了見他那麼簡單，當時他連酒杯還沒有沾到唇邊，姬飛花就已經動手，難道徐慕白他們真想害自己？胡小天接過姬飛花遞來的酒罈喝了一口酒道：「我現在對徐家好像沒什麼威脅。」

姬飛花並沒有正面回答他的問題，而是輕聲問道：「你和永陽公主緣何會反目為仇？」

胡小天搖了搖頭道：「她想要皇位，認為我已經成為她前進道路上的絆腳石。」

姬飛花道：「她和洪北漠一直不睦，為何會突然達成同盟？」

胡小天歎了口氣，將此前在康都發生的一切原原本本說了一遍，姬飛花越聽神情越是凝重，等到胡小天將所有的事情說完，他低聲道：「那支光劍你有沒有帶來？」

胡小天一直將光劍隨身攜帶，他將劍柄取出遞給了姬飛花。

姬飛花拿起光劍仔細端詳了一下，然後擰動劍柄，一道藍色的光華從劍柄中投射而出，幽蘭色的光芒照亮了姬飛花的面龐，姬飛花道：「想不到這世上還真有如此神奇的東西。」

胡小天道：「這柄光劍利用陽光儲存能量，威力很大，但是可能因為年代太久，內部的結構大都已經老化，光刃持續不了太久的時間。」

姬飛花將光劍關掉，重新扔還給胡小天道：「無論是人或物事都有缺點。」

胡小天道：「真正的秘密必然藏在皇陵之中，我看洪北漠就是因為皇陵中的秘密方才選擇與七七合作，七七幫他完成皇陵，而他幫助七七登上帝位。」

姬飛花反問道：「如果一切如你所想，你可不可以告訴我為何玄天館的任擎、大內侍衛統領慕容展這些人全都甘心為七七所用？」

胡小天咬了咬嘴唇，他承認七七的確有些手段，可是七七的個人魅力應該不足以降服這些人，可以毫不誇張地說，這些人無論哪一個都是人中翹楚，都是智慧出眾獨當一面的人物。他忽然想起姬飛花的身世，他是楚源海的後人，楚扶風的孫子，而楚扶風正是《乾坤開物》的撰寫者，洪北漠的師父，龍宣恩和虛凌空的結拜兄弟，和這些人都有著極其密切的關係。

胡小天道：「對了，我已經找到《乾坤開物》的丹鼎篇。」

姬飛花淡然笑道：「就算找到了也沒什麼用處，所謂《乾坤開物》只不過是用來轉移別人注意力的東西罷了，你和秘密擦肩而過，你從龍靈勝境中拿走了一把光劍，卻忽略了真正寶貴的東西。」

胡小天愕然道：「什麼？你是說那個藍色的骷髏頭？」

姬飛花點了點頭，他的目光投向深遠的夜空，凝視良久方才道：「聽你說完這些事，我忽然明白當初他們為何一定要害死我的爺爺。」

胡小天道：「為什麼？」

姬飛花道：「你相不相信，這天上還有和我們相同的人存在？」

胡小天連連點頭，相信，他當然相信，自己本來就不屬於這個世界。

姬飛花道：「我爺爺、洪北漠、任天擎他們這些人或許來自於同一地方，或許不是他們本人，是他們的先輩，抵達這裡之後，他們發現這裡的一切並不像他們所想的那樣，有人死去，有人選擇隱姓埋名留下來生活，還有人無時無刻不在想著回去。」

胡小天點了點頭，他想起在龍靈勝境中看到的那些壁畫，一切很可能像姬飛花所分析的那樣。

姬飛花低聲道：「每個人都會有自己的想法，他們之中產生了分歧，我爺爺預見了某種災難的發生，於是他選擇放棄，可他的做法觸怒了這些同伴，最終導致了我們楚家悲劇的發生。」

胡小天道：「什麼災難？」

姬飛花搖了搖頭，他並不知道。

胡小天心中暗忖，按照那壁畫推斷，或許楚扶風和洪北漠都是一百五十年前降臨這一世界的那些人的後裔，正如姬飛花所說，在經歷大康軍隊的那場戰役之後，僥倖逃生的倖存者不得不暫時面對現實，留在這裡生活，他們開枝散葉，繁衍後代，其中一部分人已經適應了這裡的生活，在這遙遠的地方找到了歸屬感，而還有一部分人無時無刻都在想著回去，楚扶風應該是其中的領導者，他帶領洪北漠等人為返回故鄉積極努力的過程中，卻突然預見到了一場災難。

對胡小天而言這樣的事情並不難理解，如果這些人返回他們的故鄉，必然會將這裡的所有情報帶回去，也許隨之而來的是規模龐大的報復者，也許他們的同類會佔領這裡，甚至將這裡所有的一切毀滅。

單從那柄光劍胡小天就已經可以判斷出，那些人所在的世界其文明程度，科技發展的程度甚至遠勝於他穿越之前生存的世界，更不用說眼前這片冷兵器占主導地位的土地，若是當真引來了域外軍團，這裡就算集結所有的軍事力量在對方的面前恐怕都不堪一擊。楚扶風應該是預見到了這件事，所以他背棄了那些同伴。

姬飛花低聲道：「所以洪北漠花費這麼大的心機維護龍宣恩的統治，最終的目的只是為了回去？」

胡小天點了點頭：「你的祖父應該也是一樣，他們想做的事情必須耗費極大的物力財力和人力，所以他們不得不選擇與龍宣恩合作，能夠打動龍宣恩的只有長生。」

姬飛花幽然歎了口氣道：「直至今日我方才知道，為何洪北漠會不遺餘力地維護龍宣恩，不是因為他忠心耿耿，而是因為他的利益和龍宣恩息息相關。」

胡小天心中暗忖，現在龍宣恩已經死了，洪北漠這些人全都支持七七，也許距離皇陵完工已經不久了，他卻因此而感到一種莫名的危機，如果他的推測完全正確，如果皇陵之中當真藏著一艘飛船，那麼洪北漠在修復這艘飛船之後，就可以返回他的家鄉，他的行為會不會將一支可怕的軍團引到這個世界，如果一切成為事實，那麼等待所有人的只有毀滅。

姬飛花看到胡小天許久都沒有說話，低聲道：「你在想什麼？」

胡小天道：「必須要有人阻止洪北漠。」

姬飛花道：「為什麼？」

胡小天道：「如果真有一支軍團，所有人都配備著光劍這樣的武器，面對這樣的軍團，恐怕集結列國之力也不會是他們的對手吧。」

姬飛花點了點頭，臉上流露出欣賞之色，胡小天果然與眾不同，他的眼界顯然要比這世界的多數人都要遠大，頭腦也始終保持著清醒。他低聲道：「按照你的說法，本應該有兩顆藍色頭骨的。」

胡小天道：「我只看到了一個，我懷疑另外一個就在皇陵之中。」

姬飛花道：「只要我們可以毀掉其中的一顆頭骨，那麼洪北漠那些人的計畫應該就再也無法實現。」

胡小天聽到他用上了我們這個詞，心中又驚又喜，看來姬飛花應該是已經決定出山和自己聯手應對洪北漠這群人。他想起姬飛花此前所受的內傷，不過看到姬飛花今晚的表現，應該是武功恢復得差不多了。

姬飛花道：「這次天香國遴選駙馬的事情，你有沒有覺得奇怪？」

胡小天點了點頭道：「的確奇怪，龍宣嬌根本沒必要將事情搞得那麼大，單單是前來應招駙馬的就有一萬人，這麼多人再加上幾萬隨從擁入飄香城，肯定會招來不必要的麻煩，女人腦子一熱果然什麼事情都幹得出來。」

姬飛花道：「這件事其實是你父親給她出的主意。」

胡小天聽他提到自己的父親不由得沉默了下去，心中又有些奇怪，以胡不為的眼界本不該做這樣的事情，龍宣嬌是他的舊情人，楊隆景又是他的親生兒子，他出了這樣一個餿主意豈不是給他們引來了不必要的麻煩？要說這胡不為還真是奇怪，在大康坑了他們母子，來到天香國又接著坑另外一對。

姬飛花道：「九月初九方才是公選駙馬之日，在此之前多半人都會被淘汰出局，而這二十多天的時間內絕不會太平，連我也不明白龍宣嬌為何要做這種吃力不討好的事情，胡不為心機深沉，在這件事上或許他利用了龍宣嬌，不過我也猜不到他真正的目的。」

胡小天將目光投向夜空，望著那輪圓月，心中不由想到，不知自己這次有沒有和胡不為碰面的機會，如果遇上，一定要親口問他，當初為何要背棄他們母子離去，害得母親含恨而死，他和徐鳳儀究竟是不是同父異母的兄妹？

此時此刻，大康皇宮之中，七七獨自一人靜靜站在縹緲峰上，孤零零望著夜空中的明月，內心中一種前所未有的孤獨感油然而生，她也不知今晚為何會鬼使神差地來到這裡？一個人站著，腦海中浮想聯翩。

身後傳來輕輕的腳步聲，七七轉過身去，看到權德安正在朝自己的方向走來。權德安的臉上充滿了關切的神情，他在七七的身後站定，低聲道：「殿下該回去了。」

七七點了點頭，輕聲道：「有什麼發現？」

權德安道：「已經將整個宜蘭宮找遍了，並沒有發現另外一顆頭骨。」

七七皺了皺眉頭，這個消息明顯讓她有些失望。

權德安壓低聲音道：「會不會是胡小天當初潛入龍靈勝境的時候，將那顆頭骨盜走了？」

七七搖了搖頭：「不會，他對頭骨沒有任何興趣，否則絕不會將這顆留下。」

權德安道：「那就奇怪了，奴才查遍了皇宮府庫的帳冊，並沒有發現這方面的記錄。」

七七卻道：「兩顆頭骨當時應該全都被留在皇宮，根據本宮瞭解到的情況，一顆被鎮在縹緲山下，還有一顆應該是埋在了七寶琉璃塔下。」

權德安不知她何以瞭解得那麼清楚，苦笑道：「殿下，那七寶琉璃塔早在一百年前就倒掉了，原址之上修建了宜蘭宮，宜蘭宮也在十五年前因為天火焚毀，這段時間，老奴借著翻建之名幾乎搜遍了宜蘭宮的每一塊瓦礫，掘地三尺也沒有任何發現。」

七七道：「龍宣嬌還沒出嫁之前是不是住在宜蘭宮？」

權德安點了點頭道：「是！」他明白七七這樣問的意思，苦笑道：「她當年出嫁的時候還不過是一個十七歲的少女，再者說，她也不可能帶一顆頭骨前往天香國。」

七七道：「胡不為現在應該就在天香國吧，他當年曾經教龍宣嬌撫琴，經常出入宜蘭宮，或許問題就出在他的身上。」

權德安道：「殿下，胡家的府邸也基本上被翻遍了，洪北漠那裡也沒什麼發現。」

七七搖了搖頭，目光再度回到那輪明月之上，過了一會兒她方才打破沉默：「胡小天是不是去了天香國？」

權德安沒有說話，因為他知道此時最好還是保持沉默。

七七像是跟他說話，更像是自語道：「我知道，他一定不會錯過這個機會。」

月圓之夜，悲歡離合各有不同。天香國太后龍宣嬌在孤獨中等待了一整天，終於在午夜到來之前等到了胡不為。

胡不為風塵僕僕走入龍宣嬌的寢宮之中，太監周德勝識趣地選擇迴避，周德勝剛一離去，龍宣嬌就起身奔到胡不為的面前，小女孩一樣投入他的懷抱之中，緊緊將他抱住，顫聲道：「不為，我還以為，你今晚不會回來了！」

胡不為伸出手去，挑起她的下頷，望著龍宣嬌的面龐，歲月在不知不覺中也在她的兩鬢留下了風霜的印記，胡不為微笑道：「我怎能不來？又真能忍心讓你獨自一人度過這中秋之夜。」

龍宣嬌溫婉一笑，牽住胡不為的大手，將他引到桌前，酒菜都已經準備好了，只等他的到來，在胡不為的面前，龍宣嬌再無凌駕於萬人之上的高傲氣勢，現在的她只是一個賢慧溫柔的女人，悉心伺候著從遠方歸來的丈夫。

為胡不為斟滿面前的酒杯，自己也倒了一杯，舉杯道：「不為，咱們乾一杯。」

胡不為點了點頭，和龍宣嬌碰了碰酒杯，對飲而盡。他輕聲道：「隆景沒有陪你？」

龍宣嬌聽他提起兒子，不由得歎了口氣，黯然搖了搖頭道：「倒是來過，轉了一圈就走了，他心中一定對我埋怨得很。」她心中多年以來始終都有一個願望，希望他們一家三口能夠團團圓圓坐在一起吃上一頓飯，這願望雖然簡單，可是因為他們身分的緣故卻很難實現，或許有生之年都沒有這樣的機會了。

胡不為微笑道：「隆景喜歡映月。」

龍宣嬌道：「他的心思始終都不在朝政上。」

胡不為道：「人各有志，你也不必勉強。」

龍宣嬌道：「不為，我這些年辛辛苦苦捱到現在還不是為了他？現在他終於登上了王位，可是我卻發現他離我越來越遠……」說到這裡，她不禁淚光盈盈。

胡不為伸出手握住她的手道：「小嬌，兒大不由娘，更何況他是天香國的君主，他已經有了自己的想法和主意，再不是昔日那個對你唯命是從的孩子。」

龍宣嬌歎了口氣道：「我甚至有些後悔了，也許我害了他。」

胡不為道：「小嬌，你又何必自尋煩惱，至少現在咱們一家人已經可以在一起，至少我們還可以共度中秋，同賞明月。」

龍宣嬌聽到這句話，臉上浮現出一絲會心的笑意。兩人的目光同時投向窗外，月上中天，霜華滿地。

龍宣嬌的思緒重新回到眼前的事情上來，她輕聲道：「胡小天來了！」

胡不為點了點頭。

龍宣嬌道：「不為，你讓我將遴選駙馬的消息向天下廣為散佈，真正的用意是什麼？」

胡不為道：「從中尋找一個最為可靠的盟友。」

龍宣嬌道：「可你有沒有想過，事態的發展會變得不受控制，最近已經發生了因此而產生的多起刺殺事件，有人想要借著這次的事情製造文章，如果有重要人物在天香國出事，恐怕會適得其反。」

胡不為道：「不用擔心，很快這一切就可以過去，以天香國如今的實力，根本無需顧忌他們之中的任何一個。」

龍宣嬌道：「不為，你老老實實告訴我，你是不是想借著這次的事情做什麼？

無論你做什麼，我都會幫你，你告訴我好不好？」

胡不為微笑道：「除了大康之外，幾乎列國都派來了自己的代表，如果他們發生了什麼事情，最開心的那個必然是大康。」

龍宣嬌皺了皺眉頭：「可是你不要忘了，這是在天香國，任何人發生了事情我們也要承擔責任的。」她的心中忽然產生了一絲恐懼，胡不為該不會為了報復大康，而賭上天香國的前途命運。

胡不為道：「沒有人可以危及到天香國，我也不會讓你們母子受到任何的傷害。」

「不為！」龍宣嬌來到他的身邊，偎依在他的懷中。

胡不為輕輕撫摸著她的肩頭，低聲道：「小嬌，你還記不記得當初我委託你幫我保存的那樣東西？」

龍宣嬌點了點頭：「那個箱子！」

胡不為的目光突然變得有些緊張。

龍宣嬌溫婉笑道：「那箱子我始終為你保存著，你不說我幾乎都忘了這件事情。」

胡不為道：「還在嗎？」

龍宣嬌點了點頭：「在！」她牽起胡不為的大手起身向臥榻走去，來到臥榻之前，輕輕推下隱藏的機關，臥榻緩緩向一旁移動，露出下方的一個三尺見方的洞穴，洞穴內藏著一個普普通通的箱子。

胡不為看到那箱子抑制不住內心的激動。

龍宣嬌悄悄觀察他的神情，小聲道：「這秘密我已經收藏了二十多年，就等你親口告訴我，這裡面究竟藏了什麼？」

胡不為將箱子從下方抱了出來，他低聲道：「乃是當年我在皇宮中找到的一件寶物。」他小心檢查了一下箱子上方的銅鎖。

龍宣嬌明顯因為他的舉動而有些不悅：「你放心，我從未開啟過，更何況這銅鎖之上有圖形密碼，我就算想開也沒那個本事。」

胡不為歉然一笑，推動銅鎖上的密碼，只聽到鏘！的一聲，銅鎖自動彈開。

胡不為也沒有迴避龍宣嬌的意思，當著她的面打開了箱子，裡面是一個盒子，胡不為將盒子從裡面抱了出來，盒子通體呈灰色，小心放在地上，這箱子乃是金屬做成，不過重量很輕，奇怪的是，整個盒子似乎沒有任何的縫隙，好像是一體鑄成。

龍宣嬌拿了燭火過來，幫助胡不為照亮那盒子的上部。卻見盒子的頂面之上有一個八角星的浮雕，八角星內部刻著紛繁複雜的圖案。胡不為仔細觀察了一會兒，方才移動圖案，這浮雕之中卻暗藏著圖形鎖，移動了十多次之後，聽到那盒子連續發出鏘鏘聲。

胡不為雙手捧住盒子兩側將盒蓋緩緩移開。

龍宣嬌舉目望去，卻見那盒子中放著一顆藍色透明的骷髏頭，嚇得她驚呼了一聲。

胡不為此時臉上的表情卻顯得欣喜若狂，他低聲道：「別怕，這顆並不是真正的頭骨。」

龍宣嬌捂著胸口顫聲道：「你……你也不早說，害得我枕著一顆頭骨睡了這麼多年。」

胡不為恭恭敬敬向那頭骨拜了拜，方才小心將那顆藍色頭骨從裡面捧了出來，他的目光變得灼熱非常，彷彿手中捧著的根本不是一顆頭骨，而是一個絕世寶物，借著燈光他仔細端詳著那顆頭骨，臉上的笑容卻慢慢收斂，忽然他高舉雙手狠狠將那顆頭骨擲落在地上，啪的一聲，藍色頭骨被摔得粉碎。

嚇得龍宣嬌又是一聲尖叫。

胡不為猛然轉過身去，儒雅溫和的面孔在瞬間變得猙獰可怕，他怒視龍宣嬌道：「假的！這顆頭骨是假的！」

龍宣嬌被他的模樣嚇住，顫聲道：「你剛剛不是說它就是假的……」話未說完，肩頭已經被胡不為用力抓住，胡不為死死盯住她的雙目道：「這箱子你打開過！」

龍宣嬌一臉困惑：「不為，你竟然懷疑我？我從未動過你的東西！」一雙美眸瞬間被淚水沾濕：「原來我在你心中甚至比不上一顆頭骨！」

胡不為看到龍宣嬌的淚水，方才意識到自己失態，他放開了龍宣嬌的雙肩：「小嬌，我並沒有懷疑過你，你仔細想想，除了你之外還有什麼人知道這件事？」

龍宣嬌咬了咬嘴唇，過了一會兒方才道：「死去的大王！」

胡不為滿臉狐疑。

龍宣嬌含淚叱道：「你懷疑我？你是不是懷疑我？我為你忍辱偷生這麼多年，你竟然懷疑我，給我滾，給我滾，給我從這裡滾出去！」

胡不為歎了一口氣，伸出手去不顧龍宣嬌的掙扎仍然將她擁入懷中，低聲道：「我怎會懷疑你？別說是丟了件東西，哪怕丟了性命我也不會有一絲一毫的埋怨。」

胡小天回到翠園之時已經到了午夜，展鵬等人得到消息之後已經分頭去尋找，只差沒有報官了，徐慕白也在翠園等他回來，聽說胡小天平安返回，眾人全都迎了出來。

徐慕白關切道：「表弟，你去了哪裡，害得我在得月樓附近苦苦尋找了近兩個時辰。」

胡小天當然不會跟他說實話，歎了口氣道：「我追蹤那怪人一路向南，追到中途卻中了埋伏，費了九牛二虎之力方才脫身。」

「知不知道他們的來頭？」

胡小天搖了搖頭道：「他們豈會跟我說實話，那些人武功全都不弱，應該是故意將我引過去的。」他對徐慕白已經產生疑心。

徐慕白也不方便追問，跟胡小天寒暄了幾句就告辭離開。

夏長明經水路於八月十七方才抵達飄香城，夏長明抵達之時，已經有人陸續離開。或許是預料到這場規模宏大的徵召駙馬背後存在的危機，龍宣嬌明顯加快了篩選的進程，鴻臚寺、禮部、吏部、兵部全員動作起來，對入選的名單進行初步篩選，根據他們的進程七天內就要確定一千人，也就是說這其中多半都要被淘汰。

按照規定，主動離去的淘汰者不但可以拿回自己的一百金，而且天香國還會奉送五十兩黃金作為路費，那些原本就抱著看熱鬧念頭過來的年輕人有不少已經打起了退堂鼓。人貴在有自知之明，很多人知道以自己的條件根本沒有任何可能入圍，勉強留下來也只是充當看客罷了，尤其是在這裡接連發生刺殺事件之後，前來應徵的這些年輕人都感到安全受到了威脅，誰也不願意為了一個渺茫的希望就將性命白白扔在異國他鄉，於是在天香國正式頒佈補償方案之後，馬上就開始出現了離城潮。

中秋過後的五天內，主動離開的已經達到了五千多人，也就是說有半數都感覺自己沒有希望入圍而離開。一個最終入圍的名單已經在城內悄然傳播開來，這其中有大雍七皇子薛道銘、沙迦王子赫爾丹、西川少帥李鴻翰……當然也包括了胡小天。

其實這份十幾人的名單就是那晚福王府宴請的賓客名單，不知怎麼就傳了出去，而且傳得有模有樣，在這份名單傳出之後，有更多人產生了放棄的念頭，雖然這份名單的真實性還待觀察，不過就名單上的這些人而言，無一不是出類拔萃的少年英豪。這份名單擊潰了多半人的信心，引發了更大的離城風潮。等到那一千人通過初選的名單正式宣佈之時，這飄香城內剩下的已經報上名的應徵者已經不到三千人了。每個人都把自己當成自己世界中的主角，當他們一旦認清自己的存在只不過是一個看客，只不過是別人的陪襯，自然不肯繼續捧場，離去也是理所當然。

即便是這一千人還要經過太后親自出卷考察，很快又會篩選掉九百人，也就是說下一輪的入圍者只能有一百人，而最終能被映月公主選中的只有一個，如此嚴苛的遴選過程，讓其中的不少人也萌生退意。

胡小天對這場選駙馬的鬧劇並不在意，無論他能否被最終選中，這次他都已經下定決心，一定會帶龍曦月離開。梁英豪已經將綠影閣周邊的地形情況全都調查清楚，趙武晟和夏長明也開始為重陽後的返程做出準備。

自從中秋那場被姬飛花破壞的家宴之後，徐慕白就再也沒有出現過，姬飛花也是一樣。這些天，胡小天多半時間都藏身在翠園之中，深居簡出。

初選名單出台之日，胡小天特地去鴻臚寺看了看，他的名字不出意外地位列其中，鴻臚寺放榜前方的廣場之上也是人頭攢動，有人因為入圍而開心大笑，更多人因為落選而唾罵天香國方面有眼無珠。

胡小天分開人群離去之時，卻看到一個熟悉的身影向他走了過來，來人乃是他曾經在途中所救的謝天穹。

謝天穹向胡小天笑道：「恩公好！」

胡小天知道謝天穹的真實身分乃是殺手，他點了點頭道：「謝兄也來看放榜？」

謝天穹搖了搖頭道：「我只是過來看個熱鬧，湊巧遇到了恩公，所以過來打個招呼。」他向遠方張榜的地方看了看道：「恩公可入選了？」

胡小天點了點頭。

謝天穹笑道：「我也是多嘴，其實以恩公的身分成為天香國駙馬也沒有任何懸念。」

胡小天笑道：「那就借你吉言了！」

遠處有一隊人馬經過，謝天穹明顯神情顯得有些緊張，悄悄將頭低了下去，等到那支隊伍走遠，方才向胡小天笑了笑道：「恩公，我先走了，這兩日就要離開飄香城，他日若是有緣，咱們再聚。」

胡小天微笑相送，謝天穹走了幾步卻又回過身來，向胡小天道：「我學過一些觀相之術，恩公印堂有黑雲籠罩，最近或許會有破財之災，奉勸恩公還是遠離乞丐為妙。」

胡小天微微一怔，再看時，看到謝天穹已經遠去了，他向夏長明使了個眼色，夏長明頓時會意，放出一隻黑吻雀，那黑吻雀雖然體型比麻雀還要小上一號，不過跟蹤能力極強，尾隨在謝天穹之後，看他到底要往哪裡去。

謝天穹為人極其警惕，走出一段距離悄然向後方觀察，確信並沒有人跟蹤自己這才放下心來，他在僻靜處取了馬匹，翻身上馬，一路向城西而去，來到城西一座偏僻的土地廟前，謝天穹翻身下馬，來到門前，伸手敲了敲廟門，沒多久，那廟門從裡面開了，開門的乃是一個衣衫襤褸的乞丐。

謝天穹牽馬進入土地廟內，把手中的韁繩遞給那名乞丐。

那乞丐低聲道：「童長老在大殿等你呢。」

謝天穹來到內院，這土地廟因為長期無人問津，早已殘破不堪，大殿之中，一位衣衫襤褸的中年乞丐正背著雙手面對佛像站立，聽到腳步聲，他緩緩轉過身來，一雙小眼睛望著謝天穹道：「天穹，你回來了？」此人正是丐幫新任六大傳功長老之一的童鐵金。

謝天穹抱拳行禮道：「師父好！」

童鐵金歎了口氣道：「都跟說過，我雖然教過你功夫，可是咱們兩人並不是師徒，我讓你做的事情，你可做好了？」

謝天穹道：「胡小天並未答應我的邀請。」

童鐵金臉上的笑容倏然收斂，冷冷望著謝天穹道：「你連一件小事都做不好嗎？」

謝天穹咬了咬嘴唇，鼓足勇氣道：「不瞞童長老，胡小天曾經於我有恩，我不能恩將仇報！」

童鐵金桀桀怪笑道：「於你有恩？想不到你居然是恩怨分明的人，天穹啊天穹，我果然沒有看錯你。」

謝天穹撲通一聲跪倒在他的面前：「長老，天穹對不住您，除了這件事之外，長老差遣我做任何事，哪怕是上刀山下火海，天穹絕不會有半點猶豫。」

童鐵金歎了口氣，向前走了一步，右手緩緩落在謝天穹的肩頭之上，低聲道：「此事的確是為難你了，算了！我找其他人去。」

謝天穹道：「長老，那胡小天究竟在何處得罪了你，您一定要置他於死地？」

童鐵金道：「你且起來，我慢慢告訴你。」他伸手握住謝天穹的臂膀，謝天穹起身之際，童鐵金卻出手如風，瞬間點中了他數個要穴，謝天穹身軀一軟，癱倒在了地上，他愕然道：「長老，你這是為何？」

童鐵金陰惻惻笑道：「你還敢問我？今日你和胡小天說了什麼？是不是將我們的計畫全都告訴了他？」

謝天穹道：「童長老，我絕不會背叛您……」話未說完就被童鐵金狠狠踹在小腹之上，痛得謝天穹的身軀蝦米一樣蜷曲起來。童鐵金咬牙切齒道：「我救你性命，教你武功，還準備介紹你加入丐幫，想不到你居然是個餵不熟的狼崽子，竟敢背叛我！」

謝天穹忍痛道：「童長老……我……我並沒有背叛過你……」

童鐵金冷笑道：「你把他當成朋友，卻不知他是不是把你當成人看待，既然你不願幫我將他引來，那麼我只好自己出手了。」他從腰間緩緩抽出一柄尺許長度的尖刀：「我現在就將你的這對耳朵割下來送給他當禮物。」

大殿的兩扇房門突然被人撞開，卻是在門外負責守衛的乞丐讓人扔了進來，撞開房門重重摔倒在地面之上。

童鐵金舉目望去，卻見一位藍衣少年靜靜站在那裡，微笑望著他道：「是你想要找我嗎？」

來人正是胡小天，謝天穹也是一怔，他不知胡小天何以會出現在這裡，轉念一想，必然是自己在歸來之時，被胡小天跟蹤了。

童鐵金陰森的目光投射在胡小天的臉上，他向前跨出一步，周身骨節劈啪作響，陡然之間，手中的尖刀宛如急電般向胡小天脫手飛去。

胡小天在他出手的剎那已經啟動，右手一揚，僅僅用食指和中指就將尖刀夾住，腳步沒有絲毫停頓，向前跨出一步，一拳向童鐵金攻去。

童鐵金也是一拳迎擊而出，雙拳相撞，童鐵金的力量明顯要比胡小天弱上不少，被胡小天這一拳震得倒飛了出去，在牆壁之上撞出一個大洞，身軀消失於大洞之外。

童鐵金雖然是丐幫六大傳功長老之一，卻是在老一代傳功長老集體遇害之後新近當選的一個，過去他在丐幫只不過是一個八袋弟子，以他的武功本不夠資格，可是童鐵金真正厲害的地方卻在逃命。

表面上看來他和胡小天硬碰硬對了一拳，其實他並未施展全力，一開始就做好了逃走的準備，拳頭剛一和胡小天接觸，就借勢反彈，撞開牆洞，試圖從洞口奪路而逃。

童鐵金的如意算盤打得漂亮，他宛如土撥鼠般從煙塵瀰漫的牆洞中逃出，試圖在胡小天追出來之前離開土地廟，可他還沒有辨明方向，頭頂便發出撲啦啦的聲響，一片陰雲在嘈雜聲中向他兜頭蓋臉籠罩下來，卻是數百隻烏鴉封堵住了他的去路。

童鐵金怎麼都不會算到外面會有烏鴉埋伏，一時間被弄了個手忙腳亂，雙手揮舞拍打烏鴉試圖奪路而逃的時候，胡小天已經尾隨而至，一拳擊中他的後心，將童鐵金打得口吐鮮血撲倒在地。

那群烏鴉在夏長明的號令之下四處飛散，現場只留下十多片猶在空中飄蕩的羽毛。

胡小天一腳踩住童鐵金的後心，冷笑道：「老匹夫，我跟你有何仇怨，你居然找人想要害我？」

童鐵金滿口鮮血，咬牙切齒只是冷笑。

胡小天從靴筒中抽出匕首，威脅道：「你不肯說，我現在就先將你的耳朵割下來。」冰冷的刀鋒已經貼在童鐵金的左耳之上。

童鐵金感到左耳一痛，鮮血已經貼著面頰流了出來，顯然已被胡小天割破，他低吼道：「你敢動我一根汗毛，虛凌空就休想活命！」

胡小天內心劇震，虛凌空乃是他的外公，胡小天只知道他和丐幫有著極其密切的關係，可外人應該並不知道虛凌空的本來身分，過去外公一直都扮作一個姓徐的老乞丐，這童鐵金言之鑿鑿，分明在暗示他外公已經出事。

胡小天用染血的匕首拍了拍童鐵金的面頰：「我外公怎麼了？」

童鐵金以為戳中胡小天的軟肋，心中有些得意，只是冷笑。

胡小天怒吼道：「他怎麼了？」手起刀落，一下就將童鐵金的左耳切了下來，童鐵金痛得一聲悶喝，鮮血瞬間染紅了半邊面頰，他慘叫道：「你敢傷我，你不要他的性命……」話未說完，他的右耳也被胡小天一併切了下來。

胡小天冷冷道：「咱們過去從未見過，看來你並不瞭解我，我胡小天從不跟別人講條件，也不受威脅，我再問你一次，我外公怎麼了？」

童鐵金滿臉都是鮮血，此時心中開始感到寒意：「他欺師滅祖……」

胡小天揚起匕首狠狠插在他的左臂之上，童鐵金痛得悶哼了一聲。

胡小天道：「他在哪裡？」一邊說話，一邊將匕首在童鐵金的傷口中擰動。

童鐵金痛得滿頭都是大汗，此時方才意識到眼前的少年下手之果斷，出手之狠毒遠超他的想像。童鐵金道：「我不知道……」

「誰讓你來害我？」

童鐵金咬了咬嘴唇，強忍陣陣鑽心的痛苦道：「幫主……是幫主……」

「你們幫主身在何處？」

「幫主……行事……神龍見首不見尾……我……不知……」

胡小天冷冷道：「這也不知，那也不知，留你這種廢物又有何用？」他揚起匕首準備接過童鐵金的性命，卻聽遠處謝天穹叫道：「恩公饒命！」

胡小天的匕首停在半空之中，他點了點頭：「也好，暫且留下你這條狗命。」雖然因為謝天穹的這聲求救留下了童鐵金的性命，可胡小天也不能這樣輕饒他，讓夏長明將童鐵金的手筋腳筋挑斷，這位丐幫的新任傳功長老以後只能成為一個廢人。

第九章

出乎意料

本來剩下的一千人要由太后親自出卷殿試，
從中再篩選出一百人，原定公開殿試的時間是九月初一，
可就在殿試前一日，福王楊隆越親自來翠園告訴胡小天，
太后將他的名字從殿試名單上劃去了，
也就是說胡小天已經沒有競選駙馬的資格，
這個結果顯然出乎所有人的意料之外。

胡小天知道今日的行為必然觸怒丐幫，他從來都是一個不怕事的人，更何況這次是丐幫先惹到了他的頭上，不但想要設計陷害他，聽童鐵金話裡的意思似乎還控制了虛凌空。

謝天穹雖然得蒙童鐵金傳授了一些武功，可他並非丐幫中人，胡小天問明情況之後解開謝天穹的穴道，讓他自行離去。

謝天穹也是尊師重義之人，雖然童鐵金想要害他，可他仍然向胡小天求情，饒了童鐵金一條性命。

其實胡小天原本就沒有殺死童鐵金的打算，目前而言這條線索對他還有用處，根據童鐵金的去向，或許能夠找到外公。不過胡小天也明白天香國目前乃是丐幫總壇之所在，丐幫在這裡的勢力不可小覷，雖然童鐵金陷害他在先，可是自己割其雙耳，斷其手足，此人又非丐幫的普通人物，身為六大傳功長老之一落到如此慘烈的下場，等於公開和丐幫結仇。

胡小天本想平平安安等到九月初九，低調做人，靜觀其變，卻想不到此時丐幫會跳出來向他挑事。他已經料定童鐵金回去不久，丐幫就會前來興師問罪，胡小天向來是人不犯我我不犯人，丐幫先讓朱八打著外公的旗號勸自己放棄駙馬爭奪，然後又由六大傳功長老之一的童鐵金設計想要陷害自己。既然他們主動惹到了自己的頭上，自己對他們也無需客氣。

童鐵金放出的狠話讓胡小天不禁有些擔心，聽他話中的意思好像自己的外公虛凌空遇到了危險，雖然虛凌空武功蓋世，可畢竟明槍易躲暗箭難防，以今日童鐵金所使的卑鄙手段來看，現在丐幫這些人是什麼事都幹得出來的。從另外一個角度考慮，如果外公沒有出事，他老人家是不會放任丐幫的人對付自己的。由此想到朱八當初對自己的勸說，胡小天的心情開始變得越發凝重起來。

當天黃昏，朱八就來到了翠園。

胡小天對此並沒有感到意外，雖然他廢掉了童鐵金，可畢竟是童鐵金設計自己在先，丐幫並不占理，所以來個先禮後兵也很正常。

朱八獨自一人前來，見到胡小天之後不由得歎了一口氣道：「胡公子，您可惹了大麻煩了。」

胡小天淡然道：「朱先生來得正好，我有些話剛好想當面問你。」

事情已經發生，朱八也唯有接受現實，搖了搖頭在胡小天身邊坐下。

胡小天道：「我外公身在何處？」

朱八道：「老爺子已經將幫中事務全都放下，他向來行事神龍見首不見尾，他去哪裡又怎會告訴我？」

胡小天冷冷望著朱八，如果換成過去，或許他會相信朱八的這番話，可是今日童鐵金脫口用外公的性命作為威脅，這就不能不讓他感到懷疑。胡小天道：「童鐵金今日用我外公的性命要脅於我，朱先生，你老老實實告訴我，我外公是不是出了事情？是不是被丐幫中人陷害？」

朱八道：「胡公子多慮了，以老爺子的武功，天下間誰又能害得了他，那童鐵金只是信口胡說，你豈能相信。」

胡小天道：「好，這件事我暫且相信，我和你們丐幫無怨無仇，你們因何要設計陷害我？」

朱八道：「公子誤會了，今日之事全都是童鐵金自己的主意，丐幫的其他人並未參與其中，他一心想幫助少幫主當上天香國駙馬，所以才會誤入歧途，想要將其他的競爭者全都清除。」

胡小天將信將疑道：「當真這麼簡單？」

朱八點了點頭道：「就是這麼簡單，我此番前來就是為了化解這件事。」

胡小天冷笑道：「朱先生想要如何化解？」

朱八道：「那童鐵金畢竟是丐幫的六大傳功長老之一，他雖然設計陷害公子，可是並無傷害你的意思，只是想將你困住，讓你錯過九月初九應徵駙馬的時機，等到我家少幫主順利當選自然會將你放出，可你今日下手實在太狠了，不但割掉了他的雙耳，還挑斷了他的手筋腳筋。」

胡小天道：「若是我落在他的手中，恐怕他對我會更加殘酷。」

朱八道：「公子必須要給我們丐幫一個說法。」雖然他和胡小天過去曾經有過交情，可是現在畢竟雙方立場不同，只能將昔日的情分拋到一邊。

「你們丐幫要什麼說法？」

朱八道：「公子醫術高超，若是肯為童長老接駁手筋腳筋，再將神魔滅世拳的拳法送上，此事就此作罷，不然……」

「不然怎樣？」胡小天雙目灼灼望向朱八。

朱八道：「不然丐幫會讓公子以血還血，付出十倍的代價！」這些話顯然並不是他的本意，而是轉述上頭的命令。

胡小天呵呵大笑起來，他歎了口氣道：「朱八，念在你曾經幫過我的份上，我不會為難你，今日之事因丐幫而起，留下童鐵金的性命已經是我仁至義盡，你回去幫我告訴你們的幫主，若是想解決這件事，讓老爺子出來見我，只要證明他平安無事，一切好說。神魔滅世拳的拳法乃是我外公親自教我，沒有得到他的允許之前，我不會將之傳給任何人。」

朱八歎了口氣道：「胡公子，童長老乃是我家少幫主的親舅舅，這天香國乃是我丐幫總壇之所在，這裡並非庸江，還望三思而後行。」

胡小天寸步不讓道：「你幫我轉告你們的幫主，我手下若是有人傷了一根汗毛，我就會要你們丐幫十條人命，他若是敢傷我一條人命，我就要讓他無子送終！」

朱八倒吸了一口冷氣，這小子還真是夠狠。

胡小天道：「九月初九之前，若是我見不到外公，那麼我不介意拿你們丐幫開刀。」

話說到這個份上，朱八已經沒有再勸的必要，他抱拳告辭道：「公子保重！」

胡小天淡然道：「這句話向你少幫主說！」

風雨欲來之前，胡小天讓夏長明前往余慶寶樓處將虛凌空的消息透露給徐慕城，此乃胡小天有意所為，虛凌空雖然和徐老太太早已決裂，可是他們仍有夫妻之名，丐幫若是敢對虛凌空不利，徐家按理不會坐視不理。

果不其然，徐家在得到消息之後，徐慕白第一時間就趕到了翠園。

胡小天將自己今日的遭遇從頭到尾向徐慕白說了一遍，徐慕白聽完，劍眉緊皺道：「僅憑童鐵金的一句話，也很難判斷爺爺出了事情。」

胡小天道：「這些年來他一直都藏身在丐幫之中，如果他沒出事，那童鐵金也不敢說出這種話，更不敢利用這樣的卑鄙手段設計我。」

徐慕白道：「表弟放心，這件事我一定會調查清楚，至於你的安危更無需擔心，天香國雖然是丐幫的總壇所在，可是咱們徐家的人誰也不敢輕舉妄動，此事我會找他們說個明白，誰敢動你就是跟咱們徐家過不去。」

胡小天微微一笑，他將此事透露給徐慕白，絕不是要尋求保護，而是想要通過徐家在天香國的勢力查詢外公的下落。就目前他身邊的幾人而言，縱然無法和丐幫抗衡，可是憑著他們的本事，自保應該毫無問題。

徐慕白在這方面的瞭解顯然有所偏差，他關切道：「表弟，不如你搬去余慶寶樓暫住，那裡是咱們徐家的地盤，你我兄弟彼此間也好有個照應。」

胡小天打心底對咱們徐家這四個字有所抵觸，微笑道：「表兄放心，丐幫雖然勢力很大，可我也不怕他們，他們若敢對我有任何不利的舉動，我就會對他們進行反制。」

徐慕白心中暗想，話說得容易，可得罪了有天下第一幫會自稱的丐幫只怕沒什麼好果子吃。可胡小天既然堅持留下，他也不好再勸，點了點頭道：「好，表弟若是遇到什麼麻煩，別忘了儘快讓人去通知余慶寶樓。」

「知道了！」

強龍不壓地頭蛇，這是任何人都懂得的道理，天香國雖然是丐幫的總壇所在，可是他們卻稱不上真正的地頭蛇，真正當得起這一稱號的乃是天香國的王室，胡小天沒理由放著福王這麼好的一張牌不用。

對胡小天的要求，福王楊隆越毫不猶豫地選擇配合，在胡小天找他密談之後的第二天，福王就以維護治安，清除隱患之名在飄香城全境開始對乞丐和街頭流浪者進行了一番清查，其實這本來就是太后給他的任務之一，楊隆越在尺度上稍稍收緊了一下，馬上就形成了一場針對丐幫的行動。

也許是胡小天的辣手起到了敲山震虎的作用，也許是丐幫決定忍一時之氣，在朱八向胡小天當面攤牌之後，丐幫並未展開一場狂風暴雨一般的報復，可這種表面平靜之下顯然是暗潮湧動。

據徐慕白方面傳來的消息，徐家派人和丐幫接觸，詢問虛凌空之事，可丐幫對此矢口否認，甚至不承認虛凌空隱身丐幫多年的事實。

本來剩下的一千人要由太后親自出卷殿試，從中再篩選出一百人，原定公開殿試的時間是九月初一，可就在殿試前一日，福王楊隆越親自來翠園告訴胡小天，太后將他的名字從殿試名單上劃去了，也就是說胡小天已經沒有競選駙馬的資格，這個結果顯然出乎所有人的意料之外。

胡小天愕然道：「為何要將我的名字劃掉？」

福王楊隆越道：「我也不知道真正的原因，只是太后說過，你是大康的逆臣，過去又和永陽公主有婚約，大康乃是她的娘家，她並不想因為你而和大康結怨。」

胡小天不得不承認這個理由也算充分，可大老遠的跑過來，原本指望著名正言順地將安平公主帶回去，現在鬧這麼一齣，自己等於被剝奪了資格，想要堂堂正正地帶走龍曦月已經沒有了任何可能。他低聲道：「李鴻翰呢？他可是已經鬧了獨立，他老子才是大康第一號逆臣呢。」

楊隆越道：「李鴻翰已經進入殿試名單。」說起這件事，他也顯得頗為無奈，誰也不會料想到太后在最後會玩這麼一齣，明日就是殿試之日，決定最終一百個入圍名單，這種時候她居然把胡小天的名字給勾掉了。這和楊隆越本來的估計也有偏差，他本以為胡小天的勝面很大，畢竟龍宣嬌這次面對天下公開徵召駙馬，其目的就是為了選擇一個最為有利的盟友，而胡小天恰恰符合這個條件。女人的想法和男人果然不同，龍宣嬌所謂的這個理由，楊隆越卻是絲毫不信，龍宣嬌自從嫁入天香國就再也沒有回過故土，昔日大康鬧糧荒最艱難的時候曾經向天香國求援。龍宣嬌也是毫不猶豫地一口拒絕，事實上早已和大康劃清界限。

胡小天道：「如此說來，太后是專門針對我了。」

楊隆越歎了口氣道：「兄弟，她定下來的事情，我只怕無能為力了。」

胡小天道：「無論怎樣我都必須要將公主帶回去。」他雙目灼灼望向楊隆越。

楊隆越知道他的想法，低聲道：「距離正式選駙馬還有十日，或許還有斡旋之機。」他向胡小天湊近了一些道：「據我所知，藍先生回來了，只要他肯開口，太后肯定不會拒絕。」藍先生就是胡不為，這一點他們都清楚，而胡不為也是胡小天的老子，又是目前唯一能夠影響到龍宣嬌決定的人。

胡小天道：「此事還得勞煩哥哥，幫我安排和藍先生見上一面。」

楊隆越道：「藍先生住在靜山小築，若想見他恐怕還需要你自己出面。」他將胡不為目前的具體地址告訴了胡小天。

胡小天在來到天香國之前已經考慮過無論如何都要和胡不為見上一面，本來還想等到遴選駙馬過後再去見他，可現在形勢突變，他不得不將父子相見的日程提前。

胡小天讓人準備了一份禮物，獨自一人來到楊隆越所說的靜山小築。來到門前他直接報上自己的大名，那門童進去了，約莫過了盞茶時分，又笑瞇瞇走了出來，向胡小天唱了一諾道：「胡公子，我家老爺請您進去。」

如此順利倒是有些出乎胡小天的意料之外，他本以為還要三顧茅廬才能見得真身，又或者乾脆人家給自己一個閉門羹，來此之前胡小天已經做好了萬一不肯見，自己今晚再夜行潛入的準備。

跟著那門童走入院子，發現這靜山小築算不上大，比起他們在康都的府邸也小了許多，不過勝在清幽雅致，整座府邸占地不過兩畝，裡裡外外也看不到幾個傭人。

胡小天暗自奇怪，胡不為難道不擔心他的人身安全嗎？

門童帶著胡小天來到後院的花園，看到一位身穿月白色儒衫的男子正背身站在水池邊餵魚，從身形已經能夠判斷出眼前人就是胡不為無疑。

那門童將胡小天引到胡不為身邊，馬上轉身離開。

胡不為仍然沒有轉身，不緊不慢地向魚池中拋灑著餌料。

胡小天站在他的身後，覺察到他的呼吸和心跳平靜如常，根本沒有因為自己的到來而改變節奏，心中暗自佩服，對方心機之深實乃當世罕見。胡小天率先打破沉默道：「這靜山小築倒是清幽雅致，是個隱身世外的好地方。」

胡不為道：「有人喜歡熱鬧，有人喜歡清靜，我喜歡的，你未必喜歡。」他將手中所有的餌料全都投入魚池之中，魚兒瞬間蜂擁了過來，水池猶如沸騰了一般。胡不為這才慢慢轉過身去，深邃的雙目打量著胡小天，唇角帶著一絲和善，但是卻讓胡小天無法感到任何親情溫暖的笑容。

胡小天道：「住在清靜的地方未必能夠換得內心的安寧，明知道別人不喜歡做的事情，可很多人偏偏還是要去做。」

胡不為淡淡笑了笑，他當然聽得出胡小天的言外之意，目光在胡小天的臉上端詳了一會兒，最後落在他手中的禮物上，輕聲道：「送給我的？」

胡小天點了點頭：「大康的晶羽茶，明前採摘的，我記得我娘曾經說過，你最愛這一口。」

胡不為眉峰一動，這小子倒是有心之人，見面之後並不提起當年他不辭而別之事，卻處處施展出以德報怨的手段，胡不為感歎道：「難為你還記得。」

胡小天道：「本來也沒怎麼上心，可是我娘臨終時念念不忘，於是就記著了，算是我幫她了卻一樁心願吧。」說這番話的時候不由得想起徐鳳儀抑鬱而終的場景，心中對胡不為自然多出了一份厭惡，不過胡小天並沒有表露在外，其實除了這身皮囊，自己和胡不為真沒有任何的關係。

也許他從一開始起就低估了胡不為的智慧，以胡不為的手段和頭腦，又豈能輕易相信一個癡呆兒在一夜之間突然變成了滿腹經綸智慧出眾的有為青年，是自己太自信，看輕了胡不為分析判斷的能力。

胡不為抿了抿嘴唇道：「你娘走的時候有沒有遭受太多的痛苦？」

胡小天道：「很痛苦，也說了很多你跟她的事情，只是她不讓我對外說。」

胡不為道：「你我之間還有什麼秘密？」

這句話一語雙關，其中的真正意思也只有他們兩人方才明白。

胡小天道：「人離得太遠看不清彼此，可離得太近也會看不清對方，你說是不是？」

胡不為點了點頭：「你今天只是來看看我？」

胡小天目光和他對視，兩人從彼此的目光中都沒有找到昔日那份溫情。胡小天突然意識到一個事實，在胡不為的心中或許從未將他當成兒子看待，自從他甦醒的剎那，胡不為就已經意識到兒子已經死了，眼前只是一個奪舍的陌生人罷了，他對自己沒有任何的感情和義務，如果從這一點來看，胡不為所做的一切就變得理所當然了，如果他一直都沒有當自己是他的兒子，那麼對自己當然不會有感情，或許還會產生仇恨，認為是自己剝奪了他傻兒子生存的權力。

事到如今，也沒有拐彎抹角的必要，胡小天道：「我想你幫我做一件事。」

「什麼事？」

「映月公主的事情。」

其實在得知胡小天前來之後，胡不為就已經意識到他想做什麼，所以並沒有任何的意外，緩緩轉過身去：「其實你根本就不該來，以你今時今日的實力留在東梁郡，自可獨霸一方逍遙自在，豈不是要比做什麼天香國的駙馬威風得很，也實在得很。」

胡小天道：「映月公主究竟是誰，你不會不知道吧？她究竟是如何來到這裡，因何成為了映月公主，你心裡也應該清楚。」想起這件事他不禁有些懊悔，龍曦月之所以落到如今的困境，正是因為自己對胡不為太過信任，一度將他當成了真正的父親看待。錯的不是胡不為，而是自己。想起自己對胡不為所做的一切，到最後卻換來他的無情對待，從頭到尾他都是處心積慮地在暗算自己，胡小天心中不禁一陣愴然，自己終究還是將人性想得過於美好了。

胡不為深邃的雙目中泛起一絲波瀾，胡小天對他的怨念終於還是按捺不住流露了出來，胡不為微笑點了點頭：「無論你信還是不信，對你，我始終都沒有惡意。」

胡小天當然不信，如果沒有惡意，他又何必費盡心機地設下這麼多的圈套，如果沒有惡意，他又怎會冷血無情地選擇離去，而不顧自己和徐鳳儀的性命。可現在已經沒必要爭個黑白是非，即便是胡不為當面低頭認錯於自己也沒有任何的意義，他此次天香國之行真正的目的是將龍曦月和慕容飛煙救回去，雖然他心中對胡不為充滿了憎惡，可是兩人之間的關係說不清道不明，自己也不能殺他。

胡小天直接切入正題：「天香國太后將我的名字從駙馬候選人中去除，此事還望你幫忙斡旋。」

自始至終他對胡不為都以你字相稱，等於用這種方式和胡不為劃清界限，從此兩人之間再沒有父子之情，以胡不為的才智當然清楚這其中的含義。胡不為點了點頭，淡然道：「小事！」他停頓了一下又道：「別說是幫你斡旋，即便是促成你和映月公主的婚事，對我而言也算不上什麼麻煩事。」他說得信心滿滿。

胡小天相信胡不為並不是誇大其詞，以他和龍宣嬌的關係做到這一點並不難，自己之所以前來登門求助不正是看出了這一點。

胡不為道：「我幫你登上駙馬之位，你準備幫我做什麼？」

胡小天內心一怔，他顯然沒有料到胡不為會如此現實，無論他們現在怎樣，畢竟是父子一場，想不到胡不為會赤裸裸地提出交換條件。可轉念一想，胡不為做事向來頭腦清晰，任何決定都要經過深思熟慮，沒有利益的事情他絕不會做。

胡小天道：「你要我幫你做什麼？」

胡不為道：「我要你幫我找一樣東西。」

「什麼東西？」

胡不為轉身向書齋走去：「跟我來！」

書齋很小，只有一丈見方，剛好擺得下一張書桌一把椅子，胡不為甚至沒有邀請胡小天坐下，只是拿出一張卷軸遞給了他。

胡小天展開那張卷軸，卻見上面畫著一個藍色的骷髏，內心不由得一怔，胡不為如何知道自己曾經見過這個骷髏頭？難道自己潛入龍靈勝景的秘密已經被他知道？他揣著明白裝糊塗道：「這是什麼？莫非是一個頭骨？」

胡不為點了點頭道：「是個水晶頭骨，大約有尋常頭骨的兩倍大，通體藍色透明。」

胡小天笑道：「我還從未見過呢，誰這麼無聊會雕刻這種東西？」

胡不為道：「你幫我找回頭骨，我幫你當上駙馬，而且……」他停頓了一下又道：「我還可以幫你將慕容飛煙帶走！」

無論胡不為這番話究竟有多少誠意，胡小天都不得不承認對自己的誘惑力，如果他手中當真有這只頭骨，說不定他真會考慮拿來和胡不為交換，只可惜現在頭骨應該已經落在了七七的手中。不過胡不為既然讓自己去找，應該不是七七手中的那一顆，根據此前姬飛花所說，頭骨應該有兩顆才對，難道胡不為所說的就是另外一顆？如果真是如此倒還是意外之喜了，等於胡不為在無意間洩露了一個極其寶貴的秘密。

胡小天道：「多少也要給我一些線索，茫茫人海，我又對這裡人生地不熟的，上哪兒去找頭骨？總不能到飄香城亂墳堆裡面一個個挖出來看？」

胡不為道：「當然會給你線索，我懷疑這頭骨就藏在清玄觀。」

「清玄觀是哪裡？」胡小天對此頗為迷惘，他來天香國雖然有一段時間，可是並未關注計畫之外的事情。

胡不為道：「清玄觀乃是太后曾經修行之地，清玄觀主叫蘇玉瑾，你應該聽說過這個名字吧？」

胡小天道：「你說的可是慕容飛煙的師父？」

胡不為微笑點頭道：「正是，慕容飛煙如今她的名字叫榮飛燕，已經成了鳳翎衛副統領。」

胡小天道：「你因何要將她交給蘇玉瑾？」

胡不為搖了搖頭道：「其實我並未想將她留在天香國。」他歎了口氣看了胡小天一眼道：「我知道你現在心中如何看我，其實你我就算做不成父子，我也從未想過要與你成仇，不然我也不會讓你的手下自行離去，慕容飛煙對我沒什麼用處，我也知道她跟你的關係，是她自己不肯走。」

胡小天道：「她是不是失憶了？」

胡不為想了想方才道：「我並未太過關注她的事情，只是知道她被蘇玉瑾看中，還收她當了徒弟，此事必有蹊蹺，我雖然感到奇怪，可是並不方便查明原因。蘇玉瑾和太后的關係亦師亦友，太后對她相當的信任。」

胡小天忍不住譏諷道：「難道比對你還要信任？」

胡不為的臉上流露出尷尬的神情，雖然他和龍宣嬌的關係已經是許多人都知道的秘密，可是被兒子當面指出來仍然覺得老臉一熱。他並沒有回答胡小天的這個問題：「蘇玉瑾武功高強，智慧出眾，乃是我平生所見屈指可數的厲害人物。」

胡小天心中這才開始重視了起來，胡不為既然能夠給蘇玉瑾做出這麼高的評價，足以證明這個女人很不尋常，她能有多厲害？別的不說，難道她能夠和姬飛花、洪北漠這些人比肩？胡不為不會無緣無故提起這個女人，這個蘇玉瑾應該和那顆透明頭骨有著密切的關係。

果然不出胡小天所料，胡不為道：「我懷疑這顆頭骨就在蘇玉瑾的手中。」

胡小天暗自奇怪，根據他的瞭解，當初那場天人之戰發生的地點在康都城外棲霞湖，兩顆頭骨應該都落在大康手中，可為何會輾轉到了天香國？胡小天道：「一顆頭骨就算全都是用水晶做成也沒什麼珍貴的，為何一定要將它找回來？」

胡不為道：「這些事你無需過問，你只要記得將頭骨找回來，只要將頭骨交到我的手裡，我會促成你和映月公主的婚事，讓你當上天香國駙馬，慕容飛煙的事情我也會幫你解決。」

胡小天道：「僅憑著這些線索好像還不夠吧。」

胡不為淡然一笑，從抽屜中取出一張清玄觀的地圖：「這裡有清玄觀的地形圖，基本上不會有疏漏，旁邊還有清玄觀內道姑修行的地方和她們平日裡活動的時間和場所，你仔細搞清楚。」

胡小天將地圖收好，卻並沒有急於告辭，輕聲道：「條件談完了，咱們說點私事。」

胡不為內心一沉，他並不想和胡小天談起過去的事情，搖了搖頭道：「過去的何必再提，還是做好眼前的事情為妙。」

胡小天道：「我外公可能被丐幫控制……」

不等他說完，胡不為就將他的話打斷：「他不是你的外公，他的事情和我們的利益無關，我讓你做的事情你不可讓任何外人知道，不然……」

胡小天臉上的笑容倏然收斂，毫不畏懼地望著胡不為道：「不然怎樣？」

胡不為歎了口氣道：「你又何必逼我說那些傷害咱們父子感情的話……」

這次卻是胡小天打斷了他的話：「你不是我的父親，你跟我之間沒有一絲一毫的關係！」

胡不為的表情並沒有感到意外，也沒有任何震驚的表示，他的感情似乎早已麻木，緩緩點了點頭道：「你能這樣想最好不過，看來我並沒有看錯你。」

胡小天心中暗歎，胡不為既然可以毫不猶豫地拋棄徐鳳儀，他應該早已看透了親情，更不會在乎虛淩空的死活，徐鳳儀臨終前所說的一切雖然都是實話，但是她所知道的未必是事實，以胡不為的心機，害死徐鳳儀或許就是他計畫中的一部分。望著胡不為偽善的面孔，胡小天從心底生出說不出的厭惡，善良慈祥的徐鳳儀含恨而死，而陰險狡詐如胡不為卻活得有聲有色，胡小天低聲道：「你現在也算是太上皇了，我高攀不起。」

胡不為在這種時候依然能夠保持平靜，沒有憤怒，甚至沒有任何的表情，他緩緩在自己的椅子上坐下，望著窗外溫暖的陽光，輕聲道：「有些事你永遠不會懂，做好這件事，你我各取所需。」

哀莫大於心死，來見胡不為之前，胡小天還曾經幻想過這位曾經的父親會因為他的行徑而感到內疚，可是真正見面之後方才發現，胡不為的冷酷遠超他的想像，胡不為提出的條件讓胡小天開始意識到一個可能，胡不為的身分並不普通，否則他何必想方設法去得到這藍色頭骨？也許他和楚扶風、洪北漠根本就是同一種人。如果是這樣，那麼胡不為對世界的認知就會遠超自己的想像，對一個癡呆了十六年的兒子突然變成了天才，肯定會有他自己的解釋。

胡小天的落選對所有人來說都是一個意外，即便是他的對手也認為這件事應該是太后針對他而為，畢竟以胡小天的實力和背景，就算是最終入選成為駙馬也是很正常的事情。

胡小天對此卻沒有表現出任何的失落，在得知這一消息之後並沒有選擇即刻踏上歸程，而是開始好好享受飄香城的一切，這其中包括絕美的南國風光，當然也包括異域美色風情。

一艘小舟悠悠飄蕩在仙女湖的中心，水準如鏡，倒映著藍天白雲山丘樹林，中秋以後草木的色彩開始變得五彩繽紛，有火焰般的紅色，玫瑰般的粉色，金燦燦的黃色，碧如翡翠的綠色，讓人賞心悅目，心曠神怡。

偌大的仙女湖上只有這一葉扁舟，靜謐安逸，舟行很慢，只有在風起的時候，小舟的尾部方才撩起一連串魚尾般的水痕。

胡小天仰首躺在小舟內，雙手枕在腦後，望著湛藍色的天空，整個人舒服得就要睡去。

南側的那片竹海中，突然飄起一抹紅雲，萬綠叢中一點紅格外醒目，那片紅雲悠悠蕩蕩落在水面之上，卻是一個紅衣女子，衣袂飄飄，風姿無限，嫩白雙足未著鞋襪，右腳足尖在水面上輕輕一點，有若一朵浮雲般輕輕飄蕩，越過數十丈的距離，宛若一片落葉無聲無息落在船頭。

紅衣女子一雙冷冽清澈的美眸靜靜望著睡意朦朧的胡小天，很快就如春風拂過，冰雪消融，輕聲道：「小胡子，你倒是懂得享受。」

胡小天的眼睛半睜半閉，其實從對方在竹林現身之時他就已經覺察到了，他慢慢坐直了身子，仔仔細細打量了一下對方，如果不是聽到了他的聲音，胡小天絕不相信眼前的這個就是姬飛花，他有些詫異道：「姬大哥，你怎麼打扮成了一個女人？」

姬飛花呵呵笑了一聲，揭去蒙面紅紗：「像不像？」

胡小天的目光從他的臉上一路遊移下去，最終落在他的雙足之上，不得不承認，姬飛花穿上女裝比女人還要女人，不過女人的身上又缺少他這樣的霸氣果敢，男人的身上又少有這種陰柔妖異，或許只有太監才能擁有這種詭異的特質。

胡小天咧開嘴巴笑了起來，露出滿口潔白整齊的牙齒：「如果你是女人，說不定我會愛上你。」

姬飛花臉上的表情突然凝結在那裡。

胡小天以為自己的這句話得罪了他，一直以來胡小天在心底對姬飛花都有種說不出的敬畏感，連他也說不清這其中的原因，慌忙致歉道：「小弟口不擇言，還望大哥不要跟我一般見識。」

姬飛花卻笑了起來：「只是你的話讓咱家突然想起了在宮裡的日子，論到溜鬚拍馬還真是沒有幾個能夠比得上你。」

胡小天看他沒有生氣這才放下心來，於是將自己和胡不為見面的詳情說了一遍，姬飛花聽完沉思良久方才道：「如此說來另外一顆頭骨就在清玄觀。」

胡小天道：「我也不清楚，可是他既然給了我這麼多的線索應該不會有錯，當然也不能排除他想設個圈套來陷害我。」

姬飛花搖了搖頭道：「他並沒有將你置於死地的必要，你之前就說過應該有兩顆頭骨，其中一顆十有八九落在了七七和洪北漠的手中，另外一顆或許就在這裡。」

胡小天道：「我實在是想不通，當初天人之戰發生在大康的棲霞湖，頭骨也應該留在大康，為何其中一隻來到了這裡？」

姬飛花道：「胡不為曾經教過龍宣嬌學琴，他們之間的關係你或許有所耳

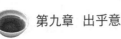

聞。」

胡小天點了點頭，這個秘密他還是聽李雲聰所說，比起李雲聰，姬飛花顯然要委婉了許多，畢竟他還顧及到胡小天的顏面。

姬飛花道：「蘇玉瑾這個人我並不瞭解，可龍宣嬌既然對她如此信任，想必也很不簡單。如果胡不為跟你所說的事情屬實，這顆頭骨很有可能就是通過龍宣嬌之手交給她的。」

胡小天道：「不錯！很有可能！」這樣一來胡不為讓自己出面找回頭骨的事情就得到了合理的解釋，看來他和龍宣嬌之間也不是傳說中的親密無間，其實胡不為這種人真正愛惜的只有他自己，他根本不會在乎別人的性命安危。

姬飛花道：「我陪你去。」

胡小天道：「什麼？」

姬飛花道：「我陪你去探一探清玄觀！」

有了胡不為提供的地形圖，潛入清玄觀並不困難，清玄觀位於飄香城西，雖然清玄觀的名氣很大，又是太后龍宣嬌曾經修行之地，但是這裡的香客並不多，一是因為清玄觀本身的緣故，每個月只在初一十五兩日打開山門，供香客前來上香，還有一個原因跟清玄觀本身的地理情況有關。

雖然清玄觀距離飄香城的距離只有十五里，可是整座道觀卻位於檀青山的懸崖絕壁之上，通往道觀只有一座鐵索吊橋，平日裡這座吊橋有人值守，不許任何人通行。

胡小天和姬飛花選擇黃昏時分來到檀青山，從他們所處的位置望去，下方就是吊橋，橫亙在寬約五十丈的山谷之間，吊橋的中段隱沒在霧氣之中，清玄觀就建在對面的懸崖峭壁之上，一座座殿宇依著近乎垂直的懸崖峭壁而建，中間有之字形的棧道相連。

胡小天低頭看了看下方，雲遮霧罩深不見底，不過可以聽到谷底山澗湍急的水流聲。

姬飛花站在他的身邊，借著夕陽的餘暉仔細研究著那張地圖，輕聲道：「吊橋長五十丈，咱們現在的位置距離對面約有七十丈，你有把握飛過這麼遠的距離嗎？」

胡小天道：「差不多。」依靠馭翔術雖然無法直接飛到對面相同的高度，可是俯衝滑翔，安全落在對方的山崖之上應該沒有任何問題。

姬飛花道：「不悟教給你的馭翔術果然有些用處。」

胡小天反倒有些擔心他，雖然姬飛花武功卓絕，可畢竟當初在洪北漠、慕容展和李雲聰三人的圍攻下受了重傷，不知他現在有沒有完全恢復。

姬飛花道：「有沒有看到對面的那棵松樹？」

胡小天順著他所指的方向望去，果然看到對面山崖上生有一棵松樹，那松樹宛如一支手臂般從崖壁上伸展出來，不過除了松樹之外，周圍並無可以立足的地方。

姬飛花道：「咱們先到達那裡，等到天黑之後，再攀援懸崖向上抵達空印閣。」

胡小天點了點頭道：「沒問題！」

他向吊橋的方向看了看，姬飛花已經向右側走去，從那裡起步可以完全避過吊橋守衛的視線，也沒向胡小天多說什麼，姬飛花凌空一躍，張開雙臂，身軀宛如大鳥般飛向對側山崖，身後黑色斗篷被山風扯得筆直，遠遠望去，又如一隻黑色的蝙蝠舒展雙翼，破開雲層迷霧，等他即將靠近那松樹的剎那，身軀一個翻轉，足尖踩在橫亙前方的枝椏之上，身軀隨著枝椏輕輕起伏。

胡小天暗暗佩服，姬飛花的輕功已經到了出神入化的境地，似乎比起他受傷之前更加厲害，自己對他的擔心顯然是多餘的。他深吸了一口氣，丹田氣海膨脹開來，提身一縱，身軀斜行向上躥升了五丈有餘，然後將內息迅速外放，馭翔術練到他目前的境界不但可以滑翔出更遠的距離，而且可以通過對內息的調節控制在空中滑翔的速度。

論到飛行的輕盈姿勢的美妙，姬飛花自然占優，可是論到實用和速度，胡小天顯然更勝出一籌，這貨也是存心在姬飛花面前表現一下，宛如一個火箭人般，倏地就竄了出去，姬飛花也是吃了一驚，眼前一晃，這廝已經飛掠到他的頭頂，探出雙手抓住上方的松枝，可能是前衝速度太快，勢頭過於猛烈的緣故，那樹枝承受不住他的重量，咔啪一聲從中折斷，胡小天的身軀從上方忽地掉落了下去。

姬飛花眼疾手快，一把將他的手臂抓住，胡小天借著他的一抓之力，再度躍起，穩穩坐在他旁邊的枝椏上，嬉皮笑臉地望著姬飛花。

姬飛花此時方才明白他是在惡作劇，剛才是他故意拗斷了樹枝，造成失足落下的假像，其用意就是嚇嚇自己。姬飛花狠狠瞪了他一眼，發現自己對他漸漸失去了威懾力，如果是在康都，如果還是在皇宮的時候，只怕自己一瞪眼，這廝就要心驚肉跳了，人世滄桑，世事難料，誰能想到昔日的上下級關係，突然就成了患難與共的兄弟。當初他叱吒風雲威震朝野之時，又怎會想到從巔峰到低谷的墜落竟如此之快，胡小天對他再無敬畏之意了。

胡小天道：「咱們現在怎麼辦？」

姬飛花道：「等天黑！」他重新拿出那幅地圖。

胡小天湊到他的身邊，兩人近乎偎依在一起，姬飛花明顯有些不自在，他向一旁挪動了一些，卻被胡小天一把拉住，好心提醒道：「別掉下去了。」

姬飛花真是哭笑不得，他讓胡小天幫忙拿著地圖，指向地圖上重點標注的幾個位置：「等到天黑，咱們先去空印閣，然後分頭行動，我去蘇玉瑾的修行處幽蘭殿，你通過三尺櫟前往流月閣，這裡是清玄觀存放道經的地方，頭骨最可能收藏在這兩處。」

胡小天道：「你信不過我的武功？」其實他心中明白，姬飛花選擇和蘇玉瑾見面是主動承擔危險。

姬飛花道：「你的武功雖然不弱，可是武功路數容易被人識破，一旦和蘇玉瑾正面相逢，很可能會被揭穿身分，你不是還想成為天香國的駙馬嗎？若是身分敗露，恐怕就算胡不為力保，龍宣嬌也不會答應。」

胡小天被他說中了心思於是不再堅持，點了點頭道：「胡不為對蘇玉瑾極其推崇，說蘇玉瑾是他生平所見首屈一指的厲害人物，我看你還是多加小心為妙。」

姬飛花不禁笑了起來：「什麼時候我也成了別人擔心的對象了，小胡子，你還是擔心你自己吧。」

胡小天道：「兩個時辰之內，無論咱們能否找到那顆藍色骷髏頭，都要離開這裡，返回約定地點會面。」

姬飛花點了點頭，又叮囑他道：「你務必要記住，那光劍不可輕易使用，如果被有心人看到，說不定會以為那顆藍色頭骨就在你的手中。」

兩人在松樹上等到夜幕降臨萬籟俱寂之時方才展開行動，他們都是絕頂高手，胡小天施展金蛛八步攀援在懸崖之上，望著宛如壁虎般游走於前方的姬飛花，他開始放下心來，姬飛花的武功應該已經完全恢復了，就算沒有達到他的巔峰狀態，可是以他如今的身手，自保應該絕無問題。

兩人一前一後來到空印閣，空印閣乃是建在一塊凸出於懸崖的平台之上，這裡平時乃是清玄觀中的道姑靜修之所，此時空無一人，到了這裡也到了兩人分手的地方，姬飛花向胡小天看了一眼，準備離去，可胡小天低聲叫住他，將光劍遞了過去。

姬飛花微微一怔，胡小天笑道：「還是你收著，我擔心自己忍不住就會拿出來炫耀。」

姬飛花心中一陣感動，他知道胡小天只是藉口罷了，胡小天顯然還是不放心自己的武功，擔心他的安全，將光劍交給自己防身之用，這麼珍貴的東西，斷然不會輕易交給旁人，胡小天的做法表明他對自己沒有一絲一毫的疑心，姬飛花閱盡滄桑，飽嘗冷暖，一生大起大落，什麼樣的風浪未曾經歷過，他甚至認為這世間再無可信之人，想不到胡小天如此對他，這份信任怎能不讓他感動。

姬飛花是個不善於表達感情的人，也沒有拒絕胡小天的好意，將光劍收好，點了點頭，低聲道：「你也保重！」他戴上銀色的面具。

胡小天望著姬飛花的身影消失於夜色之中，掏出一隻黑色的口罩戴上，這叫雙重保險，姬飛花有句話沒說錯，他還要當天香國的駙馬，身分決不可輕易暴露，所以不但用上了改頭換面變換容貌，再扣上一隻口罩，力保萬無一失。

夜色是天然的掩護，很多事情都在黑暗中悄聲無息地進行著。

一輛馬車在夜色中駛入了余慶寶莊，車夫輕車熟路，一直來到內苑。早已有人在院落中恭候。徐慕白一身白衣在夜色中顯得尤為顯眼，當車中人從裡面走出來的時候，他恭恭敬敬道：「慕白參見義父！」

原來車中人正是胡不為。

胡不為緩緩點了點頭，也沒有說話，舉步向亮著燈的花廳內走去，他顯然不是第一次來到這裡。

徐慕白跟著胡不為的腳步，低聲道：「蕭先生已經到了。」

胡不為嗯了一聲，來到花廳門前腳步停頓了一下道：「你在外面等著。」

徐慕白抱了抱拳，止步不前。

胡不為走入花廳，花廳東側的太師椅上，一位年輕男子坐在那裡，臉上帶著淡淡的微笑，他聽到了胡不為的腳步聲，耳朵微微顫動了一下，面孔向胡不為的方向傾斜，可雙目卻依然黯淡無光，他正是隨同胡不為一起逃離大康的蕭天穆。

「義父來了？」蕭天穆的話語中透著恭敬。

胡不為點了點頭，來到蕭天穆的身邊坐下，伸出手去，在蕭天穆的手背上輕輕拍了拍，等於是跟他打了個招呼，輕聲道：「來很久了？」

蕭天穆道：「下午到的，剛才和慕白聊了一會兒。」

「聊什麼？」

「胡小天的事情！」

胡不為唇角露出一絲笑意，就算蕭天穆不說，他也已經猜到。

蕭天穆道：「將胡小天除名是太后的意思嗎？」

胡不為道：「你懷疑我嗎？」

蕭天穆垂首道：「不敢！」

胡不為站起身來，緩緩走了幾步道：「向天下徵召駙馬，招來了一萬多人，從選擇唯一人選擔任駙馬，雖然是好計，可惜太后應該已經識破了你的用意，加速淘汰，縮短選拔進程就是她的應對之策。」

蕭天穆道：「是我低估了太后的頭腦。」

胡不為笑道：「你也是一番好意，這個計畫也的確很好，只是不夠完美，而且就算是現在也談不上失敗，最後留下的這些候選者才是精華之所在，現在看來向天下廣為散佈消息，招了那麼多人過來的確有些畫蛇添足了。」

蕭天穆道：「是我考慮欠缺，當時只想造成更大的轟動，盡可能地擴大影響。」

胡不為道：「如果這些人出事，把所有的矛頭指向大康，那麼大康必將面臨群起而攻之的局面，天穆，你的計畫很好，只可惜太后畢竟是女人，她的眼界有些問題，瞻前顧後，擔心這件事會城門失火殃及池魚，害怕天香國會牽連進去。」

蕭天穆道：「義父打算中止這個計畫嗎？」

胡不為搖了搖頭道：「為什麼要中止？就算他們全都死在天香國，誰也不會懷疑到咱們的頭上，所有的責任都會落在大康的頭上。」

蕭天穆道：「只是我不明白，為何要將胡小天除名呢？」

胡不為道：「將他除名也算是合情合理，他和永陽公主有過婚約，若是天香國將他召為駙馬，豈不是等於公開宣佈和大康作對？太后本身就是大康皇族，在這件事情上不能不有所顧慮。」他停頓了一下又道：「此事你不必多想。」

蕭天穆點了點頭，他低聲道：「慕白已經查實，老爺子的確被丐幫控制起來，上官天火提出要見老太太。」

胡不為冷哼了一聲：「上官天火根本就是個小人，是誰幫他當上幫主？又是誰幫他渡過危機，如今他坐穩了幫主的位子馬上就敢提條件，還不是想從徐家多要一些利益。」

蕭天穆道：「老爺子會不會將徐家的內情透露給他？」

胡不為搖了搖頭道：「他知道什麼？這些年他根本就沒回過徐家！」他緩緩踱了幾步道：「丐幫的事情，我們不便出面，讓慕白將消息透露給胡小天，由他出面最好。」

蕭天穆道：「您是說把老爺子救出來？」

胡不為回到他的身邊坐下，壓低聲音道：「對不聽話的人只有一個辦法。」

蕭天穆唇角的肌肉抽動了一下：「您的意思是……」

胡不為皺了皺眉頭：「上官天火必須要死，只是丐幫勢力太大，這筆帳我可不想他們算在徐家的身上。」

「明白了！」

胡小天沿著只有一尺的崖壁棧道拾階而上，雖然他輕功卓絕，此時也提起了十二分的小心，耳邊山風呼呼作響，小心翼翼來到三尺樑上，所謂三尺樑卻是搭在兩道山崖之間的一條石樑，長約五丈，寬約三尺，不過這三尺是最寬的地方，多半寬度連一尺都沒有。胡小天觀察了一下周圍的情況，周圍一片漆黑，偶爾傳來秋蟲的鳴響，剩下的就只有山風了，胡小天確信周圍無人，這才躡手躡腳走上了三尺樑，走到中段方才知道這三尺樑是個風口，大風從山崖之間刮過，今天並非風高之夜，若是風力大的時候恐怕人都會不小心被刮出去，落入下方的無盡深淵。

走過三尺樑，繞過前方巨岩，前方霍然開朗，一彎新月從遠處的山巒頂端露出彎彎一角，銀色的光芒瞬間充滿了整個天地，借著月光，胡小天看到了不遠處的流月閣。

月光傾灑在蜿蜒盤旋的山間小溪之上，遠遠望去如同一條盤旋的銀蛇，小溪流水淙淙，循著溪水追根溯源，就可以發現進入流月閣的洞口。

胡小天施展馭翔術直接飛掠到洞口前方，卻見洞外岩壁上刻著幾個大字——道門重地，非請勿入！

胡小天心中不禁暗笑，在這裡刻幾個字有毛的用處？真想偷東西的人誰會因為幾個字就望而卻步？根據胡不為提供的地圖上所標注，這裡應該是清玄觀收藏典籍的地方，等同於天龍寺的藏經閣，不過這清玄觀和天龍寺的規模自然是不能相提並論，清玄觀總共也不過三十名道姑，而且大都集中在前面，胡小天所處的地方屬於清玄觀後院，到現在都沒有遇到一個道姑出現。

胡小天躡手躡腳走入流月閣，走了幾步，聽到裡面傳來說話聲，胡小天慌忙騰空而起，雙手摳入岩石縫隙之中，屏住呼吸隱藏身形，沒過多久就看到兩名道姑提著燈籠走了出來，兩人都是二十多歲的樣子，其中一人道：「師姐，師父這兩天就要出關了吧？」

另外一人道：「應該就在這兩天，聽榮師妹說，太后還要請師父出山幫忙選擇駙馬呢。」

胡小天心中暗忖，榮師妹應該說的就是慕容飛煙，不知蘇玉瑾究竟在她身上動了什麼手腳，她竟然不認得自己了，想到這裡不由得對蘇玉瑾多出了幾分怨念。

兩名道姑走到胡小天身下的位置居然停了下來，那師妹道：「師姐，師父對榮師妹疼愛得很呢，就連本門秘傳的靈犀心法也交給了她，連你都沒有這個福份呢。」

那師姐向周圍看了看，顯然是擔心被人聽到，小聲斥道：「不得胡說，若是讓師父聽到那還了得，你又不是不知道，師父最討厭的就是同門相嫉。」

那師妹撇了撇嘴唇道：「人家是為你委屈嘛，再說了，師父正在閉關，咱們說什麼話她又怎麼會知道？」

那師姐道：「天知地知你知我知，師妹還是不要背後說這些事情的好。」兩人一邊說一邊離開了流月閣。

胡小天望著兩人遠去的背影，暗暗發笑，那師姐說得不錯，天知地知你知我知，你們說飛煙的壞話全都被我聽到了，等到兩人離去，胡小天悄然跳到了地上，沿著這條小路向前方走了一段距離，流月閣就建在這天然的石洞之中，前方洞口豁然開朗，洞腹之中有一個天然的石台，流月閣位於石台之上。流月閣並沒有多大，長寬各有五丈，裡面隱約透出燭光。

第十章

寒玉洞

胡小天心中震駭不已，看來自己的武功還真沒有什麼秘密可言，
躲狗十八步徐家人能夠認出，神魔滅世拳丐幫能認出，
誅天七劍劍宮看著眼熟，現在使出少有人知道的靈蛇九劍，
才剛使了一招，人家就把名給叫出來了，
須彌天啊須彌天，不是說這劍法是你獨創的嗎？

胡小天悄然來到流月閣外，伸出舌頭沾濕窗紙，伸出手指將之戳破，從孔洞中向內望去，卻見裡面只有一個中年道姑坐在蒲團之上打坐，除此以外再無一人。他傾耳聽去，從道姑吐納呼吸的節奏來看，她內功基礎應該不薄，可也算不上一流高手。

此時他忽然想起自己潛入這裡的目的是為了尋找藍色透明頭骨，既然這裡就是流月閣，那麼就好好搜上一搜。胡小天來到門前，輕輕叩響房門。

那道姑睜開雙目，輕聲道：「誰啊？」

胡小天捏著嗓子道：「師姐，是我！」

想必是這清玄觀平日少有外人進來，那道姑居然沒起疑心，起身來到門前，拉開房門，沒等她看清眼前的狀況，胡小天已經一掌劈在她的頸部，將那道姑擊得昏倒了過去，伸手將她抱住，趁機點了她的穴道，然後將她輕輕放倒在地上，向道姑雙手合什道：「阿彌陀佛罪過罪過！」說完方才意識到對方是道門弟子，胡小天道：「這位仙長多有得罪了。」他將房門拴上，然後開始在室內搜索，流月閣只有兩間房，四壁都是書架，雖然收藏的典籍不少，可是因為目標明確，搜查起來並不困難，胡小天先將書架翻了一遍，那頭骨要比尋常兩個還要打上一些，盛放頭骨的容器至少要有兩尺見方，若是放在外面，應該相當鮮明。

其實誰也不會將這麼重要的東西放在外面，胡小天在書架上找了一圈，基本確定沒有，然後就開始從裡面藏書室用來儲存典籍的鐵箱找起，木箱都沒有上鎖，胡小天找了約有小半個時辰，基本上將箱子找遍，越找心中希望越是渺茫，可就在他準備將最後幾個箱子翻過之後離開的時候，卻發現其中竟然有一口箱子打不開。

這口箱子從外表上看和其他的箱子並沒有任何的分別，可是真正開啟的時候方才發現箱子是假的，箱蓋和箱體根本就是一體，只不過外型上看起來和其他的箱子沒有分別，胡小天伸手拍了拍箱子，發現箱子乃是實心的，竟然是通體鑄鐵，心中暗自奇怪，為何這麼多箱子中唯有這個箱子如此特別？

胡小天左右推了推，那鐵箱紋絲不動，他越發感到好奇，看了看那箱子周圍，發現在箱體背後下方，有一個小小的縫隙。胡小天回到那中年道姑身邊，在她身上搜索了一下，果然從她的腰間找到了一個鐵牌，鐵牌就像一個龜殼。胡小天將鐵牌取下，試著探入縫隙，果然嵌入其中，他輕輕旋動鐵牌，聽到吱吱嘎嘎地啟動之聲，那鐵箱竟然從地上緩緩升騰起來。

胡小天閃到一邊，看著那鐵箱越升越高，下方有一根手腕粗細的鐵柱支撐，剛才鐵箱所處的地方卻是一個黑魆魆的洞口。

胡小天暗喜，看來這下邊果然暗藏玄機，他騰躍到鐵柱之上，雙手抓住，宛如消防員一般向下滑落，下行十餘丈，雙腳方才落到實地。下面黑漆漆一片，胡小天緩步向前方走去，走了幾步就看到了下行的台階，看來這清玄觀內暗藏玄機，胡不為對這裡應該是做過一些瞭解的，可是他在地圖上並未標注，顯然是不知道流月閣下還別有洞天。

胡小天向下走了百餘階台，氣溫迅速降低，他心中頗感差異，伸出手去觸摸一旁的四壁，觸手處猶如寒冰一般，摸了摸質感卻不是冰，應該是玉石之類的東西，很可能是寒玉，這麼多的寒玉，也是一座不折不扣的寶庫了。

轉過前方的拐角，眼前出現了一道人影，胡小天被嚇了一跳，以他的聽覺竟然沒有察覺到這裡潛伏著一個人，可見對方必然是高手，定睛一看對方一動不動，卻是一個透明的雕塑，胡小天摸了摸心口，暗笑自己有些緊張了。

繞過雕像，繼續前行，每隔一段距離就看到一尊雕像，經過六尊雕像之後，看到前方隱約有藍光透出，胡小天暗暗欣喜，前方發出藍光的東西十有八九就是那顆藍色的骷髏頭。

他回身看了看，又側耳聽了聽，這才繼續向前走去，隨著他的深入，藍光越來越盛。階梯已經到了盡頭，胡小天不知不覺中已經來到了地下寒玉洞最寬闊之處，舉目望去，但見洞穴正中有一根合抱粗的寒玉柱，藍光就是從頂端平台之上彌散而出。

胡小天仰視上方，只見一個人影盤膝坐在高台之上，身體是人類的身體，可是頭上卻長著一顆藍色透明的骷髏腦袋，而且那骷髏頭之上藍光浮動。

胡小天差點沒叫出聲來，我靠，居然讓我撿到了一個活著的外星人，很快他就看出了端倪，那寒玉台上的並不是什麼外星人，而是一個人在那裡打坐，將藍色顱骨套在了頭上，因為藍色顱骨碩大，所以剛好可以套在頭上，遠遠看上去猶如一個生有藍色頭骨的大頭娃娃。

胡小天料定對方應該沒有覺察到自己的到來，他悄然湊近寒玉柱，利用金蛛八步悄然攀援而上，心中拿定了主意，一定要攻其不備，將對方打暈然後把藍色頭骨搶走，這東西肯定是絕世至寶，不然洪北漠、胡不為這幫梟雄人物也不會圍繞著它不擇手段，搶個不停。

胡小天雙手已經攀在了寒玉台的邊緣，望著那人的背影，看身姿應該是個女人。胡小天心中推斷，此人十有八九就是蘇玉瑾了，還以為她在別處閉關，卻想不到她躲到這裡練功，藍色頭骨到底有什麼作用？為何她要將頭骨套在腦袋上？

胡小天悄然來到寒玉台上方，距離對方只剩下三尺不到的距離，胡小天揚起右手，同時伸展左手，右手是要制住對方，左手卻是要將藍色頭骨搶過來，萬一掉在地上摔碎了豈不是前功盡棄。

為了避免對方察覺到身後的動靜，胡小天的手指一點點探伸出去，距離對方重穴只剩下半寸的距離，胡小天心中暗自欣喜，正所謂踏破鐵鞋無覓處得來全不費工夫，他猛然戳了過去，手指戳中對方的身體卻如同戳在一個氣球上，對方的身體在他一戳之下竟然輕飄飄飛了起來。

胡小天就算敲破腦袋也無法想透究竟發生了什麼，如此詭異的狀況他還是第一次遇到。胡小天應變也是奇快，足尖一點已經凌空飛躍而出，身體來到對方的頭頂，左手向那藍色顱骨抓去。眼看就要抓中顱骨，可是對方的身體卻倏然向下墜落，迅速拉開了和胡小天的距離。

胡小天橫下一條心，今日無論付出怎樣的代價都要將這顱骨奪回，他向下方俯衝而去，如影相隨，左手再度湊近顱骨。

此時藍色顱骨從對方的頭上脫離開來，以緩慢的速度向遠方飛去，顱骨脫離之後，露出一顆雪白的頭顱，對方仰起頭來，雙目之中兩道藍色光芒直射胡小天的眼睛，胡小天猝不及防，此時閉上雙眼已經來不及了，雙目之中瞬間全都是幽蘭色的幻影在遊走，他暗叫不妙，憑著感覺，一掌向對方的頭頂劈落。

白髮女子兩道雪白長眉因為憤怒而揚起，手掌和胡小天迎面相撞，蓬的一聲，兩股強大內力交匯在一處，胡小天原本內力就極其強勁，再攜帶俯衝之勢，這一擊傾盡全力，那白髮女子受了他全力一擊，馬上知道潛入者的內力渾厚強大，遠超她的想像，慌忙將胡小天的內力倒向地面，饒是如此，胡小天的這一擊也讓她足下岩石寸寸崩裂，雙腳陷入地面半寸有餘。

胡小天一擊之後，慌忙向後退開，剛才一時不察竟然中了對方的暗算，他並沒有料到這女子雙目竟然可以射出藍光。

白髮女子唇角露出一絲冷笑，眼角的餘光瞥見那只漂浮在空中的藍色顱骨，一道白光掠過，卻是一隻雪鷹振翅飛來，雙爪搶在藍色顱骨落地之前穩穩將之抓住，然後向上飛去。

白衣女子撚起如霜髮絲，一雙眼睛仍然閃爍著幽蘭色的光芒，望著已經退到五丈開外的胡小天，她的臉上籠上了一層陰冷殺機：「誰派你來的？你知不知道這裡是什麼地方？」

胡小天此時仍然閉著雙目，感覺頭腦中有些眩暈，那一道道藍色的虛影仍然在腦海中轉個不停，他並沒有急於發動攻擊，而是利用維薩交給自己的心法悄然排除雜念，心神合一，意圖將腦海中的幻想及時清除出去，這白衣女子肯定是個厲害的攝魂高手。

胡小天已經利用變聲丸改變聲音，這也是避免對方認出自己的措施之一，他嘶啞著喉嚨道：「蘇玉瑾，你拿了本不該屬於你的東西。」

白衣女子臉色一凜，她就是清玄觀主蘇玉瑾，確定對方前來的目的，周身森寒的殺氣彌散開來，蘇玉瑾冷冷道：「你自己找死，怨得誰來？」雙臂迴旋揮舞，白髮無風自動，在她雙手環圍的虛空範圍內忽然變得霧氣騰騰，空氣迅速凝結成為成百上千根冰針，雙臂猛然一陣，冰針隨著內力的催吐向胡小天陡然射去。

胡小天聽到那細微的破空之聲已經察覺到不妙，腳步移動，騰！騰！騰！身法變幻迅速，在蘇玉瑾的眼前形成了一道道殘影，蘇玉瑾射出的冰針並沒有一根落在他的身上。

蘇玉瑾攻擊過後，看到胡小天已經藏身在那根寒玉柱後方，白眉顰起，對方的武功還真是超乎想像。

胡小天靠在寒玉柱後，喘息了兩口，緩緩睜開雙目，仍然感到有些暈眩，不過比起剛才的感覺已經好了許多。胡不為果然沒有誇大其詞，蘇玉瑾的武功的確厲害，就算是比起巔峰時期的姬飛花也不遑多讓。

蘇玉瑾並沒有急於發動進攻，輕聲道：「原來你是為了頭骨而來，就算你不說我也能猜到是誰派你過來的。」

寒玉柱後傳來胡小天的大笑聲：「詐我啊？都說出家人不打誑語，你是個道姑啊，也算是出家人，這種低級的謊言也能說出口？那你倒是說說，誰派我過來的？」

蘇玉瑾聽到他中氣十足，心中暗暗稱奇，想不到這會兒功夫他已經恢復了元氣，此人的內力之深倒是生平罕見。

胡小天此時從寒玉柱後方現身出來，手中已經多了一柄軟劍，這柄軟劍乃是他在飄香城偶然遇到，雖然不是什麼神兵利器，可是比起他昔日那一柄要強上不少，適合施展靈蛇九劍，而且平時不用的時候可以當成腰帶，方便隱藏，他本來還帶了一柄光劍出來，不過光劍借給了姬飛花去防身，自己就只能用這柄軟劍了。

蘇玉瑾道：「你捨得出來了？」

胡小天道：「想不到你堂堂清玄觀主人盡是幹些偷雞摸狗的事情，那頭骨乃是我大康皇室之物，你最好乖乖交還給我，不然……」

「不然怎樣？」蘇玉瑾說話間已經發動攻擊，猶如一道銀色閃電，倏然欺至胡小天的面前。

胡小天此時已經完全恢復了正常，手中軟劍一抖，咻！的一聲，劃出一道弧線，弧線中途又迅速繃直，軌跡變幻猶如靈蛇，胡小天所用的正是須彌天傳授給他的靈蛇九劍。

蘇玉瑾右手一張，蓬！一團寒霧彌散開來，身軀尚未和胡小天接觸，已經倒飛而出，她身法之快實乃胡小天生平僅見，他的這一劍雖然深奧玄妙，可是刺出之時，眼前已經失去了目標。

蘇玉瑾的身軀在遠方站定，兩道白眉擰在一起：「靈蛇九劍！」

胡小天心中震駭不已，看來自己的武功還真沒有什麼秘密可言，躲狗十八步徐家人能夠認出，神魔滅世拳丐幫能認出，誅天七劍劍宮看著眼熟，現在使出了自認為少有人知道來路的靈蛇九劍，這才剛剛使了一招，人家就把名給叫出來了，須彌天啊須彌天，咱倆好歹也是事實夫妻，你咋也蒙我呢？不是說這劍法是你獨創的嗎？為何這個蘇玉瑾會知道？

蘇玉瑾點了點頭，忽然雙手張開口中念念有詞。

胡小天以為她在故弄玄虛，正準備再度進攻之際，聽到周圍傳來窸窸窣窣的動靜，舉目四顧，頓時感到毛骨悚然，卻見從四面八方潮水般湧來了成千上萬隻白毛老鼠。

這可不是實驗室裡面的小白鼠，一個個足有尺許大小，眼睛冒著綠光，以驚人的速度向胡小天包圍而來。

胡小天看到眼前情景，想都不想騰空飛掠而起，落在蘇玉瑾剛才練功的寒玉柱頂端平台之上。

從周圍洞穴的縫隙中又撲啦啦飛出大片雪白色的蝙蝠，鋪天蓋地向胡小天俯衝而去，胡小天暗暗叫苦，本以為蘇玉瑾只是一個武功高手，卻想不到她還有馭獸之能，胡不為此前也沒跟他說過，胡小天手中軟劍上下分飛，將自己裹了個風雨不透，蝙蝠不時被他擊落，鮮血紛飛，讓胡小天更感詫異的是，那鮮血竟然是藍色。

此時那些白鼠已經將寒玉柱團團包圍，相互擠壓蠕動，看在眼中就讓人作嘔。

蘇玉瑾站在那裡饒有興趣地望著被團團包圍的胡小天，她緩緩搖了搖頭，伸出手去，剛才飛走的雪鷹再度飛回，帶著那只藍色透明的頭骨，準備重新送入蘇玉瑾的手中。

就在此時一道黑色身影凌空掠過，一掌擊落在雪鷹頭部，然後將藍色頭骨穩穩抓在手中。

蘇玉瑾原本以為穩操勝券，卻想不到又橫生枝節，看到藍色頭骨落在對方手中不由得驚恐萬分，她發出一聲尖叫，腦後白髮一根根飄起。白色蝙蝠聽到尖叫之聲，馬上改變了攻擊的方向，轉而向那黑衣人圍攏而去。

黑衣人奪得藍色頭骨之後，看到那群蝙蝠飛向自己，馬上將藍色頭骨扔給了寒玉台上的胡小天，胡小天一把穩穩接住。

蘇玉瑾雙足一頓，騰空向上飛升而來，無論如何她都想要奪回頭骨。白色蝙蝠果然認準了頭骨作為目標，意識到頭骨落在了胡小天手裡，馬上又調轉方向朝著胡小天飛去，胡小天已經知道來人就是姬飛花，他不知姬飛花因何也尋到了這裡，現在這種情況下當然也沒有時間細問，他將頭骨再度拋給姬飛花，然後從寒玉柱上俯衝而下，一拳照著蘇玉瑾的頭頂轟去，正是神魔滅世拳最霸道的一擊，這種時候才不管蘇玉瑾如何見聞廣博，認出來也罷，認不出也罷，先將她擊退再說。

蘇玉瑾雖然厲害，也不敢和胡小天硬碰硬，雙手一抖，從她的身體上竟然飛出千萬點金色小蟲，胡小天對這種小蟲可不陌生，血影金螯，當初他在大康皇宮就險些遭了須彌天的道兒，也正是因為這些小蟲子，才引出了他們之間的那段割捨不斷的孽緣。不過這些血影金蝥並未向胡小天飛去，而是選擇迴避，胡小天馬上就知道這完全是因為自己服下了五彩蛛王的內丹，現在已近百毒不侵的緣故。

蘇玉瑾意識到血影金蝥對胡小天並無用處之時已經晚了，對方的拳頭已到了面前，她唯有選擇出手抵擋，這次因為太過倉促，她並沒有將對方的力道完全化解，悶哼一聲，身軀向地面直墜而下。

胡小天卻借著反震之力，再度向上飛升，他可不敢落在地面上，那些潮水般湧動的白毛老鼠若是一股腦衝上來，後果不堪設想。

姬飛花手足並用，將靠近他的蝙蝠震飛，剛好看到胡小天飛起，一把抓住他，兩人一同落在寒玉柱之上。

白色蝙蝠此時放緩了攻勢，重新組織陣型，胡小天和姬飛花背靠背站在寒玉柱之上，望著漫天飛舞的白色蝙蝠，胡小天倒吸了一口冷氣，歎道：「這娘們到底是誰？」他所瞭解的蘇玉瑾在天香國等同於國師的地位，而且德高望重，深得太后龍宣嬌的信任，卻想不到蘇玉瑾不但武功高強，而且陰謀手段層出不窮，看她的出手根本不像是一個修道之人，其手段倒是和五仙教、斑斕門這些邪門歪道有些類似。

蘇玉瑾道：「你們兩個乖乖將頭骨還給我，我就放你們一條生路，不然的話我會讓你們死無全屍。」

姬飛花冷笑道：「那要看你有沒有那個本事。」

胡小天道：「不用跟她廢話！蘇玉瑾，你馬上將這些怪物撤去，不然我這就將頭骨摔爛，咱們一拍兩散，誰也休想得到！」他將手中藍色透明頭骨高高舉起作勢要摔下去。

蘇玉瑾投鼠忌器，望著胡小天手中的頭骨，用力咬了咬嘴唇，她的內心開始猶豫不決，雖然認為對方不捨得摔了那麼重要的東西，可又不敢放手一搏。

姬飛花以傳音入密向胡小天道：「她應該被你嚇住了，你守住頭骨，我去將她制住。」不等胡小天同意，姬飛花已經縱身飛掠而下，身體尚在半空之中已經連續拍出七掌，這叫七疊掌，快速打出的七掌在空中留下七道殘影，然後所有掌印層層疊加在一起，宛如一朵盛開的白蓮花，向蘇玉瑾的胸膛印去。

蘇玉瑾心中不由得暗暗叫苦，清玄觀還從未遇到過外人潛入的狀況，今晚不但有人潛入，而且一來就是兩個，這兩人又全都是厲害的對手，隨便哪一個的武功都不在自己之下，蘇玉瑾雙目凝視姬飛花，藍色光芒乍現。

胡小天時刻關注著她的一舉一動，慌忙提醒道：「千萬不要和她的眼神接觸。」剛才他就是因為一時大意差點吃了大虧，到現在頭腦之中還是暈暈乎乎呢。

胡小天這一嗓子似乎提醒了蘇玉瑾，蘇玉瑾發出一聲尖嘯，五指如鉤迎向姬飛花的七疊掌。她的目光和姬飛花隔空相遇，雙目中的藍色光芒瞬間大熾，胡小天雖然相隔遙遠，也不敢繼續注視慌忙扭過頭去，此時頭頂盤旋飛舞的白色蝙蝠再度開始攻擊。

和胡小天的遭遇不同，姬飛花對蘇玉瑾的藍色目光卻視若無睹，七疊掌已經來到對方的面前，蘇玉瑾的右手在和對方掌力接觸之前驟然收縮，化爪為拳，她的拳頭之上蒙上了一層晶瑩剔透的冰甲，蓬！拳掌相撞，地動山搖，七疊掌的七道虛影散去，蘇玉瑾右拳的冰甲被姬飛花渾厚的掌力震碎，化為細密的冰霧，兩人的身體被籠罩在冰霧之中。

蘇玉瑾左拳閃電般發動反擊，由下而上勾向姬飛花的咽喉，左拳行進的過程中，在她的拳峰之上，凸出三道兩寸長度的晶瑩冰刺，冰刺高速撕裂空氣發出清冷的尖嘯聲，三縷寒光直取姬飛花的咽喉要害。

姬飛花身軀後仰，冰刺錯失目標，從他雪白的頸部上方掠過，姬飛花化掌為拳，狠狠擊打在蘇玉瑾的左肘關節，以他的力量，這一拳又是準確無誤地擊中了目標，蘇玉瑾本該關節盡碎才對，可是這一拳擊中的地方卻突然不可思議地反折，卸去姬飛花的拳力，姬飛花的右腳也已經啟動，橫掃在蘇玉瑾盈盈一握的纖腰之上。

這一腳也可開山裂石，但是蘇玉瑾的身體卻變得輕盈如羽毛一般，被姬飛花一腳踢中之後，身軀輕飄飄向後飛去，宛若柳絮般蕩開三丈左右的距離。

姬飛花的目光變得越發凝重，他沉聲道：「翩若驚鴻！你是無極觀的人！」

蘇玉瑾的雙目仍然藍光浮動，她輕聲道：「你也算得上見多識廣，既然知道我的來歷，你還是乖乖將頭骨歸還的好。」說話間又有十多隻白色蝙蝠被胡小天劈死從空中掉落下來。

蘇玉瑾皺了皺眉頭。

姬飛花道：「無極觀向來不問世事與世無爭，你這樣做只怕沒有得到他們的允許吧？」

蘇玉瑾歎了口氣道：「天堂有路你不走，地獄無門你偏進來，其實你不說，我也猜到你是誰了。」她的目光落在地上，看到姬飛花周圍的地面，成千上萬隻白毛老鼠雖然在周圍湧動，但是卻沒有一隻敢於上前，蘇玉瑾點了點頭，足尖一點向出口處退去。

姬飛花冷冷道：「哪裡走！」

蘇玉瑾呵呵笑道：「誰說我要走？」長袖一揮，千百根冰針同時激發而出，阻擋住姬飛花的去路，在姬飛花阻擋的時候，她的身軀趁機來到出口處。

姬飛花擔心有詐如影相隨，可是沒等她再度拉近和蘇玉瑾的距離，就聽到頭頂轟隆一聲巨響，卻是一顆巨大的冰岩從上方落下，姬飛花向後倒飛而起，然後飛落在那顆冰岩之上，足尖一點準備繼續前行。

卻見蘇玉瑾身在出口處，大聲道：「既然你們喜歡，就永遠留在這裡吧！」她的身影在出口處隱去消失不見，姬飛花追到她剛剛所在之處，只聽到頭頂發出轟隆隆的巨響，卻是蘇玉瑾觸動機關將他們剛才進來的通道完全封鎖。

胡小天連續揮舞手中的軟劍，此時已經刺殺了數百隻蝙蝠，周圍堆積了一大片的蝙蝠屍體，那些掉落下去的蝙蝠屍體瞬間被瘋狂的白毛老鼠搶食一空。

姬飛花雖然見慣凶險，看到眼前血腥瘋狂的一幕也感到噁心非常。追了幾步看到通道果然被冰岩封閉，蘇玉瑾自知無法勝過兩人聯手，於是選擇逃離。

姬飛花只能轉身回到胡小天身邊，胡小天雖然武功高超，可是面對那些瘋狂攻擊的蝙蝠此時也是手忙腳亂，不過蘇玉瑾離去之後，那些蝙蝠可能是失去了指揮，漸漸陣型變得潰亂，很快就停下了攻擊。

胡小天從背囊後取出那顆藍色頭骨，確信頭骨無恙，向姬飛花笑道：「總算沒有白來。」他還不知道通道被封的事情。

姬飛花歎了口氣，將蘇玉瑾逃走之後封閉通道的事情告訴了他。

胡小天微微一怔，搖了搖頭道：「不可能，這顆頭骨對她這麼重要，她不可能捨棄頭骨離開的。」

姬飛花道：「也許她想先將咱們困在這裡，等我們餓死之後再回來取這顆頭骨。」

胡小天道：「想餓死咱們只怕沒那麼容易吧。」他向四周望去：「這裡不應該只有一個通道的，等那些白毛老鼠退去，咱們好好找找……」俯視下方，卻發現這會兒功夫那些白毛老鼠已經逃了個乾乾淨淨，地上剩下的只是一些已經死去未被啃噬完的屍體。

頭頂盤旋的蝙蝠有些後知後覺，此時也開始四散逃竄。胡小天和姬飛花對望了一眼，開始感覺狀況有些不對。胡小天低聲道：「下去找找看？」

姬飛花點了點頭。

地面突然開始震動，隨著時間的推移震動變得越來越劇烈，寒玉冰岩從洞壁之上紛紛掉落。胡小天駭然道：「難道這裡要塌了？」心中大為不解，難道蘇玉瑾不打算要這顆頭骨了？原本他還以為蘇玉瑾投鼠忌器不敢對他們採用極端手段。

姬飛花道：「看來她是等不及咱們餓死了！」話音未落，卻聽到蓬的一聲巨響，右前方一顆巨大的冰岩滾落下來，隨後一道足有一尺直徑的水流從中衝出，有若銀龍般奔騰流下。

胡小天道：「我靠，她是要放水啊！」

蓬蓬蓬之聲不絕於耳，在他們所處的洞穴四壁一共有十道水流衝出轉瞬之間，洞穴的底部已經能完全被水流覆蓋，水面以肉眼可見的速度迅速上漲著。

姬飛花和胡小天兩人都是見慣風浪之人，可是眼前的景象也讓兩人內心為之一驚，蘇玉瑾顯然是要用水將這洞穴灌滿，將他們兩人活活悶死在裡面。

胡小天道：「這水流衝出的地方或許就是出口。」

姬飛花搖了搖頭道：「就算是有出口咱們也出不去，蘇玉瑾不是普通人，她不會留下這麼大的破綻。」

胡小天點了點頭，現在水流的速度湍急，就算是沒有水流，那一尺左右的洞口也無法容納他的身體通過，眼看著水面不斷提升，胡小天心中也不禁焦躁起來，他雖然能夠利用裝死狗的閉氣神功在水下待很長的時間，可畢竟不可能永遠這樣，蘇玉瑾下手果然夠狠。他騰空飛起，飛掠到洞壁邊緣，以手足抓住岩石，宛如一隻壁虎般吸附在洞壁表面。

姬飛花不解道：「你想做什麼？」

胡小天用手叩擊岩壁，大聲道：「看看有沒有中空的地方，咱們用光劍破開岩壁尋找一條通道。」雖然這樣的機會微乎其微，可總好過坐以待斃。

姬飛花雖然清楚找到逃生道路的希望渺茫，可看到胡小天已經開始行動，他也不好作壁上觀，馬上也加入了尋找出路的陣營，讓兩人失望的是，他們尋找了近一個時辰，也沒有找到出路，此時水已經漫過了那根寒玉柱，仍然在不斷上漲，估計再有半個時辰就能夠將寒玉洞完全淹沒，到時候這裡就再也沒有一絲一毫的空氣。

胡小天遊走到一個噴水口前，伸出手去摸了摸水流，觸手處冰冷徹骨，心中暗歎，他們兩人對付蘇玉瑾本以為勝券在握，卻想不到最後還是被蘇玉瑾設計，終究還是考慮不周，若是當時提前斷了蘇玉瑾的後路，或許就不會發生這種狀況。

此時卻聽姬飛花在身邊道：「你看那邊！」

胡小天順著他所指的方向望去，卻見對側的一條水流此時已經變成了深藍色，水流只有拇指般粗細，可是那藍色水流一旦匯入下方，水面就迅速凝結。

胡小天幾乎不能相信自己的眼睛，他用力眨了眨眼，證明自己沒有看錯，下方水面凝結，上方水流仍然在不斷流下，和藍色液體彙集之後馬上凝結成冰，冰面以驚人的速度向上方膨脹。

胡小天暗叫不妙，蘇玉瑾的手段實在是太狠毒了，竟然想用這種辦法將他們兩人活活凍死在其中。

姬飛花也和胡小天同時意識到了這一點，他從腰間取出了光劍，在他們的計畫中原本沒有使用光劍的必要，可是看到那不斷膨脹上漲的冰面，他們如果不及時採取措施，恐怕不被冰面活活擠死，也要凝固其中了。

姬飛花擰動劍柄，一道藍色的光刃出現在面前，他利用光劍插入岩石，在岩石之上挖出一個可以容納兩人容身的洞穴。

「你進去！」姬飛花大聲命令道。

胡小天卻搖了搖頭道：「你先進去！」兩人都明白，誰留在外面風險就加大一分。

姬飛花怒道：「少廢話，要生一起生，要死一起死！」

胡小天一想的確如此，反正都是躲在一個洞穴之中，如果外面的死了，裡面的也難以倖免，無非是早死一刻的問題，於是不再猶豫先行鑽進了那洞穴之中，姬飛花隨後進入，然後開始用光劍切開頂部在頂部挖出一個豎洞，胡小天幫忙將石塊封住洞口。

光劍雖然好用可是能量終歸有限，方才挖了一個可供他們兩人容身的豎洞，光刃的長度就只剩下了一尺左右。姬飛花將光劍關閉，此時外面開始有水流不斷滲入，僅僅利用石塊顯然無法將洞口徹底封閉，水流無孔不入，蘇玉瑾採用的辦法顯然是水漫過一段距離然後再將之冰封，不放過洞內一寸的空隙，這種層層冰封的方法也讓兩人用挖洞來逃過冰封之劫的希望變得微乎其微。

胡小天伸手將姬飛花拉了上來，兩人面對面擠在這豎向的洞口中，水面仍然在不停上漲，他們只能期望水面沒有淹過豎洞之前就開始凝結。也唯有洞口及時冰封之後，才能阻擋住無孔不入的水流。

水面很快就將他們挖出的橫向洞口淹沒，距離兩人的腳下只有不到一寸的距離，兩人不得不相互擁抱在一起，手足交纏，儘量縮短身體的高度，黑暗之中能夠清晰聽到彼此的呼吸心跳。

胡小天道：「對不起，是我害了你！」如果不是他告訴姬飛花這件事，姬飛花也不會隨同他一起前來，就不會落入眼前的困境。

姬飛花卻笑了起來：「說什麼混帳話，是我自己主動要來的，與你何干？」話雖如此，心中卻也感到黯然，想不到自己最終會落到這樣的歸宿，可是想起身邊還有胡小天作伴，心中開始變得釋然了，就算是死，又能如何？早晚都會有一死，至少還不算孤獨。

他將光劍取出，向胡小天道：「也許還能挖出一些空間。」

胡小天低頭望去，水面就快到他的腳底了，歎了口氣道：「還不是一樣。」

姬飛花挪動雙臂似乎想做些什麼，可是幾經努力都未能成功，他向胡小天道：「你幫我將腰間的夜明珠取出來。」

「照明啊？」胡小天笑道：「不用那麼麻煩，你把我背後革囊中的頭骨取出來就行，那東西發光。」

姬飛花伸出手去，摟住胡小天的脖子，從他背後解開革囊，兩人深處在這狹窄的小洞之中，難免四肢交纏，身體相貼，胡小天有生以來還沒有跟男人如此親近過，心中暗暗提醒自己，姬飛花是個太監，一個連胸都沒有的太監，可有一點他卻不得不承認，姬飛花絕對稱得上最美的太監，太監中的極品，就算是放在女人堆裡也屬於禍國殃民級別的。

姬飛花看到這廝半天沒有說話，還以為他發生了什麼事情，有些好奇道：「你怎麼了？不說話？」

胡小天道：「沒什麼？」

姬飛花道：「你把頭趴在我肩上，我不方便打開革囊。」胡小天按照他的話，將腦袋向前方湊去，兩人各自將下頜枕在對方的肩頭，面頰相貼，胡小天真切感受到姬飛花的肌膚極其細膩，用膚如凝脂來形容絕不為過，太監的肌膚居然比女人還女人。

姬飛花總算將革囊打開了，藍光瞬間充滿了狹窄的洞穴，姬飛花並沒有進一步取出頭骨的打算，低頭望去，水面似乎又上漲了一些，他將腿抬起，胡小天也將腳翹起，儘量屈起膝蓋，膝蓋就頂在姬飛花的雙腿之間，同樣，姬飛花的膝蓋也頂在這廝的雙腿間。

很快姬飛花就感覺到自己的右膝處有些變化，明顯有件東西在迅速生長，而且熱力四射。

胡小天此時尷尬地只差沒找個地縫鑽進去，自己居然對一個太監產生了反應，以後估計和節操二字就基本無緣了，而且在這樣貼近的距離下，身體任何細微的變化都無所遁形。

姬飛花顯然意識到了什麼，向後掙扎了一下，試圖拉開和胡小天之間的距離，可是在這樣的空間內根本沒有任何可能，他掙扎的後果就是感覺到胡小天的膝蓋在自己雙腿間摩擦，姬飛花臉色一沉：「把你的膝蓋拿開！」

胡小天苦笑道：「姬大哥為何不先把你的膝蓋挪開？」

姬飛花沉默了下去，這樣狹窄的空間內，根本無法將交纏的手足分開，此時忽然意識到下方的水面已經好一會兒沒有向上增長，洞穴內的溫度也開始急劇下降，腳下的水面迅速凝結成冰。

胡小天驚喜道：「看來咱們的運氣還算不錯。」

姬飛花卻沒有任何的欣喜感覺，所為的運氣不錯只是暫時沒有了覆頂之災，除了他們容身的這一小塊狹窄空間之外，外面不是岩層就是冰封，除非他們有遁地之能，不然根本不可能從這裡逃出去。

胡小天道：「就算不吃不喝咱們也能夠熬上一段時間，這顆頭骨在咱們的手裡，蘇玉琴不可能放下這個寶貝。」這會兒他總算控制住了自己的某種念想，暫時忘記了姬飛花緊貼的膝蓋。

姬飛花道：「我應該能夠熬上三天三夜，你呢？」

胡小天道：「我雖然比不上你，可一個日夜或許沒有問題，只要蘇玉瑾認為咱們差不多死了，她就會想方設法找回頭骨，想要找回頭骨，首先就要將這洞穴中的冰融化，然後將積水排空，到時候咱們就有了機會。」

姬飛花雖然承認胡小天說得有道理，可他還是有所顧慮：「如果蘇玉瑾等一個月之後再來尋找頭骨呢？」

胡小天心中暗歎，別說是一個月，就算是三天之後，恐怕自己也已經死了，他的裝死狗閉氣神功可沒辦法保證能夠撐到三天三夜。可是除了等待，眼前也沒有了其他的辦法，他低聲道：「只能賭賭運氣了，如果蘇玉瑾當真一個月後再來尋找頭骨，咱們兩人也唯有死在這裡了，你我兄弟能夠死在一起，至少黃泉路上不算寂寞。」

姬飛花道：「你真甘心這樣就死？別忘了你的公主還在外面等你去救呢。」提起龍曦月，胡小天頓時沉默了下去。他的確不甘心，可是事已至此，不甘心又能怎樣？

姬飛花意識到自己的這句話嚴重影響到了他的情緒，心中有些歉意，低聲道：「你向來運氣都不錯，估計這次一樣可以逢凶化吉。」

胡小天呵呵笑了一聲道：「逢凶化吉，可惜咱們兩人都沒有胸，若是有個女人在，說不定真可以逢胸化吉了。」生死關頭，這廝仍然不忘調侃，還自以為很幽默地大笑起來。

姬飛花歎了口氣道：「死到臨頭你居然還能夠笑得出來？」

胡小天道：「不笑又能怎樣？難不成我哭鼻子給你看？」

姬飛花道：「少說點話吧，閉氣調息或許咱們還能夠撐久一點。」

胡小天知道他說得沒錯，畢竟呼吸需要不斷消耗氧氣，這麼狹窄的空間，正常的情況下氧氣只怕一個時辰不到就會被他們消耗殆盡，儘量屏住氣息才能撐久一些，胡小天雖然向來樂觀，可是他一想到外面的一切，心中也不免悵然若失，如果自己當真出不去了，庸江的那些弟兄恐怕也要樹倒猢猻散，自己的紅顏知己怎麼辦？她們恐怕都不知道自己已經死了，胡小天今天夜探清玄觀的事情甚至沒有告訴展鵬他們。

姬飛花感覺到胡小天內心的節奏產生了變化，似乎猜到了他此時心中所想，低聲道：「你是不是心中難過？」

胡小天搖了搖頭。

姬飛花道：「不如我幫你將頭骨從後背取下來，這樣咱們所在的空間也大一些。」

胡小天經他提醒之後方才想起，自己的背後還背著一個這麼大的頭骨，佔據了相當的空間，不過頭骨在他背後嵌得緊緊的。姬飛花費了好大功夫方才將頭骨從他的背後革囊取出，直接就扣在了胡小天的腦袋上，的確也沒有比這裡更適合的地方了。

胡小天想起剛才見到蘇玉瑾的時候，她就把頭骨扣在腦袋上，而且頭骨藍光一閃一閃，不知道這頭骨中到底有什麼玄妙，這廝凝神屏息，試圖感受頭骨中的秘密，可是花費了好一會兒功夫也沒有從中感受到任何的奧妙，唯一的感受就是頭上帶了一個安全頭盔，不過別看這頭骨碩大，份量倒是不重。

頭骨戴在腦袋上之後果然騰出了不少的空間，至少他們不用緊緊抱在一起，把腦袋壓在彼此的肩膀上，可是手足仍然交纏，彼此把頭向後靠了靠。姬飛花看著胡小天戴著那個碩大的頭骨，不禁有些好笑，輕聲道：「真不知道這顆頭骨究竟有什麼玄妙，為了這顆頭骨他們爭來鬥去，用盡一切手段。」

胡小天道：「也許這頭骨中真有驚天秘密，也許要兩顆全都得到才能發現其中的奧妙。」

請續看《醫統江山》第二輯卷十一 皇室對決

醫統江山 II 卷10 迷影幢幢

作者：石章魚
發行人：陳曉林
出版所：風雲時代出版股份有限公司
地址：10576台北市民生東路五段178號7樓之3
電話：(02) 2756-0949
傳真：(02) 2765-3799
執行主編：劉宇青
美術設計：許惠芳
行銷企劃：林安莉
業務總監：張瑋鳳

初版日期：2021年1月
版權授權：閱文集團
ISBN ：978-986-352-906-4
風雲書網：http://www.eastbooks.com.tw
官方部落格：http://eastbooks.pixnet.net/blog
Facebook：http://www.facebook.com/h7560949
E-mail：h7560949@ms15.hinet.net
劃撥帳號：12043291
戶名：風雲時代出版股份有限公司

風雲發行所：33373桃園市龜山區公西村2鄰復興街304巷96號
電話：(03) 318-1378
傳真：(03) 318-1378
法律顧問：永然法律事務所 李永然律師
北辰著作權事務所 蕭雄淋律師

行政院新聞局局版台業字第3595號 營利事業統一編號22759935

定價：270元

國家圖書館出版品預行編目資料

醫統江山 第二輯／石章魚 著. -- 臺北市：風雲時代，2020.09- 冊；公分

ISBN 978-986-352-906-4（第10冊；平裝）

857.7 109009548